JN306372

# 夜話《やわ》

司馬遼太郎

朝日文庫

# 街道をゆく　夜話・目次

東日本編

近畿編

## 西日本編

# 街道をゆく　夜話

# 東日本編

# 北海道、志《こころざし》の場所

北海道という地名ができるのは明治二、三年。それまでは蝦夷地《えぞち》といわれていました。いい名前がないだろうか、と江戸末期以来の大探険家の松浦武四郎《たけしろう》に、当時の開拓使の役人が聞いた。

松浦武四郎は、日本史が輩出した探険家の中で一番意志力が強く、科学的で、文章力のほかに絵画描写力もありました。北海道に生涯を入れあげた大旅行家です。蝦夷地は当時、道路といえる道路がない。山野を跋渉《ばっしょう》していくうちに、アイヌに同情していく。そこが松浦武四郎の非常に魅力的なところです。江戸期の知識人のヒューマニズムを知ろうと思ったら、松浦武四郎を知れば何となくわかってくる。キリスト教によらないヒューマニズムです。

かれは北海道人という号を持っていて、いくつかの案を出したなかに、自分の号も入れておいた。皆が一番好んだのがこれで、採用されることになった。こうして巨大な天地が「北海道」という言葉であらわされるようになりました。

明治以来の北海道をどうするかということについては、二つの入り混じりなのです。北海道へやってきた顧問たちはアメリカ人ですが、緯度からいっても気候風土からいっても、あれだけ栄えている、たとえばデンマークのようにすればいいじゃないかという考え方。全く西洋化の考え方です。

ところが、駆り出されて開拓にいったひとびとは、東北と北陸が中心の農村の次男坊や三男坊でした。各藩の失業士族も集団で行った。北陸の場合ですと真宗、とくに東本願寺系統の僧に率いられて行きました。かれらは依然として北陸型というか、真宗寺院中心の集落という考えでいく。おまけに開拓方針に反して米をつくります。

ここは米をつくっても無理だと考えるお上《かみ》のほうが西洋的なんです。ヨーロッパ風の食生活とまでいかなくとも、がまんして、何とか雑食でいこうということだったのですが、どうしても日本人は米を食べたい。お上に隠れて米をつくる人が増えてきて、それが成功したりする。その圧倒的な成功が、現在あるわけです。日本の穀倉の一つになってしまった。それが、北海道のにおいを和人風にしているのです。

この二つの流れが北海道にあります。絵の具でいうと、まじってはいけない色がまじって、ちょっと濁《にご》った色になっている。

たとえば家屋というもの一つを取ってみてもそれがいえます。明治になってから、開拓使およびその後の北海道庁の指導は、寒冷地だからなるべく西洋風の家屋を、といっている。ところが最初の開拓民たちはたいへんひどい南方風家屋に住んでいて、肺炎になったりいろいろしたんです。

明治期の政府としては、分不相応なぐらいに金をそそいだ。しかし結局は行ったひとびとの経済的な負担に俟《ま》たざるをえない。そうすると掘立て小屋をつくってしまう。初期開拓者の家屋は、旭川《あさひかわ》に残っている屯田《とんでん》兵舎で想像できるように、零下何十度という風がそのまま入ってくるんです。そのために中で火をいぶしつづけなければいけない。空気は濁る。結核も多くなります。

依然として本州の生活スタイルを明治以後もつづけていたということに、胸が痛む思いがします。何に対して痛むのか、人間というのは、一つ暮らしの基準を見つけたらずっとしがみつくのかな、という感じの痛みなのでしょうか。

たとえば北海道に朝鮮式のオンドルが入るだけでもずいぶんちがうのですが、一度も入ったことがない。暖房への指導がなかったということが大きいのです。

政府が、文化人類学的にまわりをながめわたしたら、ウラジオストクにはペチカがある、朝鮮半島にはオンドルがある、すぐわかることです。ロシア人に来てもらえばできる。ペチカは北海道のどこかにあったという説もあります。だけど普及はしませんでした。

横浜でたれかがダルマストーブを見つけて北海道へ持っていったという話もあります。しかし、横浜のダルマストーブは、非常に高くて個人では買えない。買えるのは役所ぐらいでした。結局ルンペンストーブというのを、たれが見つけたのか。あれは、野営用のストーブです。これがわりあい軽便に使われたようです。

そんなこんなでお上が指導しようと思っても、西洋式家屋をつくる金まで出せない。そういう非常な困難がありましたが私は、たれを責めようとも思わないのです。栄えるのに数千年かかったデンマークですから、百年で、人工的に見たこともない北欧タイプの人文地理的なものを北海道につくるということは、ちょっと無理です。明治、大正、昭和と戦争ばかりしていましたから、その期間は北海道へ金をそそげない。けれども、戦争が終わって少し財政が豊かになると北海道に金をそそぎつづけてきました。

明治の初め、黒田《くろだ》清隆《きよたか》時代などは、怖いほどの金のそそぎ方をした。それほど当初の北海道というのは金のかかったところなんです。いまでもかかっているんじゃないでしょうか。むろん、ロシアにおけるシベリアも同じですけど。

金のかかった理由の一つは、道路がなかったことです。道路をつけるというのは、幕末にやろうとしているのですけれども、たいそう金がかかる。松前《まつまえ》藩は、漁業藩です。お米がとれないですから、何石取りという藩士がいなくて、漁場を請負制にしてあった。藩士は自ら行って漁民と一緒にやればいいのですが、それをしないで、商人にまかせる。商人もやがて現場のわかった漁民出身の親方にまかせる。じつに悪い労働条件が生まれてきて、しかも道路はつくらない。船で行って、沿岸で漁獲してその産物をまた船で持って帰る。

ですから、道内を交通していたのはアイヌだけです。アイヌは河川伝いに稲妻状に動きます。舟で行けるところはなるべく上流まで行ってちがう川の上流へ出て、下流まで下がる。その舟は、木の皮とかでつくった独特のものです。

アイヌたちも、非常に狭い地域で生涯を終わったようです。この問題はやりだすときりのない深い問題ですが、『菜の花の沖』を書いたころに北海道の歴史の足元を見たいと思って、いろんな資料を草を分けるようにして調べてみました。そうしたら松前時代の暗黒政治が出てきて、絶望的になりました。こんなことを北海道のひとびとにいうのははばかられますけれども、松前さまというものを、アイヌとの関係において、決して誇りには思えない感じがあるんです。

アイヌというのは少数民族です。少数民族というのは広い天地を持っているものなのです。千島《ちしま》アイヌからカムチャッカアイヌまで、自分の仲間だと思えるところがある。ロシア問題がおこってくると幕府はあわてて、スパイをはなって松前の藩政を調査する。間宮林蔵《まみやりんぞう》というすぐれた探険家もその一人です。当時、江戸の世論というのは、非常に信頼すべきものでした。良心的で人道的なものでした。対外問題もさることながら、アイヌをそんなにひどい目にあわせていたかというので、松前藩を本州の別のところへやって、一時、蝦夷を幕府の直轄領《ちょっかつりょう》にしました。これは田沼意次《おきつぐ》の善政です。

田沼意次は、いろんなところで悪者になっているけれども、江戸時代というのは、際立《きわだ》ったことをやると没落する気分の時代でした。そんな時代に田沼は余計なことをやった。むろんそのために足を引っ張られて没落し、田沼が採用した優秀な探険家や官僚たちも失落したわけですけれども、田沼は北海道のために目のさめるようなことをやっている。

高田屋嘉兵衛《かへえ》についても感動するのは、アイヌへの感覚です。嘉兵衛を象徴的にあつかってしゃべりますと、当時すでに全国経済なんだということを、北海道そのものが教えてくれた。『菜の花の沖』で書いたことを繰りかえしますが、このころから日本中が木綿を着ることができた。それはタダ同然に安かったんですけれども、それでも追いはぎにあうととられる程度の価値はあった。木綿は江戸初期に始まりますが、それ以前のひとびとは風邪ばかりひいていたでしょう。麻とかの繊維では保温力がない。木綿の出現で日本人はずいぶん衛生的によくなった。その木綿をどんどん安くしていったのが、北海道のニシンです。ニシンは木綿畑の肥料でした。

ニシンと木綿を運ぶための交通と商業の連動がはじまります。日本海航路ですが、日本海を織りなすように白帆の千石船が、筬《おさ》のように往復している。むろん当時の航海ですから、冬はできませんので、あるシーズンだけの往来ですけれども、産物を持って帰れば富をなすという時代でした。

綿作地は兵庫県、大阪府、三重県、東海地方にありますけれども、そこに北海道の百年間のニシンが眠っています。別の形になって、我々を肥やしたり、着せたりしつづけてきてくれたわけです。

江戸後期になりますとそうした蝦夷地の産物、地理、政治状態に通じない人というのは、二流なのですね。江戸の知識人にとって蝦夷地を語らない者は二流。いまの知識人における〝その後のベトナム〟と同じで、別にベトナム人への愛情があるわけでなかったから、いまは忘れています。我々はおなじことを繰りかえしています。

明治の黒田清隆とか、ケプロン、小さい存在としたらクラーク博士とかが、ここは欧米型にするほうがいいといったように、たとえば食べものでいうとジャガイモを食べるとか、コーンを食べるとか、私は大賛成です。

南方植物である稲を北海道に植えて成功させたように、日本の農業技術は誇るべきものです。何といっても農林一号という小麦はアメリカの現在の小麦の先祖ですから、品種改良については明治以後の農事試験場の腕は相当なものです。寒冷地に適したお米をつくりあげて、現在の米作北海道にしていますけれども、それはそれとして、センスはやはり本州離れをしたほうがいいなと思うんです。

日本の牛乳、たとえばコンデンス・ミルクは全部北海道から来るというようには、まだなっていませんね。日本人が使用する毛皮の多くを北海道の畜産が背負っているという話も聞いたことがない。もっと遠いところから輸入しているんです。

本州が悪いのです。本州が北海道をこき使っていないのです。たとえばデンマークの木工のいすは珍重するけれども、北海道の木工のいすを我々は珍重しない。これは北海道に対して価値を見いだしていないということでしょう。これが北海道を濁らせているもとです。北海道人を責めることは一ミリもできないのです。需要家は本州にいるのですから。

札幌のまちは、東京のまちに次いで、都市が持つ機能性というものを感じさせます。

たとえば私は眼鏡屋さんへ行って眼鏡を一つ臨時にあつらえたんですけれども、検眼の仕方から眼鏡のフレームの選び方まで、じつにスマートで信頼性の高い感じがしました。眼科の先生はいないにしても、眼科の検眼部門は全部マスターしているという透き通った信頼感を感じました。単にホテルの向かいにあった眼鏡屋へ飛びこんだだけですけれども「こういうシステムは東京にありますか」といったら、「東京のどことどことがうちと同じシステムです」。東京の真似《まね》ではありますけれども、大阪にはまだないんですよ。

札幌のまちを歩いていて、食べもの屋へ入っても、お店の雰囲気がいい。人間本位とまではいかないけれども、お客を商売の道具みたいに思っているところがややうすい。何ミリか人間本位があればいいのでしょう。それが感じられます。

これは一体何だろうと思って、このまちで私の若いときの友だちと大衆的なレストランで話したんです。かれは土地っ子ですから北海道をほめないんですけれども、私は前から感じていたのですが、北海道の人は本州の人とちがって半まわりぐらい大きいように思える。人間、ほっといても広い空間の中では大きくなるそうです。大きいということは寛容ということ、他人のことをちょっと考えるということですから「そういうことがあるね」といったら、かれは黙っていた。

もう一回質問しまして、「本州から来た人間は自分よりちょっと小さいように思わないか」といったら、「思う」といいました。「せせこましくて、抜け目ない感じだと思うか」と聞いたら、これも「思う」といいましたから、私と同じ感じを持っているんだなとわかりました。

そういう感じを札幌という都市はつくっている。明治の開拓使が伝統ですから、そして開拓使の伝統はハイカラになりましょうということですから、わりあい美意識はスキッと通っているんです。色の感じでいえば、うすいライトブルーを感じさせるようなまちです。都市の文化度からいえば、商業を含めて、相当に札幌は高い。

北海道のまちを考えるとき、札幌とともに思いうかぶのは、江差《えさし》です。

江差では有名な開陽丸《かいようまる》の引き揚げがあった。幕府軍艦開陽丸はオランダ製ですが、これを引き揚げることによって日本の水中考古学は発達したんです。それまで水中考古学というのは地中海のものであったり、韓国の沖合のものであったりしたけれども、日本は江差でやった。あまり考古学者などの援助は借りずに、江差町が自ら学んで、町財政の範囲内でやりつづけてきました。一品一品が十九世紀を物語る遺物ですから、非常に意味があります。

日本に留学して、東京のオランダ大使館にいたオランダ青年が、先頭に立って引き揚げに協力してくれた。開陽丸をつくった造船所にまで問い合わせて、設計図を手に入れてくれました。開陽丸の進水式のパーティーは二回しているんです。幕府の海軍士官らが接待している。はじめは土地の名士、二回目のときには実際に働いてくれた人たちのパーティーをしています。そのごちそうのメニューまでオランダは保存していた。たいへんなごちそうです。アイスクリームなんか何種類もありました。

江差町のおかげでそういうものが表面まで出てきたわけで、北海道人の自立精神のすごさを江差町に見た感じがしました。

ただ、北海道人全体に自虐性《じぎやくせい》がありまして、我々は伝統がないとか、法隆寺とか桂離《かつらり》宮《きゆう》を知らないんだとかいうところがありますね。本州人に比べると満月でいえば欠けた部分があるんだという意識が、自虐的に出るところがありますが、そういうのは無意味だと思います。

たらいでいえば、手おけだらいじゃなくて、洗たくだらいぐらいの広さを、北海道人に感じます。しかし曾祖父《そうそふ》ぐらいの時期に開拓者を持っている人は、非常に暗かったというイメージを伝承としていいたがります。事実暗い。飢饉《ききん》になったときに、隣の村から食糧を奪いに押し寄せてきたという話があるのです。明治初めのドサクサのころの、西部劇みたいな話が残っています。

そういうものを見てきた末裔《まつえい》たちが、北海道はのんきなところじゃないといいたがるのですけれども、本来のんきなところであるべきだと思います。北海道をきれいで生産的で豊かなところにするのには、のんきさとか陽気さとか、つまりオプティミズムみたいなものが必要です。北海道人は本来オプティミストなんです。そのくせ、ちょっと本土から来た人に塩っからい話をしたがるところがあります。

たとえば熊本に行ったら、熊本の伝統は古い。「いいね」といったら、「そうだろう」とヌケヌケいうのは、その人の背後にある伝統の厚みでしょう。北海道の背後にある厚みというのは世界の文明です。

アメリカでテストされた農業、これはいろんな面で必ずしも適応しなかったけれども、そうしたものが、一つの伝統になっている。北大のキャンパスは、アメリカの大学にどこか似ています。自由に土地を切り取って、大学そのものが青春のふるさとにふさわしいように設計されている。観光客がポプラの並木を見に行くというところにまでなったということは十分に伝統です。

私は、小説『胡蝶《こちょう》の夢』の最後で北海道をあつかったんです。『胡蝶の夢』は、主人公は三人ほどいまして、三人目が関寛斎《せきかんさい》という人です。この人は銚子《ちょうし》で開業していた医者ですが、医業をやめてパトロンに妻子の生活をゆだね、長崎のポンペさんについて阿《あ》波《わ》の蜂須賀《はちすか》の藩医になる。やがて討幕戦争になって、阿波は官軍になりましたから、官軍の中でピカ一の医者になる。そのまま明治政府に仕えれば、当時のきらびやかな地位に当然つくことができるのに、また阿波へ帰りました。自然保護をやったりして、非常に思想的な人でした。

その思想は、日本の在来のアニミズムやシャーマニズムのにおいをあまり持たず、オランダ語をやっただけのことはあって、ちょっとハイカラなのです。たとえば阿波の時代、当時の医者は小さな医学塾も兼ねていますから、書生がたくさんいた。女のひとの従業者もたくさんいましたが、一つのテーブルで飯を食っていたというのです。これは非常にハイカラだと思います。おまけにキリスト教を経ないヒューマニズムで、貧しい人をほとんど無料で診ていました。

その関寛斎が七十を超えて医者をやめ、志を立てて北海道へ行きます。ただの百姓の開拓者になるんです。陸別《りくべつ》というところで、内陸の、非常に寒い、原生林だったところです。寛斎もアイヌたちと同じ行き方で、川の上流をめがけて行き、陸別に達して、ここを拓《ひら》こうと思った。ちょうどコンパスの芯《しん》をつきさして円を描くようにして密林を拓いたんです。

いまでもそうですが、陸別へ行きますと、まわりに丸く密林がありまして、オーバーにいうと、シベリアのロシア風タウンに来た感じがします。冬はすさまじいほどの寒さですが、関寛斎はそのまちの祖父のように大事にされていて、鍬《くわ》を杖《つえ》に憩《いこ》っている寛斎の小さな銅像が、市役所の前の花壇のそばに立っている。ちょっとした感動を受けるまちです。

陸別を拓いたときには、寛斎はもうあまり薬を持っていなかった。よほどの病人が出たら治療する程度だったのですが、当時の医学の限界を知りすぎるほど知っていたのです。いいかげんな術を施し、投薬してもしようがない。それよりも衛生を重んじて健康法を教える以外ないということです。みんなに教えてまわるだけの無料医です。やがてかれは死にます。

なぜ関寛斎が北海道へ行ったかということについては、さっき江戸後期の知識人で北海道を語らなければ二流だといったことと関係があるんです。江戸後期から幕末になるといよいよそうなります。坂本竜馬《りょうま》なんか、死ぬちょっと前に、もう幕府が倒れて新しい政府ができあがるだろうと、かれは先のことを考えるのが好きな人で、夢想家ではなく割合実務的な人間なのですが、先を考えます。京都にいっぱい浪人が集まっている。この浪人の始末に新政府は困るだろう、革命家と称して集まっている得体のしれないひとびと全部に名誉とイデオロギーを与えて、開拓者屯田兵にしようといって、死んだ。そういう伝統がありまして、寛斎が行ったのは志だけなんです。百姓をするなら、阿いという歌までできた。北海道の寒さにまいって、あの暖かい阿波の鳴門《なると》は夢のようだったという歌までつくっています。北海道は、かれにとって志の場所だったのです。

寛斎は、ときどき東京へ出てきました。そこらへんが美的百姓でして、数ヵ月をすごしていきます。そのときに徳冨蘆花《とくとみろか》と知り合いになるんです。蘆花のところへ突然たずねます、おまえも百姓か、と。かれは蘆花を見て「おまえは本物ではない」といったそうです。

おなじ美的百姓としても、蘆花は美的のほうにアクセントがありました。寛斎は本当に木の根っこをおこした人ですね。でも蘆花はこの人を大事にしました。蘆花も明治人ですから、薩長《さっちょう》の世を見てきた人です。いくらでもこの人は出世できたのに、北海道の一老百姓になっているということにロマンを感じたんですね。

そういう、日本人が持つ一番いいところが北海道でずいぶんあらわれているんです。幕末からある時期までの、日本人が持っていたロマンティックなヒューマニズムは、いまは枯骨になっていますけれども、北海道の伝統といえるでしょう。

北海道の人はそれをあまりいわないけれども、もっというべきだと思います。北海道には、日本人が志を持ったり理想主義を抱いたりするときの一番いいエッセンスが行ったという時期が、ずいぶん長くつづいた。

その末裔が自分たちだという意識を持つほうが「デンマーク」になりやすいでしょう。あるいはアメリカの開拓期の清教徒たちの気分になりやすいでしょう。そのあたり、弥《や》生《よい》人の末裔たる本州人から見れば不満です。

これからの北海道ということを考えますと——いま、デンマークといいましたが、これは象徴的に使っているだけで、それ以上の意味はないのです——ヨーロッパ人というのは、はじめ暖かい地中海付近にいて、それがいろんな事情で北のほうに行った。寒さからいえばとんでもないところ、デンマークとかフィンランドとかで非常に大きな文化をつくりましたね。こういうものを学ぼうということです。もともとそこにいて大きな文化ができたわけではない。ヨーロッパ人は、いわば「北海道」へ行ったんです。しかも北海道よりもっと悪いところへ。

いまのヨーロッパはむしろ北欧イメージになっています。北欧のほうがイカス感じがあるでしょう。そこまでつくり上げたんです。それを我々ができないはずはない。デンマークというのはそういう意味の象徴です。

北海道はいま五百万人、デンマークだって、五百万ぐらいの人口です。だからおなじ力を持ってもいいわけでしょう。そして東京を睥睨《へいげい》してもいいんです。そういうことがなければ、おもしろくない。

農業のことを考えても、とにかく現在の農業、牧畜は、投機性というよりもっと初歩的な段階で揺れ動いている時代です。日本の政府も、業者の意見ばかり聞かずにもう少し大きな目玉で、つまり外国との関係は保ちつつ北海道を日本の穀倉としてきちっとさせておくべきでしょう。北海道についてはその意味での経済的な手を打っておくということをしないと、ひどい目にあいますね。

北海道にペンペン草がはえたらどうしようもない。北海道の農業と牧畜の保護を、本州の場合と別枠にするという意味ですね。そうすることによって、自分の国土の一部が非常におもしろい栄え方をする。それが、おもしろい果実を生むだろうということです。

最後にまたアイヌにもどりますが、北海道は、アイヌのひとびとが持っているアニミズムによって、神の国のような感じがします。アイヌの人たちのアニミズムは私たちが持っているアニミズムとおなじです。それをかれらが長く保存してくれた。山、谷々に神がいるんです。川原のちょっと大きめの石ころにも神がいる。川そのものが神です。こういう思想も北海道文化の成立に大きく参加してほしい。自然を守るためのただ一つの歯止めですから、このアイヌ思想を大きく吸い上げてほしい。デンマーク・プラス・アイヌ、そして江戸期知識人の志ですね。

（「週刊朝日」一九八三年六月）

# 安藤昌益《しょうえき》雑感

ドグマという言葉を、積極的な哲学的主張、もしくはそれなりの論理でもってそれなりの完璧《かんぺき》な宇宙を創《つく》り出す作業であるとすれば、その才能や作業、もしくはそういう精神は、日本人の風土からはうまれにくいものだ、と私はかねがね思ってきた。だからといって日本人の能力を低いものだとするつもりはなく、どの民族にも特性というものがあり、日本人は既存の思想を磨いてときに原型を離れて思わぬものにすることにむいていると思ってきた。しかしながら、江戸中期の南部八戸《はちのへ》にいた安藤昌益ばかりはきわだった例外であることに、昌益のことを思うたびに、つねにおどろかざるをえない。

私は昌益について知るところが薄いが、昌益の思索を風土として援《たす》けたであろう南部の八戸という土地には、若いころから関心があった。数年前、思い立ってにわかに八戸へゆくべく大阪を発《た》ったとき、旅のはじめから、風土というイメージが頭から離れなかった。古代のイランン地方にいたアーリア族の一派がインドに南下して、やがてインド思想を作りあげるのだが、この民族はドグマを創造しうる者を聖者とよび、山村にいるかれらに、ひざまずいて食物をささげて供養《くよう》する習慣をもっていた。この習慣の中から釈《しゃ》迦《か》も出てくるのだが、そういう習慣は、イランやインドのどういう風土から出てきたのかということを考えてみたが、どうにもわからなかった。なぜユダヤ人が絶対神を想定し、その本質を愛であると考えたかということも思ってみたが、ほのかな想像が湧《わ》くにしても、すぐシャボン玉のように割れた。八戸の町や海岸や、また原始の焼畑の風景を連想させるような山林を歩いてみて、昌益の思想がその天才の中で成立してゆく風土的なにおいを、わずかに嗅《か》いだような気もしたが、これは間違いであるかもしれない。

江戸から八戸までの太平洋航路というものが確定するのは、元禄《げんろく》期からだという。このことは、当時の八戸に住んで、少数が水田耕作をし、多数が古代以来の焼畑耕作をしていた農耕者にとって、大風で根まで掘り倒されるような新事態だった。多くの冒険商人が江戸から船に乗りこみ、商業的処女地ともいうべき八戸で荒い稼ぎをし、たちまち産をなして、高利貸資本になった。金を農民に貸しつけ、返せなければ、土地や山村をとりあげ、それまで自然の中にくるまれて自給自足していた農民を自分の支配に置きすえ、小作人としてその身分と労働力を縛りつけ、藩が、その高利貸資本の上に乗っかった。藩は商人から税金をとりたてることによって、間接的に小作農民から搾《しぼ》りあげるという仕組みになったが、この現象と機構は、太平洋航路の確定後、暴《にわ》かにできあがったために、心さえそこにあればたれの目からも、鮮明な図解の絵を見るようにして見ることができた。

政治や経済の機構というのは、先進地帯ではゆるやかに進展し、矛盾ができれば反撥《はんぱつ》と崩壊をくりかえしていわば自然の作用にちかいほどの自然さで手直しがおこなわれ、現実と調和してきたために、容易にその矛盾に気づくことができず、矛盾といってもやがては解消されるところの、あるいは他の価値に置きかえられたりするような些少《さしょう》なものにすぎない場合が多い。

しかし、江戸中期の八戸は、先進地帯で成立した欲望追求の機構や機能が、どっと処女地にやってきたために、藩そのものも対応しきれずにうろたえ、ついにはその機構に寄生するかっこうで取りつき、農民は、極端にいえば『詩経』の農民にちかい楽天的環境から一挙に新機構の中の経済単位として組みこまれ、半奴隷化《どれいか》するのである。物事を根源的に見ようとする人間が、そして物事を正邪で厳格に区分して見ようとする人間が、もしこの時期の八戸にいれば、安藤昌益ならずともこの構造を、驚きと憎しみの目でながめることができたにちがいない。

八戸のあちこちを歩きながら、そんなことを考えたりした。ただし、こういう思想的存在（安藤昌益のような）が成立するには、もう二つ三つの条件が要るだろう。当時の唯一《ゆいいつ》の自由な教養人である町医者という立場でなければならず、さらには、他から移住して来なければ、驚きという新鮮さが、精神のなかで成立しない。昌益が、律令《りつりよう》以前からの稲作の先進地帯であった秋田からきたらしいということは、幾人かのすぐれた研究者によって推定されている。

さらには、昌益のような、人の世の根底からくつがえすような思想を考え進めてゆく場合、そのまわりにごく秘密のうちながらも、私淑者や崇拝者をもたなければ――古代インドの例のように――とても持続してゆけるものではない。昌益はそれを持った。それを持つには、文化的に荒蕪《こうぶ》の地ではとても不可能で、そのためには、八戸が南部氏の古い城下町であったために、形而上《けいじじよう》的に物事を考えてゆく人間を尊敬する土壌があったのである。むろん、最後に、抜きがたい条件がある。それは、その思索者が天才でなければならないという平凡なことだが、結局は、これらの諸条件が奇跡のように交わりあって、その交点に安藤昌益というきわめて日本離れした思想家が成立したのであろうか、と思ったりした。

安藤昌益を成立させたのは八戸であったが、その発見と研究に大きな役割を果たしたのも、八戸の研究者たちであった。八戸で昌益の資料が発見されて二十年になり、その後、日本でも最古といっていい市立図書館が、昌益研究のセンターのようになってこんにちまで来た。

しかも、さらに最近、秋田県の大館《おおだて》市で昌益に関するあらたな資料が出てきて研究者たちをおどろかしたが、市立図書館ではこれをしおに、新旧の資料を集大成するという意味で、本書を刊行することになった。

たまたまその推進者のなかに友人の西村嘉氏がいたために、昌益研究者にとっては埒《らち》外《がい》の私に雑感を書くことを命じてしまった。本書の価値にくらべて、この雑感はまことにとりとめない。

（八戸市立図書館編『安藤昌益』一九七四年六月）

# ある会津人のこと

先日、思い立って会津若松へ行った。私が住んでいる大阪からは、会津という土地はいまなお遠い。以前は、東京で一泊して息をついたあと、上野から汽車に乗った。

こんどは、新潟までは飛行機で行った。新潟と会津とはちょっと方角違いのようだが、しかし新潟市郊外の阿賀野川《あがのがわ》をさかのぼってさえゆけばその水源が会津だという耳よりな地理知識を、会津若松市の旧知のM氏が教えてくれたので、その経路をとることにしたのである。

新潟空港には瀟洒《しょうしゃ》な空港ビルができている。小さいながらも国際空港で、昨年この空港ビルをくぐりぬけてシベリアへ行ったことを思いだした。新潟から阿賀野川をさかのぼって会津へ入ることは、むろんシベリアへゆくよりも時間がかかる。

会津若松では、前記のM氏と久闊《きゅうかつ》を叙しあった。私から持ちだした話題のほとんどは秋月悌次郎《あきづきていじろう》のことで、これはM氏に会うたびにつねにそうであることに気づき、途中でわれながらおかしくなって笑ってしまった。M氏は四十過ぎの年齢で、いかにも会津人らしく謹直なひとである。私は自分自身をおかしがっているのだが、M氏はその笑いには乗って来ない。きまじめな調子で、

「秋月韋軒《いけん》（悌次郎の号）のことをお書きになるのですか」

と、私にきいた。「とても、そんな」と私は手をふった。以前にもこんなやりとりをM氏との間でかわしたことがある。秋月悌次郎は、とてものことながら小説に書けるような個性や、特異な思想をもっていた人物ではない。篤実《とくじつ》な性格をもち、他人に対しては遠慮ぶかく、独り居ても自分を慎《つつし》むような人で、その性格のままの生涯を送った。

幕末の乱世にうまれながら、その乱世に気負いたつような浮かれ性《しょう》がなく、そのくせ幕末の歴史におけるもっとも劇的な職務についていた。文久《ぶんきゅう》三年という、京都がもっとも革命的緊張のなかにあった時期に、かれは京都における会津藩公用方の一人として藩外交の実務についていた。そういうきわめて権謀的な職掌にありながらかれは区役所の水道担当者の技術職員のように一見無感動な態度で執務した。それだけでなくのちに会津若松城が官軍の攻囲に屈したとき、降伏のための藩外交を担当したさいも、おなじような態度で終始した。秋月悌次郎をぜんたいとして言ってしまえば江戸末期の典型的な知識人であり、明治後も、敗れた側として新政府に反撥《はんぱつ》するわけでもなく、その保守的

教養や倫理観のわくのなかで謹直に暮らし、やがて老いた。そういう人物だけに、小説に書けるような存在ではない。

しかしそれでもなお気になって、会津若松にゆくたびにM氏をつかまえては秋月韋軒を語ったりするのは、私が勝手に秋月の中に平均的会津人を見出《みいだ》してしまっているせいなのかもしれず、あるいはそれ以外に、私自身が気づいていない理由が、秋月悌次郎の側にあるのかもしれない。

私が行ったとき、市の会館で「明治戊辰《ぼしん》のあとさき」という展覧会をやっていて、会場に秋月一江《いっこう》氏が来ておられた。一江氏のお名前は早くからきいていたが、勤務先が会津若松市から三十キロほど北へ離れた喜多方《きたかた》市の高校だったためにその機会がなかった。氏は、悌次郎の子孫にあたられる。

会場に大屛風《びょうぶ》が展示されていて、江戸末期の会津若松城下が克明にえがかれている。私は一江氏をつかまえて、悌次郎の秋月家はどのへんにありましたか、とたずねてみた。一江氏は竹棹《たけざお》をとりあげ、しばらくその先端を漂わせていたが、やがて外堀に面した一点をトンとたたき、

「このあたりです」

と言われた。そのあたりは城廓《じょうかく》から遠く、一般に徒士《かち》階級の住んでいた界隈《かいわい》で、悌次

郎もそういう身分に属していた。会津藩はその瓦解《がかい》まで身分関係がやかましく、たとえばやがて仇敵《きゅうてき》の関係になる長州藩がさかんに下級の人材を政務の座につかせたのにくらべ、登用ということはまずまれであった。悌次郎の場合は数すくない例外かと思われる。長州藩の場合、登用の条件として当人に機略の才があるとか、藩の産業に一見識があるとか、あるいは洋学を身につけて世界的視野をもっているとかという例が多いが、会津藩が期待した秋月悌次郎における条件は、もっとせまい。悌次郎なら京都に出て他藩の連中とつきあいができるだろう、という程度のことだった。

会津藩松平家は、徳川の家格制度では、いわゆる御三家とともに将軍家の一門のあつかいをうけている。このため老中《ろうじゅう》や若年寄《わかどしより》になるというふうな幕政に参与することはなかった。幕政に参与するのは徳川家にとって使用人の家――井伊《いい》とか酒井とかという譜代大名――がやることで、「御家門」である会津松平家はそういう番頭・手代《てだい》の仕事に対してごく貴族的に超然としていればよかった。中央政治についての無経験が江戸期いっぱいつづいたということが、この藩を世間知らずにしていた。

幕末、京都が騒然とした。

文久年間になって幕府は京都に強大な治安機関を置こうとし、それを京都守護職《しゅごしき》と名づけ、会津藩に命じてその任につかせた。

会津藩は藩主松平容保《かたもり》以下、この職につくことをきらい、再三幕府にことわった。ひとつには御家門としての誇りもあり、誇りと同時に未経験なことはやりたくないというおびえもある。さらには幕府の衰弱ぶりは奥州《おうしゅう》の会津にも伝わっていて、薩長《さっちょう》が牛耳《ぎゅうじ》っている京都で火中の栗《くり》を拾わされるはめになるのはかなわないということもあったらしい。それでも幕命は否《いな》みがたいと決まったとき、城内の広間で君臣ともに泣いたというから、のちの悽惨《せいさん》な会津藩の運命は、世間知らずのこの藩でもなにか予感されていたようでもある。

そういう事態のなかで、秋月悌次郎が、抜擢《ばってき》された。藩としては京都にゆけば公用局を設置しなければならない。公用局は、藩外交をつかさどる。外交といっても実際の業務としては他藩の公用方と京都の酒楼で酒を飲み、情報を交換しあうことであった。実際には情報の交換などあまりなく、毎晩酒を飲むだけのくだらないものだった——ということは、この当時、一橋《ひとつばし》家の公用方として京都に出ていた渋沢栄一《しぶさわえいいち》が、たしか『徳川慶喜《よしのぶ》公伝』の中で書いている。秋月も、そういう役目としてえらばれた。

抜擢の理由は秋月に機略縦横の才があるということでなく、むしろ無さすぎるほどだった。理由は、かれが会津藩のなかでは多少とも世間を知っていたということであろう。

秋月は藩校日新《にっしん》館の秀才であったために十九歳のとき藩費で江戸留学を命ぜられ、幕府の大学である昌平黌《しょうへいこう》に学んだ。それも十年以上も在校した。昌平黌のぬしといってよく、ついには寄宿舎の舎長になり、学生身分ながら幕府から手当まで出たといわれている。昌平黌には諸藩の者がくる。このために、秋月の知人は全国にできた。その後、三十三歳で昌平黌を去ってから、諸藩の知人を訪ねて九州旅行もした。こういう経歴が――西国の有力藩ならなんでもない経歴だが――世間せまい会津藩としては稀少《きしょう》で、選考にあたって魅力的だったにちがいない。同時に奥州訛《なま》りがすくなくなっているということもあったであろう。

文久三年前半期の京都は、三大勢力が鼎立《ていりつ》していた。討幕を露骨に打ち出している長州藩と、保守家で、この時期とくに英雄的気負いがつよかった島津久光《ひさみつ》の指揮下にある(西郷隆盛は流謫《るたく》中だった)薩摩藩と、それに幕府の正規の治安機関として京都に最大の兵力(千数百人)を常駐させ、浪士結社の新選組を支配下に置いている会津藩とが、それである。

薩摩藩がどういう政治的志向をもっているのか、正体がよくわからなかった。この時期以前の薩摩藩外交には西郷の印象がつよく、長州とともに革命的――とまでいえなくても抗幕的であるとされた。が、西郷が流されて久光が主導しはじめると、攘《じょう》夷《い》は攘夷ながら、国内問題では佐幕であり、とくに秩序維持の指向がつよく、過激な浪士たちの期待を裏切った。要するに外部からみればえたいが知れなくなり、長州の木戸孝允《たかよし》などは理解に苦しんだあげく、本気で「薩の本意は島津幕府をつくることにあるのではないか」と猜疑《さいぎ》した。

のちに久光がひっこんで西郷が登場し薩摩藩を主導したときも、木戸は西郷をも久光同然としてうたがい、木戸の西郷への猜疑は生涯ぬけなかった。木戸には見えなかったが、要するに幕末の京都外交における薩摩藩は投手が交代しているのである。第一期は西郷で、第二期は久光、そしてぎりぎりの討幕期になると西郷が登場し、時期ごとに政治的性格がちがうと見ていい。これを外部からみれば、平然と変貌《へんぼう》する奸悪《かんあく》な印象をうけた。薩摩人は習慣として藩の内情を決して外部に洩《も》らさないため、外部からみれば不気味な観さえある。

いまでも、この文久三年初秋での薩摩藩の内情がわかりにくい。

この時期、薩はにわかに佐幕派の――というより国家警察機関であるところの――会《かい》と同盟し、京都から革命派の長《ちょう》を追いおとしてしまったのである。幕末最大の政治的トリックはこの「薩会同盟」といわれる奇怪な政治事件だが、これほどのトリックを薩のたれが策謀したのかわからない。薩人は、語らないからである。明治後も、幕末における薩の機密に参画した者たちが往事を語るということを、ほとんどしていない。長州人は機密をすぐ洩らす、と高杉晋作《しんさく》がなげいた長州人の体質とこの点、ひどくちがっている。

この薩会同盟(とはいえ、三年後の慶応二年には薩摩は長州と極秘裏に薩長連合を結び、会津をほうりだしてしまうのだが)がおこなわれた時期、京都の薩摩藩邸には、めぼしい者がいない。久光は国もとにあり、大久保利通《としみち》もまたその久光のそばにいる。西郷は遠く沖永良部島《おきのえらぶじま》の流人《るにん》小屋で起き伏ししていたし、また西郷や大久保が尊敬していた小松帯刀《たてわき》も、鹿児島にいる。

この時期、京都藩邸にあって薩摩の外交をやっていた者は、四人の名前がうかぶだけである。奈良原繁《ならはらしげる》、吉井幸輔《こうすけ》、高崎五六《ごろく》(猪太郎《いたろう》)、高崎佐太郎(正風《まさかぜ》)で、いずれも二流の人物にすぎない。

兄貴株の奈良原は酒乱で、のちに沖縄県知事になった業績をみてもその思想は固陋《ころう》で粗放であり、ただ猛勇な剣客であるということと、久光に気に入られているということが、かろうじての特徴といえる。吉井幸輔は歌人吉井勇の祖父である。初期、西郷と仲がよかったが、のち久光との関係が濃厚になり、西郷から離れた観がある。明治後は政治の面に出ず、宮内省《くないしょう》の役人になった。高崎五六は明治後、西郷よりも大久保に接し、そのおかげで東京府知事をつとめたが、べつにこれという特徴はない。

最後に、高崎佐太郎の場合である。かれの政治的能力は、未知数だったといっていい。

このとき満二十七で、前年二月、はじめて鹿児島を出て、他郷を知った。島津久光は文久二年閏《うるう》八月に京を去ったのだが、高崎の日記ではこのときはじめて伏見《ふしみ》で久光に御目見《おめみえ》得している。このため、久光に愛顧された側近衆ともいえない。

ただ高崎日記でうかがえるのは、かれは大久保（在薩摩）に目をかけられているらしいことである。政治的には高崎は久光派か大久保派に属すべき存在かもしれず、すくなくとも西郷派ではない。なぜなら後年西郷が京にのぼってきて薩摩藩外交を切りもりしたとき、西郷に激しくきらわれ、国もとへ追いかえされた。西郷は好悪《こうお》の情が強かった。慶応三年十二月二十八日という日付の西郷の書簡では、西郷は高崎について「妖説を唱へ候はんと存じ奉《たてまつ》り候」と書いている。西郷・大久保は慶応年間に入って激烈に革命化し、武力による討幕を決意した。高崎はそれに対し佐幕論をたて、しつこく反対したらしい形跡がこの書簡にうかがえる。西郷にすれば、

（高崎の亡父は久光の生母お由良《ゆら》に反対して処刑された。それからみても当然高崎は自分の与党であるかと思っていたのに、意外にも久光の与党だったたか）

という意味での憤《いきどお》りもこもっていたであろう。

西郷にきらわれたために、高崎の政治手腕はついに未知数におわった。明治後も大久保についたが、西郷についていない。明治政府の政治面にはあまり出ず、主として宮内省の役人として終始した。

ついでながら、この人物について百科事典ではどう書かれているかと思い、平凡社のそれをひいてみると、十二行の記事が出ていた。「高崎正風」（一八三六〜一九一二）とあり、冒頭に、

「明治時代の歌人」

と、規定されている。幕末に、西郷や大久保を出しぬいて会津藩と手を組んだという大層な政治的トリック屋としては出ていない。記事を抜き書きしてみる。

鹿児島県に生まれ、桂園《けいえん》派の八田知紀《とものり》に歌道を学ぶ。1876年（明治9）御歌係、86年御歌掛長、87年男爵《だんしゃく》、88年御歌所長《おうたどころ》、……歌風は古今調の温雅流麗で桂園派に新生面をひらき御歌所派として後進を誘導した功績は大きい。

と、あくまでも歌人としての評価でしかない。

さて、会津藩公用局に籍をおく秋月悌次郎のことである。

会津の京都本営は、黒谷《くろだに》の金戒光明寺《こんかいこうみようじ》にあった。城門のような黒門と、高い石垣をめぐらし、万一の攻防のときには十分に城塞《じようさい》になりうる構えである。しかし公用局の職員は、市中に下宿している。

秋月は、鴨川《かもがわ》のほとりの三本木《さんぼんぎ》に下宿していた。障子をひらけば叡山《えいざん》が見え、夜は水

の流れの音がひときわ高くなる。三本木はいまはそうではないが、このころはお茶屋（酒楼）の町で、諸藩の周旋方（公用方）は、主として、三本木で会合し、芸者をあげて遊んでいた。秋月はどうにも謹直な男だったが、京で酒楼の町に下宿していたところを見ると、この界隈のふんいきが嫌いではなかったのであろう。長州藩の公用方などは資金が豊富なせいもあり、木戸孝允や久坂玄瑞《くさかげんずい》のように、特定の芸者と特別な関係を結ぶ者が多かったが、会津藩は物堅い藩風だったせいか、そういう例はあまり見られない。秋月はどうだったかわからないが、ともかくも、貧しかった生家や、長すぎた昌平黌の寄宿舎時代をおもうと、脂粉と弦歌に満ちた夢のような環境だったにちがいない。

秋月が歴史の表通りに登場するのは、この年（文久三年）八月十三日夜である。舞台は、この三本木の自宅だった。夜、見しらぬ薩摩人が、前ぶれもなく、それも一人で訪ねてきた。高崎佐太郎である。

見知らぬというのは、あとで秋月から連絡をうけた同役の広沢安任《やすとう》がそう言っている。広沢の文章によれば、

　是《これ》より先《さき》、佐太郎と相識者なし。

とあるが、そうだったに相違ない。薩摩藩と会津藩は、公用方でさえ、それほどに交

通がなかった。革命勢力に属する者が警察当局と毎回会合をかさねていることが、普通ありえないのと同様かとおもえる。

日没後だから、高崎は格子戸《こうしど》をたたいたにちがいない。下宿先の家の者が、用心ぶかく格子ごしに、どこの何様かということをきいたに相違ない。この時代の京では、夜間に他家を訪れるなどよほど懇意な仲でないとありえない。高崎は懐中から、折り入って面晤《めんご》を得たい、という旨《むね》のことを書いた手紙をとりだし、格子戸の隙間《すきま》からさし入れて家の者に渡したかと思える。そのくらいの手数は、必要であった。

しかしそれにしても、高崎はこれほど重大な外交上の用件をうちあける相手として、会津藩にも何人かいる公用局員のなかでなぜ秋月悌次郎をえらんだのかということである。

高崎は、秋月の風貌や人柄ぐらいは、知っていたのかもしれない。秋月はのちに彼を知る者がみな言うように一見して温かさを感じさせる人柄で、寡黙《かもく》だが、いかにも信頼できそうな印象を人にあたえて、事実、そのとおりの男だった。

いまひとつ想像できるのは、高崎は同藩の重野安繹《しげのやすつぐ》（一八二七〜一九一〇）を通じて、秋月悌次郎の名をきいていたのではないかということである。重野は秋月とほぼ同時期に薩摩藩から昌平黌に入ってきた男で、秋月とともに俊才の双璧《そうへき》とされ、両者の交情が深かった。ただ重野の才質には秋月にくらべ飛躍力があるようだった。重野は明治後は東京大学で日本史の最初の教授になり、水戸史観（皇国史観）のいかがわしさを実証面から衝《つ》いた歴史家になった。このため政治の圧力でやがては大学を去らざるをえなかったが、この点、ごく保守的な漢学者として生涯をおえた秋月とのちがいは感ぜられる。

その重野が、

——会津の京都には秋月がいる。

ということを、高崎がこの前年（文久二年）に国を発《た》つときに言ったかもしれない。たとえそうでなかったとしても、京にいる諸藩の公用方で昌平黌を経た者はみな秋月に一目置くといった関係があったであろう。つまり高崎が、多くの会津藩士のなかからとくに秋月を選んだというそのための秋月についての評判は、どこでも聞けたはずである。

いっそ、秋月ならだましやすいということを高崎はおもったかもしれない。この時代、他藩への感覚というのはいまの国際関係の中の国々よりもそらぞらしく、ときに仇敵視してみる心理があった。とりわけ薩摩藩と会津藩では気心も知れがたい異国同士の観があったのではないかと思われるし、その心理の牆壁《しょうへき》をこえて相手と接触するには多少、甘ったるさのある相手のほうがいいのではないか。秋月は政治家ではない。後年のかれをみても、まず他人を信じきる所から関係を結ぶという男だった。

秋月は、高崎のいうことをきいて驚いた。

高崎は、長州藩とその傘下《さんか》の過激志士が公卿《くげ》を擁《よう》し、その公卿はほしいままに詔勅と称するものを志士たちにあたえ、それでもって幕府をゆさぶろうとしている、天下の乱はここからおこる、「貴意如何《いかん》」と、問うた。

秋月は即答できない。高崎のいうことを聴いていたが、抗幕姿勢をとる薩摩藩の公用方のいう言葉とは思えない。しばらく聴いてから、

「いまの説は、私見なりや」

と、反問した。高崎はかぶりをふり、これは薩摩藩の藩論である、と答えた。

京都の薩摩藩邸にはさきに触れたように、のちのように西郷や大久保はおらず、むろん久光もおらず、奈良原繁以下数人の頭株がいるだけである。高崎が「藩論也《なり》」としてここまで言いきる以上は薩摩へ急使を出して久光の訓令を仰いだのであろうか。

薩摩藩は、幕末のぎりぎりの時期には、京都と国もとの連絡を敏速にするために、兵庫沖に藩の蒸気船をつないでおき、手紙一本を運ぶために大坂湾と鹿児島を往来した。船は片道、三、四日で航走した。しかしこの時期にはそういう贅沢《ぜいたく》な通信法を用いていないはずだから、手紙の往来はそう敏速にできない。しかし顔ぶれからみて、独断とも

おもえない。あるいは久光が、「京都の混乱が極に達した場合にはそのようにせよ」と言いのこしておいたのかもしれない。

翌日、高崎は秋月の案内で黒谷本陣にやってきて、松平容保に拝謁《はいえつ》し、薩摩藩の方針をはっきりとのべ、薩会同盟を結ぶのである。それまでの下相談として、会津側は重役たちを出し、高崎と綿密にうちあわせした。薩摩側はつねに高崎一人だった。おそらくあとで藩の方針が変れば高崎一人が腹を切るだけで済ましてしまえというぐあいになっていたものかと思える。このあたりは薩摩的なやり方であり、高崎自身もその覚悟でやったに相違ない。

宮廷への工作も、高崎がかねて薩摩藩が応援していた中川宮を通し、孝明天皇に対しおこなった。孝明天皇は長州ぎらいの佐幕家だったから、この薩会同盟のほうに乗った。

これによって八月十八日払暁《ふつぎょう》、会津兵と薩摩兵が御所をかため、九門をとざし、長州派公卿十三人の参内《さんだい》をとどめ、同時に長州藩に対し、それまでの義務――堺町《さかい》御門の守備――を解除し、淀《よど》藩にかわらせた。長州兵はおどろき、押しあいがあったが、結局は退去せざるをえなかった。また同時に長州派公卿は官位を剝《は》ぎとられ、庶人におとされて御所を追われた。この夜、いわゆる七卿落《しちきょうお》ちがあり、長州軍の大挙帰国がある。以後、長州人が「薩賊会奸」として薩会を憎みつづけたのは、このときからである。翌元治《げんじ》元年夏に大挙京に乱入し、いわゆる蛤御門《はまぐりごもん》ノ変があって、ふたたび薩摩兵と会津兵のために追いおとされた。蛤御門ノ変のときには西郷が上洛《じょうらく》していて、直接戦闘の指揮をとった。

が、このときは薩会同盟の功労者である秋月は京にはいなかった。かれは同藩の者たちにその功を嫉妬《しっと》され、北海道警備の代官に遷《うつ》されてしまっていた。その後、時勢は変転した。薩摩は会津をすて、長州と結び、慶応四年正月、鳥羽《とば》伏見で徳川軍先鋒《せんぽう》の会津軍に対し、薩軍から発砲し、攻撃した。会津軍はかつての同盟者と激戦し、しかも敗北した。

この結果、徳川慶喜は大坂から江戸に奔《はし》り、会津軍も同行したが、慶喜の命令で江戸を去るべく強制された。慶喜の都合では、薩長と戦った会津軍が江戸にいてはかれの恭順外交がうまくゆかないのであった。会津軍は砲を曳《ひ》き、負傷者を荷車にのせて江戸を去り、会津盆地に帰った。秋月も、この時期には北海道を去ってこの敗者の列のなかにいた。会津若松城の攻囲戦とその後の会津人集団の悲劇は、この時からはじまる。

話を秋月にもどす。

といって、私は秋月について多くは知らない。かれは明治後、諱《いみな》の胤永を正称とした。

私はタネナガとよんでいたが、当人はカズヒサと訓《よ》んでいたことを最近、秋月一江氏からきいて知った程度である。

ただかつて『竜馬《りょうま》がゆく』や『峠』などで幕末の政治的事態を調べていたころ、何度も「薩会同盟」という曲り角を往き来した。そのつど、秋月悌次郎という名前が出てくるのである。

もっともこの同盟工作の場合、高崎が能動者で秋月は受動者にすぎなかったため、高崎のことだけを調べ、秋月についてはその煩《はん》を避けた。避けつつも秋月は妙な人物で、その挙動に人間としての体温を感じざるをえなかった。

気になっているうちに、『韋軒《いけん》遺稿』という、かれの文章をあつめた小冊子を手に入れた。読んでも江戸末期の武士としてのかれの篤実な性格がわかるだけで、時勢を切り裂くような思想があるわけではない。

ただそのなかに、いくつかの詩がある。かれはかくべつに詩がうまかったわけではないが、そのなかに異常な迫力の一篇がある。「故アツテ北越ニ潜行シ、帰途得ル所」という類のもので、会津若松城が落城したあとのものである。

会津藩はその城の落城後、寒冷不毛ともいうべき下北半島に移されて、この藩出身の新政府への反逆者永岡久茂《ながおかひさしげ》の詩にいう「二万ノ生霊方《まさ》ニ飢ニ泣ク」という生地獄そのままのひどい戦後処置をうけるのだが、この詩はその処置が決まるすこし前に作られた。

秋月は官軍の寛大を乞《こ》うべく会津から北へ潜行して越後《えちご》の官軍本営へゆくのである。その本営には、旧知の長州人奥平謙輔《おくだいらけんすけ》がいた。奥平はかつて秋月を尊敬することがあった。秋月はともかくもひそかに往き、この奥平に会った。るると会津藩の過去の立場を釈明し、窮状《きゅうじょう》を訴え、官軍の寛容を乞うた。奥平は秋月を手厚く遇したが、しかしかといってかれひとりで左右できるわけではなかった。秋月はいわばむなしく帰途についた。

その帰路、会津柳津《やないづ》から会津坂下《ばんげ》にくだる七折峠《ななおれとうげ》という山坂で、気持が絶望的になって詠《よ》んだのが、左の類の詩である。国破レテ山河アリという式の亡国を詠んだ詩は多くあるが、その多くは歴史回顧のもので、秋月のように現実に亡国をひきずって歩いた者の詩は、すくなくとも日本では秋月をふくめた会津人の数篇しかないようにおもえる。

行くに輿《こし》無く、帰るに家無し
国破れて孤城、雀鴉《じゃくあ》乱る
治《ち》、功を奏せず、戦《たたかい》、略《りゃく》無し
微臣、罪有り、復《また》何をか嗟《なげ》かん
…………

詩は長いが、最後に、「何《いず》れの地に君を置き、又親を置かん」と結んでいる。機略の才があるわけでもない秋月が、きまじめな性格だけをもとでにしてかぼそく走りまわり、ついに途方に暮れている姿が、哀れなほどに出ている。この時期の敗残の会津藩は、秋月のきまじめだけに一藩の運命を賭《か》けていたようであり、この権謀能力を欠いて一薩摩に利用され、最後には慶喜にさえ裏切られた会津藩のあわれさが、秋月の息づかいを通してよく出ている。

明治後、秋月は薩長の連中に記憶されていて東京によばれ、左院《さいん》議官になったりした。しかし自分だけが官を得るに忍びないとし、やがて辞した。その後ふたたび東京に出て私塾をひらいたりしたが、明治二十三年、六十七歳で熊本の第五高等学校によばれ、漢文を教授した。

熊本には、五年いた。七十二歳で国に帰るために職をやめ、七十七歳、東京で没した。熊本での在職中、かれは幕末のことを語るわけでもなく、ただ漢文を教え、休日には自宅に生徒をよんで酒を飲んでいたにすぎなかったが、よほど慕《した》われたらしく、秋月の没後三十五年経《た》って、同窓会から『秋月先生記念』という、かれの印象をそれぞれが書いた本が出ている。私はこの本を会津若松市の図書館で見て、頁《ページ》をめくるうちにかれの熊本時代、小泉八雲がやはり在職（明治二十四年から同二十七年まで）していたことを知った。

八雲は言葉の通じない、この老人をひどく崇敬し、つねづね秋月先生は煖炉《だんろ》のようなひとだ、近づくだけで暖かくなる、といったり、ついには神だと言いだしたりした。

「この学校には二方《ふたかた》の神がおられる。一方は私が奉じている白衣を着たキリストであり、もう一方は、黒衣を着ておられる」といったりした。秋月はいつも黒紋服で学校に出ていた。

こういう人物が幕末の会津藩の外交官だったことを思うと、新選組を使う以外はほとんど権略的な外交をせず、一見、時勢の中で居すくんだようでもあった会津の京都守護職というものの性格の一部が、すこしわかるような気もする。

その在職中のある日、秋月は教壇に立って、いつものように本をひろげることをせず、よほど時間が経ってから、じつは昨夜、文久三年以来三十余年ぶりの友人が訪ねてきて、そのために終夜、痛飲してしまった、といった。秋月が詫《わ》びているのは、要するに下調べができなかったために今日は授業を勘弁してもらいたい、ということで、かれはていねいに一礼すると教室を出て行った。

昨夜きた戊辰以来三十年ぶりの友人とは、宮内省の顕官である高崎正風である。

正風の伝記の中の熊本紀行をみると、かれは明治二十六年一月末に熊本に出張してい

る。その一月三十一日の項に、

「朝のほど、雨ふる。秋月胤永来訪」

とあり、また二月六日のくだりにも、

「朝霧ふかし。秋月胤永来訪」

と、ある。秋月が終夜痛飲したというのは、この両日のどちらかはわからないが、いずれにしても「薩会同盟」の当時のことを語って語りあかしたに違いない。冷静にいえば、「薩会同盟」は結局のところ薩摩藩にだまされるたねをまいたに過ぎないが、しかし秋月は高崎を前にしてそういう恨みもいわず、ひたすらに当時を懐《なつか》しみ、翌日の授業もできないほどに飲んでしまった。

このあたり、いかにも秋月らしい人の好《よ》さを感じさせるが、しかしむしろ秋月にとってこの思い出は同藩の者を相手ではしづらいという機微もあったかもしれない。文久三年八月同床異夢の政敵だった高崎を相手に語るときのみ、往事を回顧して手ばなしに感傷的になりうるという微妙な何かがあったに相違ない。秋月はこのとき七十歳である。

（「オール讀物」一九七四年十二月）

# 上州徳川郷

中世は庶民史にとっては、悲惨である。この時代、百姓の次男や三男にうまれた者はどれほど生きづらかったであろう。

徳阿弥《とくあみ》という者がいる。名の下に阿弥とつくのは、「時宗《じしゅう》」という当時の新興宗教の信者である証拠である。

「なむあみだぶつを生涯に一度でもとなえればそれだけでお浄土にゆける」

などと、ひどく手軽い教義をかついで諸国をふれまわる。稼業がら僧のかっこうはしているが僧ではなく、肉食もするし、婦人にも接する。かれらは「遊行乞食《ゆぎょうこじき》」といわれた。憎の姿をした乞食のことを当時聖《ひじり》という。弘法大師をかついであるいているヒジリのことを高野聖《こうやひじり》というが、時宗のヒジリもおなじようなものである。

「高野聖に宿をかすな」

という俗謡まではやった。「かして女房や娘を寝とられるな」という意味の文句がつく。その点、中世の性風俗の一代表であったようにおもわれる。

徳阿弥も、そのようなヒジリであった。越後《えちご》か信濃《しなの》のあたりをうろついていたが、やがて南にくだって三河《みかわ》に入った。

三河国碧海《あおみ》郡にサカイという小さな村がある。境、坂井、酒井と書く。そこに酒井五郎左衛門という大百姓に毛のはえた程度の豪族が住んでいたが、徳阿弥はそこへ流れつき、泊めてもらった。

こういう遊行のヒジリは居心地がいいと長逗留《とうりゅう》をする。村の者をあつめて諸国のうわさ話をしたり、怪奇談、因果ばなし、霊異《りょうい》談をして娯楽のなかったその当時の人間を楽しませるのだが、徳阿弥は話題も豊富で話術もたくみだったのであろう。それに人柄に魅力もあり、容貌《ようぼう》もすぐれていたに相違ない。なぜならば酒井家の娘の某は徳阿弥にひかれ、唄のように寝とられてしまったのである。

娘は一子生んだが、ほどなく死んだ。徳阿弥はさらに遊行すべく、おなじ国内の松平《まつだいら》郷《ごう》へ行った。

松平郷は「奥三河」とよばれる山間部にあり、松平氏がその土地の大百姓であった。たまたま松平氏は当主が死に、後家が家長になっていた。後家は徳阿弥の魅力的な人柄とその話術のたくみさにひかれたのか、やがて同衾《どうきん》をするようになり、子をなした。ついには松平家に婿《むこ》入りのかたちで当主になった。

これが、徳川氏の遠祖である。松平氏、酒井氏の両家の息子はどちらも徳阿弥をもって父としているため両家の結びつきは固くなり、たがいに結束して近郷に威を張りはじめた。

そういういきさつの一端が、後世、徳川家康の直臣であった大久保彦左衛門の手になる『三河物語』のなかに書きのこされている。徳阿弥のくだりを意訳すると「故郷の徳(得)川村(上州・群馬県)を出られてどこをさだめとなく諸国をうろつかれ、十代ばかりのあいだはここかしこと放浪された。徳阿弥の御代に時宗にならせ給い、西三河の坂井の郷中に身を寄せられた……」。以下は、右の記述のはなしになってゆく。

「わしの素姓は」

と、徳阿弥は、そのたくみな話術にまかせて寝物語などに酒井家や松平家のおんなに語ったであろう。

「十代も前は、上州の徳川村から出た」

という。いわば十代つづいた放浪家系である。こういう田地をもたぬ放浪者のことを日本では賤民としてさげすんだが、徳阿弥は「十代前の先祖は田地があったのだ」ということをいいたかったのであろう。十代前といえば百数十年も以前か。

「遠いはなしじゃがな。とにかくわしの先祖は上州徳川村にいた」

その上州徳川村というのは、いまは「世良田《せらだ》」という地名で包括されている。埼玉県深谷《ふかや》市の北方二キロばかりのところにあり、利根川《とねがわ》の北岸に位置し、古来洪水が多く、土壌には砂礫《されき》が多い。この付近に「新田《にった》」という郷があり、この新田に鎌倉以前から源氏の一派が住み、鎌倉期には幕府から一族として優遇され、やがてこの一族を結集して新田義貞《よしさだ》という者が出てくる。

新田義貞は京の後醍醐《ごだいご》天皇とむすび、鎌倉の北条執権家をたおすにいたるのだが、おなじく関東の源氏勢力の一代表である足利尊氏《あしかがたかうじ》と権勢をあらそい、ついに尊氏によってほろぼされるにいたる。

「新田の敗亡の族人が、土地をすてて利根川の岸の徳川村に移り住んだが、さらに足利党がそれに圧迫をくわえたため、やむなく土地をはなれて流浪《るろう》した。その十代ののちがこのわしだ」

と、徳阿弥はいったであろう。この徳阿弥の寝物語がどこまでほんとかはわからないが（十代前のことなど本当であっても一場の夢のようなものだが）、それが松平氏の家系伝説となってひきつがれてゆく。

この徳阿弥から、徳阿弥の代をふくめて八代目の子孫が家康である。

家康は戦国の風雲とともに東海の一勢力として成長してゆくのだが、はじめは藤原氏の子孫であると称していた。

家康の同盟勢力である織田信長も、はじめは藤原氏を称していたが、中途で平氏であると言いなおした。日本には源平交代思想があり、日本の武力政権を樹立した最初は平家であったがそれが源氏の鎌倉政権にとってかわられ、その鎌倉政権は平氏の北条家にとられ、北条家は源氏の足利氏にとられ室町幕府になった。信長のころは室町幕府はあってなきような存在であったが、とにかくそれを倒すものは平氏でなければならず、そのために信長は平氏に改姓した。そのとき同盟者の家康も藤原氏を源氏にあらため、その旨朝廷に請願した。

源氏にあらためるについては証拠がなければならず、その証拠を作るについては遠祖徳阿弥の寝物語が生きてきたのである。

「わが遠祖は、上州利根川ぞいの徳川村に住んでいた新田源氏の族である」

ということになり、姓も徳川とあらため、これ以後、家康は正式に署名するときは「源《みなもとの》朝臣《あそん》家康」と書くようになる。

家康は、関ヶ原での一戦で天下をとった。このときこの「源氏」が生きてきた。なぜならば藤原氏や平氏では朝廷の慣例により征夷大将軍《せいいたいしょうぐん》の官はくだせられない。征夷大将軍は源頼朝の先例以来、源氏にかぎられており、この征夷大将軍がもらえなければ「幕府」というものがひらけないのである（平氏であった信長は平氏であるがために幕府をひらくことができずやむなく公卿《くぎょう》になって天下を統一しようとし、そのあとの秀吉は豊臣氏であったために同様のことになり、やむなく公卿の最高職の関白になって天下をひきいる名目を得た）。とにかく家康は徳阿弥の寝物語があったればこそ徳川幕府というものが、ひらけたのである。

妙なものだ。

合理主義者の家康は、徳阿弥伝説などは信じていなかったであろうが、しかし天才的政治家の考えかたというものは、利用できるものはなんでも利用するというところにあるであろう。

徳川の天下になって、大いにとくをしたのは上州徳川村である。

当然、聖地になった。村ともいえぬような小字《こあざ》だが、徳川幕府はこの部落に大げさにも「徳川郷」という呼称をあたえ、しかも租税不要のいわゆる免租地とした。百姓にとっては巨大な特権であり、ひとえに徳阿弥の寝物語のおかげであろう。

その徳川郷は、いまはそういう地名としては残っておらず、先年、筆者が深谷市のあたりを通過したとき、

「このあたりに徳川という所はありますか」

と、土地のひと数人にきいてみたがたれも知らなかった。おそらく世良田といえばわかったのであろうが、そういう知恵もわかず、ただ利根川南岸までゆき、徳川という在所があるかと思われる対岸のあたりを遠望しただけであった。すでに夕闇《ゆうやみ》があたりに満ち、対岸の田のくろに植えられた榛《はん》の木が夕闇に点々と溶けてひどくなつかしみのある

田園風景をつくりあげていた。おそらく徳阿弥の夢のなかにあった徳川の田園風景もこうであったろうとおもわれた。

（「高知新聞」朝刊一九六八年四月十日）

# 銀座知らず

学生のころ、夏休みになると、心斎橋《しんさいばし》筋をすみからすみまで歩いた。帰省している中学時代の友人のたれかと、そこで遭えるからだ。ひどい日には、五六人も遭った。

「銀座て、ええとこか」

私は大阪の学校だったから、なんとなく劣等感を持って友人に訊《き》いたりした。

「ええとこや。真ン中に電車が走っとる」

「へえ、電車が」

想像もつかなかった。かりに心斎橋の真ン中を電車が走ったらどうなるか、心斎橋筋でなくなるではないか、と、私の銀座への想像は、いつも心斎橋が基準になっていた。

学校を出るや出ずで兵隊にとられたのが私どもの世代である。中国語を多少ならった所から、通訳の真似《まね》ごとをしたりした。日本に興味のある中国人が、きまって、イェンツォ・ツェモヤン？　ときく。イェンツォとは、銀座のことである。私は、いつも赤い顔をして答えねばならなかった。

「銀座、不知道《ぷちたお》」

いちど、ハイラルの東南の草原で蒙古人《もうこじん》に会った。この男まで私に銀座のことをきいた。私の専攻語は蒙古語だったから、中国語よりも幾分かは流暢《りゅうちょう》である。大いそぎで、

「ムットコェ（知らない）」

よほど流暢だったらしく、蒙古人はおおようにうなずき、

「ああ、お前は日本人でないのか」

銀座を知らないために、私は蒙古人と同族だと思われてしまったようであった。

復員してから、生れて育った大阪の街の新聞社にやとわれた。毎日がいそがしく、いよいよ東京へゆく機会がなかった。

むかしから江戸文献を集めたり読んだりするのが好きで、何町に何様の屋敷があるなどと愚にもつかぬことを憶《おぼ》えたが、ついぞナマの東京には行かず、二十七年の夏にはじめて行った。それも、そのころ宗教をうけもっていたために、鶴見《つるみ》の総持寺《そうじじ》と、築地《つきじ》、浅草の両本願寺別院にゆくのが目的で、花の銀座には、なんとなく寄らずじまいで帰阪した。

そのころから、ときどき小説を書いていたが、当時の私の小説は西域の話や仏典に取材したものがおもで、ついぞ東京も銀座も、舞台としてはあらわれなかった。

三十年のころから仕事の環境がかわって、しばしば東京へ行くようになった。東京へゆけば、古い友人である寺内大吉君の家にとまった。東京といっても、僧侶《そうりょ》兼作家のかれの家は、寺なのである。それも世田谷にあり、都心までは遠い。それでも大阪からきた私はこれでも東京だと思っていたら、寺内君の家人が、「ちょっと〝東京〟へ行く」といって渋谷などへ出かけてゆくのである。だまされたような気がした。きけば世田谷などは東京の周辺にあり、大東京になってからやっと合併された旧村というではないか。

何度かとまるうちに、私は世田谷区についてはは多少地理が明るくなったが、それでも銀座を知らなかった。案内人であった寺内君自身、あまり繁華街を好まないたちだったからだろう。

三十二年の夏、東京へゆくときに、はじめて富士山をみた。

「これが日本の富士か」

と、私は小学生のように感動した。横山大観のえがく富士よりも、山下清のえがく富士のほうに似ていた。山下画伯とは同年配だから、親近感があったせいかもしれない。

そのときの旅行で、はじめて銀座へ私は行くことができた。富士と銀座をふたつながらにして見たわけである。年は三十四歳になっていた。

その夜、銀座の酒場で幾分か酩酊《めいてい》したのだが、容易になじむことができなかった。むりもなかった。私に酒をすすめるどの女の子も私の小学校時代の先生とおなじ言葉なのである。その当時、いくら大阪の先生でも教壇では大阪弁をつかわず、急ごしらえの標準語でしゃべっていた。だから、私は酔えば酔うほど、なんとなく小学生の心境に追いこまれて行くのをどうすることもできなかった。

夜の街へ出て酔いをさました。都電が通るのをみた。

「ああ、真ン中に電車が走っとる」

学生時代をなつかしく想《おも》いだしたことだった。

（「銀座百点」一九六一年一月）

# 古本の街のいまむかし

私は大阪でうまれて最終学校もそこだったから、若いころの古本屋歩きといえば、大阪だった。大阪にも日本橋という地名があって、ニッポンバシとよむ。戦前はその筋の両側がながながと古本屋の筋で、そこを半日かけて歩く楽しみや思い出は、青春とともにあった。

戦災でそのあたりが焼けて、古本屋さんが疎開《そかい》さきからもどって来ず、このため街の相《そう》が一変し、いまは値びき電気器具を売る筋になってしまっている。

東京よりも、はるかに大阪は変わりやすい。江戸時代の古本屋の街筋というのは、心斎橋筋だった。灯火の貴重な時代だったのに、心斎橋筋の両側の露店もふくめた古本屋さんは、夜もあかあかと灯火をつけて営業していて、そぞろ歩きのひとびとをよろこばせつづけた。

京都は、河原町《かわらまち》通りである。ここはいまでもさかんで、店の内容も充実している。

そこへゆくと東京の神田の古本の街は江戸時代からのものだが、その後、いよいよ充実した。

江戸時代の神田は塾が多く、とくに江戸末期の東條一堂《とうじょういちどう》の塾は、剣術の千葉道場とならんで有名で、江戸の旗本の子弟だけでなく、諸藩の定府《じょうふ》、勤番《きんばん》の侍たちもこれらの塾にあつまった。自然、本屋さんの存在が必要だった。

本屋というのは本来、古書籍商のことだった。江戸時代は出版業もさかんだったが、新本を買う習慣は一般的になく、本というのは貨幣と同様、社会を循環するものとおもわれていた。読書人や蔵書家がなくなればその書庫の本はふたたび市《いち》に出、好む人によって買われるのである。

神田の古本屋街は、要するに神田に集中していた塾とともに興《おこ》り、栄えた。明治後、神田に法律学校がたくさんできて、それが、明治大学などのもとになったことはいうまでもない。

「古本は、男子一代の業ですよ」

と、大学を出ようとしている青年に、その道に入ることをすすめたことがある。この道の達人の商品知識の広さと深さは、ときに若い学者もおよばない。

だからあなたは、神田の古本屋さんの丁稚《でっち》になりませんか、と、ある青年にすすめたことがある。もし五年して本好きにならないようだったらもう一度相談にのりましょう、といって、神田の高山本店さんの世話になったことがあるが、ざんねんなことにこの青年は本の通《つう》になってくれずに、結局は有名出版社の営業に行ってしまった。

世が、変った。三十年ほど前までは、地方にゆくとまっさきに古本屋さんにゆくのが楽しみだったが、どうやらそのころをさかいとして、古本の流通が変ってしまったらしい。すくなくとも昭和四十年代ぐらいからは、地方に行っても雑本ばかりで、どうしてこうなったのだろうと、すわりこみたい思いだった。

ところが、地方の古本屋でいい本が出たとなると、本屋さん自身か、他の人が東京の神田に送ってしまう、ときいた。東京へ売るほうが、店頭に店晒《たなざらし》しておくよりも、いい値になるのである。

このときほど、東京の情報収集能力のすごさを感じたことはなく、さらには日本の構造が変ったことについても身にしみて感じた。

ともかくも、神田はいまや世界の古本の街なのである。

（「古本」一九八九年十月）

# 赤尾谷で思ったこと

越中庄川の上流に、赤尾谷という冬は雪でとざされる村がある。その村の宿にとまったとき、赤尾の道宗《どうしゅう》のことなど、あれこれおもった。赤尾の道宗とは、「ごしやう（後生）の一大事、いのちのあらんかぎりはゆだんあるまじき事」という文章ではじまる「赤尾道宗二十一箇条」を書いたひとである。室町期のひとで、文章には文亀《ぶんき》元年（一五〇一）何月という日付が入っている。かれはよく知られているように、在郷の念仏信者で、蓮如《れんによ》に親炙《しんしゃ》した。道宗においておどろかされるのは、人間が人間に対してこれほど尊敬できるものかということである。

道宗は京からみれば僻遠《へきえん》の山中にいながら、年に何度か京へのぼって蓮如のそばに侍し、その法話を聴いてよろこぶだけでなく、蓮如の息の仕方から洟《はな》のかみよう、あるいは蓮如が無言でいるときのたたずまいにいたるまで、そこに何事かあるがごとくに感じとろうとする姿勢をとった。たまたま蓮如と道宗がいた世界が、分類的にいえば宗教の分野であったがために、われわれはこの両人の関係を、特殊な精神の感作や感応のおこなわれる世界として棚にあげてしまいがちだが、それにしても道宗の蓮如への傾倒はすさまじすぎる。

あるとき、はるばると京からもどってきて、この山中の自分の屋敷の縁側に腰をおろし、わらじを解こうとした。このとき京で忘れものをしたことに気づき、そのままわらじを結びなおしてふたたび京の蓮如のもとにむかって発《た》ったというのである。忘れものというのは、自分の妻女に頼まれていた事柄であった。妻女はかねて道宗に、「こんど京へのぼられたとき、自分のような者にでもわかるような御言葉を頂戴《ちょうだい》してきてほしい」とたのんでいたのだが、道宗はそのことを忘れて帰国し、妻女の顔をみて思いだしたのである。

この挿話は、百年前までの日本の社会にいた者なら感動したかもしれないが、現代ではむしろ滑稽感《こっけいかん》さえつきまとう。現代というのは、人間が人間を尊敬せずとも済むという思想もしくは機能をふくみこんでいるようである。子供が、あすは遠足だという場合、晴れなのか雨なのか、かつては母親にきいた。もしくは自分で即製のマスコットをつくって祈るという、軽微ながらも敬虔《けいけん》の念をもつ体験をした。そのことが、こんにちの機能性に富んだ社会では、母親もマスコットも必要とせず、さらにはそれと同じことを繰りかえすようだが、仰いで恃《たの》み入る姿勢を必要とせず、電話機に命ずればそれで用は完結するのである。子供にとって受話器のかなたからひびいてくる声に対し尊敬したり感謝したりする必要はなく、子供はその声を使用するだけで済む。子供が主人で、声は奴《ど》隷《れい》の立場にある。子供たちは万事、このような社会にいるのである。

以前の社会はそうではなかった。

ひとつの原形として原始社会を考えれば、猪《いのしし》を獲《と》る方法を身につけるには、村の名人に肌身を接し、赤尾の道宗が蓮如に対してそうしたように、名人の呼吸の仕方から咳《せき》ばらいの仕様、または山歩きをするときの足腰の動かし方にいたるまで吸収せざるをえなかった。その吸収の仕方には方法というものがなく、その名人を全人的に尊敬してしまう以外になかったであろう。尊敬するという姿勢をとるとき、体中の毛穴までが活動し、何事かを吸いとることができたように思われる。

人間が生物としてはかない面があるのは、通常孤立して生きてゆけないことである。人間は人間との関係において生存を成立させている生物である以上、古来、自分以外の何者かを尊敬するという姿勢を保っていることによって社会を組みあげてきたように思える。

ちかごろ、若い母親が嬰児《えいじ》を殺したり、妊娠中にノイローゼになって自殺するといった事件が多い。その事例のほとんどが核家族においてあらわれているという。医者たちのいうところでは、一般に出産や育児に自信がもてなくなったというのがその心因であるらしく、こういう種類のノイローゼは原始社会以来、ごく最近までなかった。老人の体験や知識に対する尊敬心をうしなったためにその助言や助力を得られず、頼むところのものは市販の育児書だけであり、その関係はさきにふれたダイヤルをまわせば天気予報がきけるということに似ている。育児書の活字は、心のささえや、信頼すべき老人たちがおしえてくれるたかのくくり方まで教えてはくれないのである。このことも、人間が人間に対する尊敬心をもつという原始以来の習性をうしなったための、大げさにいえば文明史的な不幸というほかはない。

教育の場では、子供たちに批判する心を育てねばならないが、同時に人間を尊敬するという心の姿勢もあわせてもたさねば、健康で堅牢《けんろう》な批判精神というものができあがらないであろう。

私は、赤尾谷の宿にとまっていたとき、同行の知人に、ついこの土地にかつていた道宗という男の話をした。

「蓮如とホモだったのでしょう」

といったのは、四十代の人である。道宗が蓮如を知ったのはもう初老の齢《とし》である。師事したのは蓮如の死までせいぜい九年か十年だから、蓮如が七十代から八十代だったころである。健康な批判というのは、堅牢な事実把握の上に成立しなければならない。

「宗教の教祖にはかならずそういう人がくっ付いてくるのです」

といったのは、六十代のひとである。理の当然で、宗教における教祖や中興の祖はかならずそういう人間的魅力をもっており、蓮如にも無数の道宗がいたはずである。しかしそれだけで道宗における人間の課題を終えてしまうのは完全から遠いであろう。

道宗がこの赤尾谷に出現するまで、このあたり、つまり五箇山《ごかやま》や白川谷一帯には、呪術化《じゅじゅつか》した仏教がかけらとして入っていたにせよ、精神の秩序としてのまとまった文明は入っていなかった。道宗が蓮如を知るにおよんで、生活の規範までをふくめたそれがはじめて導入された、ということを知ってやる必要があるであろう。道宗におけるとくに知的昂奮《こうふん》の大きさについては、こんにちのわれわれは自分の想像力を越えるものだという謙虚さをもたねばならない。

「たかが念仏坊主《ぼうず》にそんなに昂奮したのか」

という不用意な感想は、後世という何もかも結果が出てしまった歴史的時間にいる者がつねに持ちがちな尊大さというものである。

さらには、赤尾谷をふくめての越中・飛騨《ひだ》の山岳地帯での人の暮らしの手段は、焼畑農耕のほかは狩猟や採集に拠《よ》った。猪をとる方法は、その仕事をしている父親を尊敬することによって身につけるか、それとも名人に随伴して名人を尊敬しきるところから体に伝わってくるものだということを、ひとびとは倫理でなく生きる習俗として知っていた。道宗はそういう社会の人であったために、蓮如に出遭ったとき、蓮如の体系を身につけるにはこれ以外にないと自然に思い、自然に大昂揚してしまったわけであり、道宗における身と心の弾《はず》みのみずみずしさは、かれの属したそういう社会の条件を知ってやらねば、受けとりようによってはただいやらしさだけが鼻につくという印象批評になってしまうのである。

もっとも私自身は二十世紀にうまれて、しかも近代文学の洗礼をうけてしまった都市生活者であるということもあって、道宗のような男はやりきれないような気もするし、たとえこの世で出遭っても友人になることから避けたい気もする。ましてひとに尊敬されて平気でいる蓮如のような男の神経にもかなわない気がするが、しかし、それは好悪《こうお》のことで、道宗その人について理解したいということとはべつの問題である。

つい赤尾谷の宿で考えたために、道宗という重い例を持ちだしてしまったが、私がここで触れたかった課題はもっと軽い。人間が他の人間を尊敬するということの奇妙な精神は、人間の生存のために塩と同様重要なものだということを言いたかっただけである。むろん血液の中の塩分がそうであるように少量でいい。それがもし人間の社会からなくなってしまえば、この生物の生存関係としての社会はごく簡単にくずれ去ってしまうにちがいない。そういう恐怖感をちかごろもっているのである。

（「精神開発室　紀要'72」一九七三年三月）

# 千葉の灸《きゅう》

甲州で、古いひとなら、

「小田切謙明《けんめい》一所懸命」

ということばを知っている。こどもなどが遊戯をしていて、いざ正念場というときに、オダギリケンメイイッショケンメイととなえたものだときいているが、といって、この人物がどういう人物か、いまは甲州でもあまり知られていない。

筆者も、明治の自由民権運動家という以外よく知らなかった。

このひとは生きているうちに神様にまつられたという。生祠《せいし》である。

祭神である当の人間は、浮世のどこかでめしを食ったり汽車に乗ったり、排便をしたりしているのだが、別の場所で一団の大まじめな連中があつまり、その人物を祭神にし、地をさだめて祠《ほこら》をつくり、春秋二季に神主をよんできて大祭などをしたりするわけである。日本の土俗信仰のなかでも、この生祠だけはおそらく、世界に類のないものにちがいないが、ともかくこういうことをやる民族というのは、どこか、不可解なものをもっているに相違ない。生祠という土俗がいつごろからはじまったものかは知らないが、山梨県にもっとも多く、広島県にもいくつかあるという。多くは、農民を救済した義人的な庄屋《しょうや》、または租税《ねんぐ》を軽減するなどの善政をやった代官などが祭神になったというから、江戸時代の農民が発明したものかもしれない。

小田切謙明は、明治十六年に甲府城のそばで温泉を発見し、県庁に許可をえて掘り、これがためにそれまで草原だったところがたちまち湯治場になってにぎわった。そこで土地の者が謙明をありがたがり、その恩を感謝するため、明治二十一年九月、桜町に祠をつくってまつった。謙明は号を海洲といったから、神さまの名は「海洲大権現《だいごんげん》」ということになり、その神社を建てるについての趣意書は、依田敬三という東京帝国大学の法科学生が有志にたのまれてかいた。当時甲府の町では、大学生といえば学者ということになっていたのであろう。

「桜町温泉場は、小田切謙明氏の新開せるものにして、明治のはじめは狐狸《こり》の住せる野原なりき。……」

というところから趣意書の文書ははじまるのだが、それはどうでもいい。

小田切謙明が生神になったということも、じつは筆者にとってどうでもいい。ただ言いそえておかねばならないのは、生きながら祠にまつられるほどこの謙明は怪人物であったわけでもなんでもなく、土地にそういう土俗信仰がのこっていて、謙明がそれに仕立てあげられただけのことにすぎず、いまでいえば、文化勲章をもらったりすることとあまりかわりはない。

謙明は甲府市新青沼のうまれで、幕末、十八歳ですでに青沼村の庄屋であった。維新後、自由民権運動に投じ、私塾をつくったり、啓蒙《けいもう》新聞を発行したりして、政府当局から圧迫されたりしたが、のち板垣退助の結社にくわわり、各地に奔走して、いわゆる民権闘士としての名を全国に知られた。明治十三年十一月に東京でひらかれた国会期成同盟の大会では河野《こうの》広中《ひろなか》、杉田定一らとともに幹事の列につらね、その後結成された自由党で常議員ということになっているところをみると、地方的活動家であったとはいえ、相当な存在だったといってよい。

やがて明治国家が立憲制になり、明治二十三年、第一回の衆議院選挙がおこなわれたとき、当然ながらこの立憲運動のためにながいあいだたたかってきた小田切謙明は、その故郷の山梨県第一区から立候補した。ところが落選した。

原因は、内相品川弥《や》二《じ》郎《ろう》の選挙干渉と、謙明自身に選挙資金がまるで不足していたためであった。この当時、露骨な買収選挙がおこなわれた。小田切謙明にはその金もない。かれは国会をひらくという運動を十数年にわたってつづけ、「小田切謙明一所懸命」といわれるほどに奔走をし、先祖からの資産もつかいはたし、いざその世の中がきたときに、他の金権候補のために敗北した。あわれとも皮肉ともいいがたいが、この皮肉を謙明に味わわせた山梨県有権者のしたたかさは、むしろ痛快なくらいである。謙明はこの時期、すでに生神になって桜町の一角にまつられ、春秋二季にはその祠に「海洲大権現」という赤ノボリが立っていたころのことである。祭神にはしても選挙には当選させないというところが、おもしろい。

このころ、金権候補はみな政府党で、それらの豪勢な選挙ぶりをうたった俚謡《りよう》まではやった。

「浅尾人力《じんりき》、金丸馬車で、小田切ゃわらじで苦労する」

第二回の総選挙が、同二十五年におこなわれたが、このときも謙明は立候補した。この二回目のときは前回以上に金がなく、唄《うた》のようにわらじがけでかけまわったが、「浅尾人力」のために惨敗《ざんぱい》した。その翌年、四十七歳で死んだから、ついにかれは国会に出たことのない草莽《そうもう》の政客としておわった。

話はまったくかわるが、金子治司《はるじ》氏の著書に『幕末の日本』という本がある。まことに新聞記者の著作らしくいちいち足でたしかめられた幕末史話で、そのなかに「千葉の灸」というくだりがある。

剣の千葉家には、周作の神田お玉ヶ池道場と、周作の弟定（貞）吉の桶町《おけちょう》道場とのふたつがあり、たとえば坂本竜馬はその桶町千葉の塾頭であった。金子氏は、桶町千葉家の子孫のひとをたずねておられる。著者金子氏によると、桶町千葉家の子孫は、定吉からかぞえて五代目、千葉晃氏というひとで、晃氏は歯科医の免状をもちながら、灸治院を経営しておられるそうだ。

このくだりに、私は興味があった。なぜなら千葉家には周作・定吉のころから「千葉の灸」といわれた独特の灸がつたわっていて、維新後、剣術がはやらなくなってから、桶町千葉家の生業《なりわい》になった。それがいまなお根づよく支持者があり、五代目の晃氏によって灸法が継がれているというのは、おもしろい。

金子氏が、足立区千住《せんじゅ》仲町二九の千葉家に訪ねてゆくと、「千住の灸、千葉灸治院」という古びた看板が、風にかたかた鳴っていたそうだ。

金子氏はそこで、竜馬と千葉家の娘さな子との交情について、晃氏から言いつたえ話をきこうとされたところ、このくだり、氏の文章によると、晃氏は頭をかきながら、「いまになってみるとおやじからの聞き語りをとっておくべきでした。だから定吉じいさんのことも、おさなおばさんのこともよく聞いていないのです」ということで、いまは言いつたえが絶えてしまっていた。

定吉とその子重太郎の墓は、雑司《ぞうし》ヶ谷《や》の墓地にある。ところが、さな子の墓はわからないと晃氏はいう（『幕末の日本』は昭和四十三年、早川書房刊）。

ということだが、じつは、千葉さな子の墓は、幸い、現存している。それも甲府市にある。ここで、前記、小田切謙明とつながってくる。

その前に、千葉さな子とは何者かということを説明しておきたいのだが、どうも紙数がとぼしい。竜馬のみじかい生涯のなかで出てくる何人かの女性の一人である。

竜馬は桶町千葉で剣を学んだが、ほとんど千葉家の家族同様に待遇され、のち諸国を奔走しているときも、江戸にくればかならずこの千葉家を宿にした。自然のなりゆきでさな子は竜馬に好意をもったが、竜馬もむろん同様だったにちがいない。かれは技能をもった才女がすきで、それからみればさな子は娘ながら北辰《ほくしん》一刀流の免許皆伝のもちぬしである。ところが、この恋は結ばれなかった。竜馬はその若い晩年、最後に江戸を発《た》つとき、さな子から胸中をうちあけられ、かれもおどろいた。あるいは驚いたふりをした。なぜならば、竜馬は妙に艶福家《えんぷくか》で、このときすでに京でおりょうという娘を得ており、これを結局は妻にした。という事情から、その事情をうちあけられもせず、かといって恩師の娘をいたぶることもならず、窮したあまり、「自分は危険な奔走をしている。いつ死ぬかわからず、だから結婚ということは考えられる境涯ではない」と婉曲《えんきょく》にことわり、「しかしうれしい」などといって、いきなり自分の着ている着物の片袖《かたそで》をひきちぎり、「浪人の身でなにもさしあげるものはないが、これを私の形見だとおもってください」といって、その桔梗紋《ききょうもん》入りの片袖をさな子に渡し、千葉家を去った。その後、竜馬は死んだ。

さな子は、維新後は、女子学習院の前身である華族女学校が永田町にあったころの舎監のようなしごとをしていた。教え子たちにときどき昔ばなしをし、私は坂本竜馬という人の許婚者《いいなずけ》でした、と語ったりしたが、明治の初年は生き残った元勲たちの全盛時代で、物故者の名はほとんど世間で語られることがなく、娘たちも坂本某とは何者であるかよくわからなかったそうである。

さな子は、竜馬の妻として生涯空閨《くうけい》をまもった。さな子自身も、京や長崎で奔走する竜馬にはおりょうという者が存在したということをおそらく知らなかったにちがいない。

さな子が、いつ華族女学校を退職したのか筆者にもついに調べがつかなかった。

そのあと、千住にいた。

あるいは千葉晃氏がいま住んでおられる千住仲町二九かもしれないが、ともかくさな子も、その千住の家の軒に、

「千葉の灸」

という看板をかかげ、需《もと》めがあればその家伝の灸法をほどこした。

以下のことは、おそらく明治二十四、五年のころだろう。前記、山梨県の自由民権運

動家の小田切謙明が中風《ちゅうぶ》を病み、ほうぼうの医者にかかったがおもわしくなかった。小田切夫人豊次（女性名である）が、千住に中風の灸点をおろしてくれる家があるとききき、謙明を人力車にのせて訪ねてみた。

奥から上品な老婦人が出てきて、表ノ間で容体をきき、やがて灸治療をしはじめた。通ううちに、小田切夫妻はこの老婦人が何者かということに興味をもち、身の上をきくと、なんと桶町千葉家のむすめで、坂本竜馬の許婚者であるという。

謙明は、自由党の総帥《そうすい》の板垣退助とは親しく、板垣が土佐人である関係で、坂本竜馬という人物のことは早くからきいていたし、その板垣がかつて、自由民権の先唱者的存在は自分ではなく、それ以前の坂本竜馬である、と語ったことをおぼえていた。それやこれやでこの老婦人の境涯が気にかかり、きいてみるとひとり暮らしだという。

謙明もその夫人豊次も底ぬけの親切者だったらしいから、老婦人を説きつけ、自分たちと甲府で住もうといった。

といってべつに灸が効《き》いたからではなかったらしい。さな子の灸は謙明の容体にはあわず、謙明は明治二十六年四月九日、甲府の自宅で死んだ。

謙明の死後、豊次はさな子を甲府の小田切家にひきとり、余生を送らせた。その三年後の二十九年十月十五日、さな子も死んだ。

謙明の墓は、小田切家の菩提寺《ぼだいじ》である甲府市白木町の日蓮《にちれん》宗清運寺にある。

その横に、さな子も一族のあつかいで葬《ほうむ》られ、自然石の墓碑に、

「千葉さな子墓」

ときざまれ、碑の横側には「小田切豊次建之」とあり、さらに、

「坂本竜馬室」

と、刻まれている。

さな子は生涯、竜馬の妻のつもりでいたらしいが、死後、墓碑によってその思いが定着した。人の世の儚《はかな》さと、人の心の結び目の強さのようなものを、同時に感じさせてくれる墓碑である。

謙明の旧宅は甲府市の新青沼町に残っており、その生祠はいまも市内桜町にある。

（「オール讀物」一九六九年九月）

# 裾野《すその》の水――三島一泊二日の記

以下、一日を伊豆の三島ですごし、そのあともう一泊すべく箱根にのぼった、というだけのことを書こうとしている。

ただし、ここ数日、旅の疲れで呆《ほう》けたようになっていて、こういうときには、庭のカシの葉が黄ばんでいるのを見るだけでも、大げさに寂光《じゃっこう》を感じてしまう。

ともかくもこの秋は、酔狂なほどあちこちへ旅をした。たとえばにわかに済州島《チェジュド》（韓国南端の大島）へゆきたくなり、時をおかず行ってしまった。ゆくと、山中の落葉樹がことごとく黄や赤、それもさまざまな色ぐあいに黄葉《こうよう》していて、こういう山をもつ国に嫉妬《しっと》を感じたほどだった。山は、現在は死火山という漢拏《ハルラ》山である。熔岩《ようがん》が大いに流れてついには一島をなしてしまったという地形で、つい日本の富士山とその広大な裾野をおもいだした。

ところで、富士の裾野の南東のはしにあるのが、三島という、かつては東海道の重要な宿場だったまちである。まちには、ゆたかに水が湧《わ》き出る。

この湧水《ゆうすい》というのが、なんともいえずおかしみがある。むかし富士が噴火してせりあがってゆくとき、あるいはそのこぶの宝永山が噴火したとき、熔岩流が奔《はし》って、いまの三島の市域にまできて止まり、冷えて岩盤になった。

その後、岩盤が、ちょうど人体の血管のようにそのすきまに多くの水脈をつくった。富士のいただきは積雪と融雪をくりかえしている。融《と》けた雪は山体に滲《し》み入り、水脈に入り、はるかに地下をながれて、熔岩台地の最後の縁辺《はし》である三島にきて、その砂地に入ったときに顔を出して湧くのである。

富士の白雪、朝日に融ける、融けて流れて三島にそそぐ

という、かつて日本式の寄合酒《よりあいざけ》の場でさかんにうたわれた唄《うた》（農兵節）は、要するに富士の地下水脈のゆたかさをことほいだ歌らしい。そんなあたりまえのことが、こんどの旅で腑《ふ》に落ちた。

三島は、詩人の大岡信《まこと》氏の故郷でもある。幸い、この旅で会うことができたので、湧き水についての思い出をきくと、氏の少年のころは市中のあちこちに水が盛りあがっ

ていて、道路を濡《ぬ》らしていたほどだったという。まことにさかんな感じで、きいているだけでも、目の前にきらきらと水がみちてくるような思いがした。

ただし、いまは富士山麓《さんろく》にできた工場が、ボーリングして地下水脈から水をじか取りしているために、こんこんと湧いて町を濡らすというふうではなくなっている。

「海岸や海中にさかんに湧き水が出ています」

ときいたのは、済州島でのことである。漢拏山の熔岩でもって島じゅうが岩のふたをされたようになっていて、多少の川筋があっても水はない。漢拏山そのものが巨大な水《みず》甕《がめ》のようになっていて、一見、水とは無縁のようにみえる。が、熔岩のすそが尽きる海岸にいたって湧水しているのである。もっともこの島も、いまはいたるところでボーリングをし、地下水をポンプ・アップし、水道として分配しているために、海岸の湧水は、むかしほどではないそうである。

古代人にとって三島の湧き水は、神秘にうつったにちがいない。

ここに伊豆一ノ宮の三嶋大社《みしまたいしゃ》が成立したのは当然だったにちがいない。三嶋の神はもともと伊豆の下田の白浜という海浜に鎮《しず》まっていたものをいまの地に勧請《かんじょう》したというのが定説だが、逆だという説もある。私もはるかな古代このかた、この地にあったとおもいたい。

朝食前に宿を出て、タクシーをひろった。私は三島に何度かきたが、一度も泊まったことがない。泊まると自分のまちになるようで、まちに親しみを覚えてしまう。三嶋大社は、昨夜はくろぐろとしていかにもゆゆしげな杜《もり》だったが、朝の社頭は浅草の仲見世のように庶民的で、七五三の参詣《さんけい》客をあてこむ露店でにぎわっている。

「お客さんは、クーシューということばをご存じですか」

と、ふたたび走りだした車の中で、若い運転手さんがきいてきた。とっさのことで、字が思いあたらず、つい知らない、というと、運転手さんは残念そうで、

「このへんの年寄りは、みなそんな話をしますよ。小田原も沼津も焼けたが、三島は焼けなかったんだそうです」

「ああ、空襲のこと――」

車が、雑多なカンバンの列の間に鼻を突っこむようにして、古い商店街の中に入りはじめた。

「ええ、空襲のことです。ですから、この商店街も戦前の建物です。たいしたねうちです」

運転手さんは、古物《こぶつ》保存の風潮の中で成人したひとらしく、感動的にいった。私はふとおもいだして、

「浪漫亭というバーを知っていますか」

「あ、それならここです」

偶然、曲がったところにある古ぼけたビルの前に車をとめた。車の窓からのぞくと、軒下《のきした》にゴミ箱が出されており、トレパン姿の老人が、義歯を外《はず》しては口の中に入れていた。カンバンには浪漫亭とあった。これはキツネにつままれたなと思いつつ、昨夜のことを思いだした。たしかに浪漫亭のはずだった。

ただ、場所は高燥な台上にあって、眼下に三島の灯《ひ》のむれが見おろせた。他に人家のないところに店があり、夜だからよく見えなかったが、道は狭く、道ばたにススキの穂が光っていて、そばに野菜畑があった。畑には豚の糞《ふん》でつくった堆肥《たいひ》が施されているらしく、むかしの田舎のにおいがしてなつかしかった。店の中はふんいきがよくて、できれば昼の光の下でもう一度このあたりを眺めてみたいと思ったのである。

「じつは、私のいう浪漫亭は、箱根への登り口で、わずかに旧街道が残っているあたりだったと思うんだけど」

「ああ」

さすがにプロで、そこにも同名の店があることを知っていた。しかしこの三島というまちなかはたえず交通渋滞していて、この日、日曜日だったから、どの街路も、車が一メートルきざみで前進していた。だから、ずいぶんかかる、という。かれは、私には三十分ほどしか時間のゆとりがないことをおぼえていてくれたのである。

「じゃ、予定どおり、このまま柿田川《かきたがわ》の湧水場所まで連れて行ってください」

車は、機嫌よく動きだした。


昨夜、私は風船のようで、自分のアタマで三島を歩かなかった。桜屋という有名なうなぎ屋へ行って、やや遅目の晩めしをとったのも、土地の人が、私という風船の糸を持ってくれたおかげなのである。古風な二階にあがって、うな重が来るのを待つ間《ま》、欄間やふすまを見まわしたとき、このまちが焼けなかったことを感謝した。

「ここは、太宰治《だざいおさむ》の西限のまちですね」

と、ふと思いだして土地のひとにきいた。太宰というひとは東京というまちが好きだったようで、戦時中、故郷の津軽に疎開《そかい》するとき、東京への訣別《けつべつ》のことばをどこかに書いている。自分を育ててくれたのは東京というまちだというふうにである。箱根にも来、また富士の裏側の御坂《みさか》峠にもきたりしたが、箱根を越えたのは、西麓の三島までだった。三島はなお東国に属する。津軽から三島までが自分の自己同一性《アイデンティティ》にかかわりのある同質の東方文化圏であるとどこかで思っていたふしがないでもない。

「箱根のむこう（西むこう）はオバケが出る」

などという江戸っ子のせりふがある。京や大坂、備前《びぜん》や備後《びんご》、長州や薩摩《さつま》という、それぞれ一筋縄で尺《しゃく》を測れない地方があることは、江戸っ子の不愉快とするところだった。

漱石《そうせき》の『坊っちゃん』も、主人公が赴任した伊予の松山という土地がいかにオバケのくにだったかということを、東京で待っている「ばあやの清《きよ》」に語ってきかせる気分で書いたものにちがいない。清は坊っちゃんを可愛《かわい》がってくれていて、なにをしてもほめてくれる。物理学校を卒業して地方の中学校の教師の口がみつかり、赴任することにした。清にとって坊っちゃんが東京を離れるということは想像もできない。

田舎へ行くんだと云《い》ったら、非常に失望した容子《ようす》で、胡麻塩《ごましお》の鬢《びん》の乱れを頻《しき》りに撫《な》でた。

とある。多少のやりとりがあって、清が、田舎といっても「どっちの見当です」と聞き返す。

「西の方だよ」と云うと「箱根のさきですか手前ですか」と問う。随分持てあました。

というあたりで『坊っちゃん』を書こうとした漱石の気分がよく出ているのである。江戸気分の持続の中にいる清のイメージの「西」とは、遠くて小田原かぎりで、たとえ箱根を越えても三島ぐらいまでだったろう。

三島は、いうまでもなく静岡県である。ご一新で徳川が瓦解《がかい》して七十万石の一大名になり、徳川慶喜《よしのぶ》も駿府《すんぷ》（静岡市）に住み、藩校を沼津にひらいて沼津兵学校とした。万をかぞえる旗本・御家人《ごけにん》とその家族が静岡に住んだとき、かれらのくらしはじつに悲惨だったらしい。住むに家がなく、農家の小屋を借りておおぜいが住んだりした。

日本の標準語は、文字表記としては明治初年以来、小学校の国定教科書を中心に官製で出来ていったものだが、発音は、大正末年、東京の愛宕山《あたごやま》からラジオ放送がはじまるまでなおざりにされていた。放送開始の前後、文部省が標準アクセントをきめるにあたり、かつて旗本屋敷でつかわれていたことばを大ざっぱな基準とした。さらには旗本が大挙移住した静岡県のアクセントも参考にしたといわれる。

だから——というのもなんだが——たとえ箱根を西へ越えても、静岡県あたりはなお江戸文化圏だという気分を、清《きよ》なら清を代表とする明治の東京の庶民がもっていたとしてもおかしくはない。

さらには、太宰治が、漠然と自分の繭殻《まゆがら》の中であるとして感じられた人文地理は、西方も三島までだったのにちがいない。かれの場合、三島文化のなかにある西方的要素の中から、遠く京都あたりまでを類推することもあったのではないか。たとえば、三嶋大社の社殿が関東の多くの大型社寺の建て方であるのに対し、このうなぎ屋の桜屋の普請《ふしん》には、上方《かみがた》で修業した大工のにおいがしないでもない。

太宰は、腕力沙汰《ざた》がにがてだったはずだのに、三島の武郎という、多少近在で顔のきいた兄サンから変に大切にされていた気色《けしき》があり、この消息を井伏鱒二《いぶせますじ》氏がおかしがっておられる。そういう文章をむかし読んで、太宰に透きとおった滑稽感《こっけいかん》を感じたことがあるが、いま典拠を捜すゆとりがなく、怠けさせてもらう。太宰についての井伏さんの文章でたやすく取り出せるのは『太宰治全集』（筑摩書房）のなかの『太宰治研究』にふくまれた井伏さんの『解説』である。太宰の『思ひ出』についてのくだりのなかに、

「思ひ出」の第三章は、大体いま云つたやうに、天沼三丁目に移つてから一部分を書き、残りは三島にちよつと転地して帰つてから、次に移つた天沼一丁目の家で書きあげた。その前年の夏、三光町時代にも太宰君は暫《しばら》く三島に住んでゐた。どんな関係でさうなつたか、太宰君は三島の武郎といふ親分と親しかつた。そのころ、太宰君は朱麟堂《しゆりんだう》と号して俳句をつくり、保さんにも俳句をつくれと強制して、無理やり朱蕾といふ俳号を保さんに与へた。三島の武郎親分も俳句が大好きで、太宰を宗《そう》匠《しよう》として崇《あが》め「朱麟堂先生」と呼んでゐた。それは絶対に尊敬してゐたといつても過言でない。（以下、略）……

というふうにある。また『ロマネスク』という作品も「武郎親分のうちの裏二階で書いた作品である」という。さらに井伏さんによると、武郎氏の家は酒の小売屋で、食事のときには、妙齢の娘がお膳《ぜん》を裏二階まで運んできて、夏などは団扇《うちわ》であおぎながら、お給仕のためにひかえていてくれたというのである。

年譜では『ロマネスク』の執筆が昭和九年（一九三四）で、太宰の二十六歳のときである。まだ無名といっていい脾弱《ひじやく》な青年に、三島ではどの程度の顔役にせよ、男気《おとこぎ》を売る人物が鄭重《ていちょう》に仕えていたというあたりに、滑稽味がある。

「武郎さんの家は、どの辺だったんでしょう」

と、うな重を食べながらきくと、唐突な話題だっただけに、一座がわずかに混乱した。

ついでながら私は、作家研究の場合、その足跡を調査することにどれほどの意味があるかとつねづね疑問におもっている。まして三島人にとって、太宰がこのまちに来《こ》ようが来《こ》まいが、市民的教養とは関係がない。当然、どなたもご存じなかったし、そのことがむしろ健康な知性だとおもった。

要するに、私としては、三島というまちが日本全体の人文地理の上からみて、おもしろい位置にあるということを言いたかっただけで、武郎親分の酒類販売店がどこにあったかということは、座興にすぎない。

三島も、伊豆半島全体もおもしろい。

伊豆国は関東八ヵ国に属さないが、「関八州《かんはっしゅう》」とよばれる広大な地に対して、屏風《びょうぶ》（箱根がそうだといってもいい）のかげを構成しているという面白さがある。

源頼朝は伊豆で挙兵することによって関東を得た。

また、北条早雲《そううん》も、室町の混乱期に京都からきた。かれは町内の世話役のような小まめさで、伊豆の国人《こくじん》や地侍《じざむらい》、あるいはただの農民たちの面倒をよく見、やがてかれらの心を攬《と》って、関八州を征服した。早雲は戦国大名のハシリをなした男だったし、また〝領国大名〟という、人民の面倒を見る形態としての大名の型を最初につくった人物でもあった。早雲の民政ははるかなのちの江戸期の大名たちでもそれを越す例がないといわれている。

伊豆は面積が小さい上に、山多く、川すくなく、農耕面積もせまくて、人口が多くない。そういう土地が、史上、二度にわたって関東独立の跳躍台をなしたのである。その跳躍のための脚《あし》のばねをつくったのは、頼朝のときも早雲の場合も、伊豆のひとびとだった。このおだやかな伊豆の地に格別な反骨の土壌があるとはおもえないが、ともかくもこの地は二度にわたって日本史を変えるはたらきをした。そのことをおもうと、地理的なものに玄妙さを感じてしまう。

さらに、伊豆は、受け皿としておかしみがある。頼朝も早雲も、京からきた。頼朝は兵衛佐《ひょうえのすけ》という低い官位ながらも無官でない流人《るにん》としてここに来、伊勢新九郎（北条早雲の初期の名）は牢人《ろうにん》ながらもかつて室町将軍家でささやかな事務職についていた者としてきた。伊豆という国には、これらの漂泊者たちの京都文化に共鳴できる素地がもともとあったにちがいない。

三島における太宰の場合も、右と似ていなくもないところが可笑《おか》しいのである。

太宰の年譜によると、『思ひ出』の大部分を三島で書いたのは、昭和八年、二十五歳のころで、東京帝大仏文科に籍をおきつつも卒業できる見込みのない時期である。事実上、退学の状態にあることについて、その年の十二月、東京にやってきた長兄文治からはげしく叱責《しっせき》されてもいる。

このあたり、なにやら京から流れてきた牢浪《ろうろう》の伊勢新九郎に似ていなくもない。太宰が新九郎に似ていないとしても、この帝大生によく仕えて（？）「太宰を宗匠として崇め……絶対に尊敬してゐた」という武郎親分のほうが、新九郎をうけいれた当時の伊豆の国人や地侍に似ているともいえる。

俳句というのは、ふつう、いちずにやる必要のあるもので、当時の太宰のように年若い散文家が片手間でやってできるものではない。我鬼という俳号をもっていた芥川龍之介の先例にならったものかもしれない。芥川は別号を「澄江堂主人《ちょうこうどう》」といったが、この別号は俳句にはつかわなかった。太宰の俳号の朱麟堂はなにやら澄江堂に似ている気配があるものの、この号は俳句的境地からは遠そうである。もっとも、太宰は、朱麟堂として三島の武郎親分の二階にいた。このたたずまいばかりは、俳味というか、ちょっとした滑稽さと可愛気《かわいげ》がある。

この稿の時間のなかでは、私は、朝の三島のまちをいま湧水地にむかっている。その前夜、うなぎの桜屋を出たあと、台上の酒場に行ったことはすでにのべた。以下は、前夜の台上の店でのことである。

客のいい店だった。しばらくすると新顔の紳士がやってきた。家でのふだんの和服のままきた、というかっこうだが、着流しではなく、ていねいにハカマをつけていた。三島というのは、中年の人の風儀《ふうぎ》のいいまちなのである。きくと、大岡信氏とは中学の同窓だという。さきほどの桜屋では武郎親分の家の所在がよくわからぬまま話がとぎれていた。それを気にしたたれかが、この人に電話をしたらしく、その件でわざわざ来てくださったらしい。

残念なことに武郎親分の店のあったあたりは道路がひろげられてしまって旧観が消滅してしまっているという。

ほぼどこかという点については、私は三島の市街地図をもっていなかったので、きいても頭に入らなかった。場所は広小路《ひろこうじ》だという。

こう書いてくると、なにやら文学散歩めいてくるが、私の本意ではない。旅というのは、話の継穂《つぎほ》に似ていて自分がその土地についてかすかにでも知っていることをよすがにして実感を深めたい衝動に駆られる。それだけのことである。

その紳士は『満願』について話してくださった。わずか四百字四枚の掌編ながら、ひとびとの記憶にのこっている。

太宰は三島滞留中、近所の開業医と親しくなった。そこで見聞した若妻の話で、太宰の作品の特徴である清らかなものへの憧憬《しょうけい》が、ほのかなエロティシズムのかたちをとってあらわれている。

「医院は代《だい》がかわりましたが、まだもとの場所にあります」

と、紳士はくわしく語ってくれた。ただ、酒の酔いと、紳士の話し方の楽しさに気をとられて、私のほうは記憶する能力を欠いていた。ついでながら紳士から名刺をもらいそびれたが、学校の先生ではなく、なにか政治に関するしごとをしている人のようだった。

三島は、そういうまちらしい。稼業《かぎょう》とはべつに、それでめしを食うわけではない専門をもったひとたちがわりあいいるようで、このあたり、さすがに伊豆の国府の所在地という風韻《ふういん》がある。たとえば私がとまっているホテルの一階でグワッシュの風景画の個展がひらかれていた。思いきりのいい線はどうみても玄人《くろうと》のものだったが、きくと、売る絵ではなく、まちの小児科医の長老格のひとの作品だという。

まちの本屋で、幾冊かの本を買った。朝、早めに目がさめてしまったので、とりだして眺めるうち、つい読んでしまった本がある。

かつてこのまちは、桐材《きり》を大量に買い入れて下駄を製造するまちでもあった。いまは、一軒も見あたらない。日本のくらしから、下駄が消えたのである。

右の本の著者は、当時それでもなおしばらく下駄をつくっていた。著者は昭和六年うまれで、著書によると「戦争が終ってまもなくの昭和二十四年十一月のこと、父親が急病で亡《な》くな」り、そのあとすぐ下駄製造の家業をついだ、という。

このとき著者は十八歳で、旧制静岡高校に在学していた。厳父の急死とともにあわただしく退学し、三島にかえった。ところで、戦後の数年というものは、下駄はふしぎなほど好況だった。

その好況の最中に厳父が死ぬのだが、しかし著者がついだころから、様子がかわった。ビニールが出まわりはじめるとともに、日本人は下駄をサンダルにはきかえた。それでも職人たちは〝日本人の暮らしから下駄がなくなることはありません〟と若旦那《だんな》をなぐさめつづけた。〝いつかは下駄がもどってきます。それまでの辛抱です〟——こういう心根《こころね》が、人間の志操《しそう》というものであろう。志操というのはつねに悲壮なものだし、また下駄とともに半生を送った職人たちにすれば、志操をもつ以外にわが身をなぐさめるすべがなかったにちがいない。

しかし下駄をいくらつくっても下駄の山ができるだけで、売れなかった。それを静岡市にもっていって売ると半値以下に買いたたかれるというしまつだった。

著者の前に、大村さんというひとがあらわれる。当時まだ小さな存在だった信用金庫の支店長さんで、支店の場所は、かつて朱麟堂の門弟である武郎親分の店もそこにあった町――広小路である。支店長さんは「あなたの商売はもうかっていますか」と若かった著者にきいたらしい。

「もうかっていません。毎月赤字です」

将来の見込みは？　とも支店長さんはきいた。

「ありません」

いい若者ではないか。が、支店長さんは、冷静だった。「現在ももうかっていない、将来も見込みのないものを、つづけてゆく必要はまったくありません。商売をおやめなさい」といってくれたという。著者はなさけなかったが、その忠告に従った。

著者は、いまはべつな事業をしている。

ところで、その著書というのは、自伝や随筆ではなく、都市構想についての本で、自費出版で刷られている『あしたに生きる「三島」の構図』（発行所・静岡県三島市西本町3〜27）という本なのである。

著者の思いは、三島のまちそのものが、著者の体験の中の下駄の運命に似ているということであろうか。

三島は、奈良・平安朝のころ、伊豆の国府であったのに、江戸時代はその治所である地位を韮山《にらやま》（代官所所在地）にとられた。

そのかわり、三島は東海道でもっともにぎわう宿場としてさかえた。箱根八里はここから発《た》って相模《さがみ》の小田原に達する嶮路《けんろ》で、むろん東からきた者はここへくだってきて宿をとる。大名や旗本がとまる本陣、脇《わき》本陣や、一般の者がとまる旅籠《はたご》でこのまちは大いににぎわった。

要するに三島は宿屋のまちだった。その繁華からこのまちを決定的に退場させたのは明治期の鉄道で、人は徒歩旅行をしなくなった。

「人から徒歩の習慣がなくなることはありません。辛抱していればかならず三島の時代がもどってきます」

と、いったふうに、前述の下駄職人のようにけなげなことをいったひとが、当時、三島にいたのではあるまいか。

十九世紀は、先進の欧州においては圧倒的に鉄道文明の時代だった。欧州における主要都市の古い駅舎が宮殿のように壮麗であるのも、当時、鉄道がその機能以上に、国家や都市の自己表現の場だったことをあらわしている。

そういう文明時代がきていることに、三島の人はあるいは鈍感だったのかもしれない。というよりも、鋭敏すぎた面もある。

三島市郷土館の館長である長谷福太郎氏が、「三島小誌」というものを書かれている。未刊だが、原稿でみせてもらう機会をえた。

鋭敏すぎた、というのは、「三島小誌」によると、三島は宿屋のまちだっただけに、鉄道駅ができることによって、

「旅客がふえるのか、へるのか」

ということが、心配の焦点になったらしい。

三島は徒歩時代の東海道において名だたる宿駅であり、明治後もそれがつづいていただけに、思考の基盤がつい狭く専門的になった。客がへるのかふえるのか、という一点で鉄道問題を考えたまちは、おそらく当時の三島ぐらいのものであったろう。結論は、

「ふえない」

ということになった。なぜなら「汽車は旅客を遠くへ連れ去る」（「三島小誌」）。

うそのような話である。すこしくわしくいうと、鉄道は明治初年にはすでに大都市を

中心にみじかい距離のものが敷設《ふせつ》され、稼動していた。

明治十七年、政府は東海道全線を通すことにきめ、翌年から測量を開始した。この間、政府は三島にも打診にきている。政府案では、レールは、小田原から御殿場《ごてんば》まわりで沼津へ出ることになっていて、三島は通らない。しかし三島に熱意があれば再考する。その場合、三島駅舎建設のために三千円を地元負担してほしい、というものだった。

当時、三島の代表者は宿屋の旦那衆が多かったはずで、都市についての価値意識も宿屋としてのそれだったにちがいない。

かれらは「大忠」という料理屋で会合し、結局、官の申し出を蹴《け》った。以後、三島は〝陸の孤島〟(「小誌」)になり、宿屋という宿屋がつぶれることになる。むろんつぶれることをみこして蹴ったわけではなかった。ただ蹴っただけのことであった。蹴ったのは「小誌」によると、明治十九年のことだという。

「小誌」には、これについておもしろいことが書かれている。

その前年の明治十八年には、三島じゅうが鉄道誘致でもちきりだったのである。ただし、

「箱根山にレールを敷いてくれ」

というとほうもない要請をした。これが絶対条件だというもので、「小誌」は「三島停車場由来記」というふるい文献を引いている。以下、それを引用し、このいきさつを、

古格な文章もろとも、読者に味わってもらうことにする。

……三島町民及郡民ハ挙《こぞ》リテ箱根山通過ヲ希望シ、時ノ鉄道当局ニ運動シ、原口技師長ノ案内ヲナシ、箱根山、野馬カ池、其他《その》ノ地勢ヲ視察セラレシモ、翌十九年ニ至リ、箱根山工事ハ容易ナラザルノ故《ゆゑ》ヲ以《もつ》テ、終《つひ》ニ御殿場迂回《うくわい》ヲ採用スルニ確定シ、茲《ここ》ニ箱根山通過ノ望《のぞみ》ハ全ク絶エタリ。

箱根山に汽車を持ちあげろという三島人の要求はまことに雄大というほかない。技術的にも経済的にも当時の日本の国力を傾ければ何分ノ一かの実現可能性があるかもしれないが、しかし汽車を箱根の嶮にのぼらせるというだけで日本国がつぶれてしまえばどうにもならない。

それにしても、三島人がそこまで箱根に固執した、という心理が、人間の課題として興味がある。明治以前の三島は、箱根山に依存することによってうるおってきた。西からきた旅人はあすは箱根八里だということで三島に泊まり、東からくるひとも、箱根から降りてくると、精根《せいこん》尽きはてて三島に泊まった。

「箱根を越えられないような汽車なら要らない」

と、こどものおねだりのようなことをいって、三島の宿屋の旦那衆は自滅したのである。

昭和六年うまれの大岡信氏に、少年時代のこのまちの印象をきくと、隠居のまちというか、しずかというよりも、退嬰《たいえい》的なまちでした、ということだった。鉄道から離れているために旧制県立中学もここに置かれず、沼津に置かれた。大岡さんたちは、沼津まで通った。

車は、柿田川の湧水地に近づこうとしている。

ところで、この日の午後、前記の本の著者である川村博一氏に出会うはめになった。風貌《ふうぼう》から体つきまでが温容という感じの人柄だったが、著書はまことにはげしい。三島という都市を、今後、どういう構想のもとで再生させ飛躍させるべきかという、多分に都市工学的な内容をもつ本なのである。

このひとは市長でも市の吏員でもなく、在野のひとでありながら、あたらしい三島を考えるために、倉敷など各地の都市を見学に行って、ついにロサンゼルスにまで足をのばし、その都市設計に致命的な欠陥があることに気づいて、幻滅したりしている。三島は、明治期には鉄道文明から見放され、戦後は下駄製造業などの潰滅《かいめつ》といったふうな辛酸をへて、ついにこういう知性を育てる結果になったらしい。ついでながら、川村氏も、大岡信氏とは小学校と中学校の同窓だった。この世代はどうも八年上の私どものように、大戦末期に兵隊にとられて毒気を抜かれてしまったのとはちがい、たとえば文壇の人達をながめても、ガス圧が高そうなひとが多い。

せまい市街地域で、相変らず渋滞がつづいている。

「これはみな、他府県から入りこんでくるクルマですか」

そうだといよいよ三島は立つ瀬がないと思ってきくと、運転手さんは、静かに答えた。

「いえ、これはみな三島のクルマです」

バイパスが三島の市街地とは離れた場所に通っている。他府県のクルマはそれを流れてゆくから、ほとんど三島のクルマだというのである。それだと自家中毒のようなものだが、しかし三島ではクルマがないと不便にちがいない。三島が関連している空間は広大な富士の裾野台地と箱根山塊で、そこに清水町《しみずちょう》、沼津市、韮山町、函南町《かんなみちょう》、御殿場市、箱根町、さらには箱根のむこうの小田原市といったぐあいに、小型都市が、ひもの切れたじゅず玉のように点在している。

「君たち……」

と、川村さんの本の中で、東京の友人がいったという。

「……田舎に住んでいる連中は、どこへ行くにもクルマばかり乗っているから足が弱くなるんだ」

その点、東京人は長時間の通勤で足腰をつかっている、という。私など、世間はそういうふうに変ってしまっているのか、と蒙《もう》をひらかれる思いがした。むかしなら、むろん田舎のほうが足が達者だったはずである。

ついに柿田川の湧水地にたどりついた。

「ここです」

運転手さんが私をおろした。

(こんなところだったのか)

と、つい悔いたのは、市にいくつかの湧水地があり、公園にもなっているのに、わざわざここを選んだのは軽率だったということである。

深く掘り割られた川に、清らかな水がながれている。取り水から洩《も》れた水が、護岸河川に誘導されて他の川へ流れてゆくのである。そのわずかな距離の河道に釣りびとがむらがっていて、なかにはゴム衣を着て流れの中に入っている人もいる。どの人も第一級の釣り装具を身につけているから、安っぽい魚をつっているわけではあるまい。

「アユでしょうか」

「さあ、アユかもわかりません」

運転手さんも、あやふやだった。

堤防道が行きどまるところに素通しの門があって、門柱に、

「静岡県柿田川水道事務所」

という表札がはめこまれている。構内は、ポンプ施設などが詰《つ》まっていそうな四角い建物があり、それっきりの景色で、とりつくしまもない。

ここにはかつて〝柿田湧水〟とよばれる盛大な湧き水が盛りあがっていたが、さらにボーリングして昭和四十年代にこの設備ができ、いまではここの水を沼津市などに送っているという。湧水量一日一三〇万トンというすごい量で、これをいまでは工業用水や生活用水につかっている。

ただし、市中の多くの場所（楽寿園小浜池、水泉園、菰池《こもいけ》など）で湧きあがっていた湧水は、昭和三十七年ごろから大いにおとろえて、いまでは泉のまちなどとは言いにくくなっているらしい。

「三島の水は、沼津だけでなく、熱海や箱根のふもとの地域にもポンプ・アップしてあげているんですが、ふしぎなことに水道代は三島はうんと高いんだそうです」

このことも、川村さんの本にある。

一立方メートルあたりで三島の水道代は七八・四円、沼津市は五二・六円だそうである。行政というものは、ややこしいものらしい。

「それでも、三島の水はうまいですよ」

運転手さんは、いった。私も一泊したからそのことはよくわかった。

帰路、富士の話になった。

「三島では年に八十何日も見えるんです」

ぜいたくなまちです、と運転手さんはいった。私などこのとしになるまで通計十五日間も富士を見たろうか。

かつて『箱根の坂』という作品を書いたとき、地理的なことは、山や野を歩いたり、細かい地図を自分で色わけして塗りつぶしたりすることによって十分腹に入ったつもりでいた。しかし富士の描写については自分の臆病《おくびょう》さがつらくなるほどで、できるだけそれに触れることを避けた。

じつをいうと、西にいる者にとっては、富士ほどわかりにくい山はない。

翌日も、富士を見なかった。


（「小説新潮」一九八六年二月）

# 大垣《おおがき》ゆき

きのう、断われぬ用事のために大垣へ出かけた。岐阜羽島駅で降り、わずかに北西にのぼって長良川《ながらがわ》をわたると、胸がいたむほどに、水が痩《や》せていた。

ことしは、夏も秋も台風が来ずじまいで、水涸《が》れのまま年を越そうとしている。明治初年、日本の治水行政に助言するために傭《やと》われたオランダ人が、日本の川は滝だ、といったそうだが、ともかくも私どもの感覚では川が滝のように流れていてくれねば落ちつかない。濃尾《のうび》平野などという日本最大の平野も、日本じゅうの他の平野と同様、台風とそれにともなう豪雨が海を埋めつづけてつくられたもので、弥生《やよい》式の水稲《すいとう》がつたわって以来、われわれはかりそめの野にきわどく文化と歴史を築いてきたのである。

大垣についたのは、夜だった。

ビジネス・ホテルに荷をおろし、夜の町を歩くと、人通りがまれで、ふと暗い水底《みなそこ》を歩いている思いがした。めずらしく路傍に人影がむれているので、酒食を売る店かと思うと、通夜《つや》をする家だったりした。

店を一軒みつけて入ると、初老の陽気な婦人が迎えてくれた。カウンターのガラス・ケースにすしだねの魚が入れられていて、彼女が握るらしく、ながめてみると、がんもどきが皿の上に載っていた。それをひと皿もらい、

「これは、大垣ではひろうすというんでしょう」

ときいてみると、相客の地元の老紳士が、

「いまは東京風にがんもどきといっていますが、私のこどものころはひろうすでした」

と、教えてくれた。

大垣は、方言では関西圏の東限になっている。古代のある時期までは、大垣までが大和《やまと》政権の勢力圏で、以東があずまだった。その後、あずまが遠くなって遠江《とおとうみ》（遠つ淡海《あわうみ》）以東になり、奈良朝のころは箱根以東になった。

美濃《みの》大垣は、むかしもいまも関西圏に属していて、たとえばがんもどきもひろうすだったのである。嘉永《かえい》六年（一八五三）の成立という『守貞漫稿《もりさだまんこう》』にも「京坂にてヒリヤウズ（注・飛竜頭）江戸にてガンモドキと云《い》」うとあり、大垣が〝京坂圏〟であったことをささやかに証明している。

「Iさんによくきてもらいました」

と、主人が不意にいったのには、驚かされた。Iは私の中学の友達である。類なく篤《とく》

実《じつ》な人柄で、戦後、海軍から帰って以来、ずっと姫路《ひめじ》の小さな紙管《しかん》工場につとめていた。が、五十代になって、仕えていた老社長に死なれた。あとをついだ養子の社長がこの先代の番頭を煙たがり、美濃の山中にある分工場に追いやってしまった。やむなくIは姫路の家族と離れ、山の空寺《あきでら》に仮住まいして、冬などは山門まで雪掻《か》きをして里へ出るような暮らしをしつづけた。管理者といってもパート・タイムの主婦たちの管理者で、社員はかれひとりであり、話し相手もなかった。私は数年前その山寺に慰問に行ったが、化けものが出てきそうな寺で、なぜ辞めないいんだ、と小声でいってみた。

「そうはいかん、サラリーマンだから」

といっただけだった。Iはこの養老の山寺に十年いて、定年になってやっと姫路の家に帰った。

養老時代、たまには大垣のまちに遠出してこの店に寄っていたという話をきいて、わずかながら灯《ひ》がともったような気分になった。ついでながら、紙管というのは、反物やカーペットを巻くしんの紙パイプのことで、しごととして何の面白味もなさそうな商品である。が、

「身についたものは、一生のしごとや」

とIはよくいっていた。こじつければIにとってはひろうすのように飽きの来ないものだったのかもしれない。

（「日本近代文学館」一九八五年一月）

# 関ヶ原は生きている

滋賀県彦根市の市長井伊直愛《いいなおよし》氏は、温和な紳士で、市民の評判もいい。

ご当人はそれをいうといやがるそうだが、このひとは、かつての彦根二十五万石の城主井伊家の直系で、有名な井伊大老の曾孫にあたる。

私が新聞記者のころ、「子孫発言」という企画をうけもたされて、彦根通信部を通じてこの人に原稿をたのんだ。

そのなかに面白いくだりがあった。

井伊直愛氏がまだ学習院初等科のころのある日、祖父の旧井伊伯爵《はくしやく》がにわかに、

「汽車に乗せてやろう」

といいだして、いきなり東京から大阪行きの列車にのせられた。

途中、下車したのは、岐阜県関ヶ原の寒駅である。

関ヶ原の野は、いまも北国《ほっこく》街道や伊勢《いせ》街道にそって多少の人家があるだけで、慶長《けいちょう》五

年九月十五日におこなわれた関ヶ原の役のころと、ほぼかわっていない。

私も数度この野に行ったが、駅に立ってまわりの山なみを見まわすだけで、武者声や攻め太鼓、退《ひ》き鉦《がね》の音が、ありありと耳の奥にわきあがってくるようなところである。

関ヶ原ずきの尾崎士郎にいわせると、この古戦場だけは、いまも生きているそうだ。ここに立つと、この『篝火《かがりび》』の作者は、なみだがあふれ出てしかたがないそうである。

関ヶ原の役は、東西十五万の兵がこの盆地にあつまって雌雄を決し、日本歴史はこのときから徳川時代に入った。

察するところ、尾崎士郎のナミダは、その歴史的な感動よりも、この野にあつまった十五万の武士のひとりひとりが、この日をもって人生がかわった、ということであろう。家門の栄えるものもあり、転落するものもあった。そうした、男の人生の悲痛感が、この男好きな作家のこころをふるわせるのかもしれない。

さて、わざわざ東京から汽車でつれられてきた小学生井伊直愛氏である。

「この野をよくみておけ」

とおじいさまは、いった。

「ここで、お前の先祖が戦って勝ってくれたがために、お前はこんにち、学校にも行け、三度のごはんもたべられる。この野のことをわすれてはいけない」

事実、井伊直政《なおまさ》は関ヶ原の役後、石田三成《みつなり》の居城であった近江佐和山《おうみさわやま》十八万石の城主となり、その子直孝《なおたか》の代になって城を付近の彦根にうつし、三十万石に加増された。

関ヶ原で戦った初代直政は、童名《わらわな》を万千代《まんちよ》といい、二歳で父をうしない、十五歳で家康《いえやす》につかえた。

美少年であったのか、家康の寵童《ちょうどう》になって愛されたという。

が、この人物は長ずるに及んで、徳川師団のもっとも勇猛な連隊長になった。

家康は、戦《いく》さに勝つためには、どの戦場に出してもかならず勝てるという最強の部隊をつくろうと思い、当時、日本最初最強の武士集団といわれた武田《たけだ》家の遺臣を大量にやといこみ、直政に付けた。

その部隊は、武田信玄の遺法によって、直政以下将士の具足、ハタ・ノボリ、馬具などを赤色にしたから、「井伊の赤備《あかぞな》え」といわれて、当時、他国からひどくおそれられたものである。

大坂ノ陣に参加したのは、直政の子直孝である。

この赤備えの部隊は、河内《かわち》若江の街道で、大坂方の木村長門守《ながとのかみ》重成の部隊と激突した。

重成は、真田《さなだ》幸村《ゆきむら》、後藤又兵衛、長曾我部《ちょうそかべ》盛親《もりちか》らとともに大坂七将にかぞえられている勇将で、当時二十三歳。城中きっての美女青柳に懸想《けそう》され、それをめとって新婚まだ一年にみたない。

出陣のときにその妻が、カブトに伽羅《きやら》の香《こう》をたきこめて渡した話は、戦前に教育をうけたひとはたれでも知っている。

その首は家康実検のとき、「伽羅のにほひことごとしくあたりに満つ」（『武者物語』）といわれている。

重成は大いに奮戦したが、相手は名にしおう井伊の赤備えのためにしだいに味方はくずれたち、かれも手傷と疲れのために馬をすてて、アゼに腰をおろした。

討死の様子については、諸本まちまちで、井伊家のたれが討ちとったかについてはすでに徳川初期に異説が多く出ているが、とにかく、井伊家の侍大将の庵原《いおはら》助右衛門が槍《やり》をつけ、安藤長三郎が首をとったことだけは、まちがいない。

重成は、近づいてきた十七歳の長三郎をみて、立ちあがりもしなかった。すでにたたかう余力はなかったのであろう。

「よいから、首をうて」

といった。

長三郎は、もらい首をした。

この功によって安藤長三郎は五百石に加増されたが、敵の大将をうちとったにしては意外に少禄《しょうろく》だったために井伊家を去り、縁族である家康の重臣安藤帯刀《たてわき》に泣きついた。

帯刀は叱《しか》り、「そのほう何が不足か。長門守はあのときすでに士卒にはなれ、疲労してただひとりでいた。それを討ちとったのはさのみ誇るべき武勇ではない。井伊どのにあやまってやるゆえ、早々に帰参せよ」

その後、長三郎は千石に加増された。

小生のふるい友人に世田谷区の浄土宗大吉寺の住職成田有恒という僧がいる。

先日、北千住の檀家《だんか》をまわっていたとき、ふとその家の仏壇に木村長門守の位ハイがあるのをみて、どういうつながりです、ときくと、留守の家人は、よく知らない、とこたえた。が、きょうは「そのナガトさんの命日だから、よくおがんでおいてください」という。

そのはなしを、僧は私にした。

「その家、安藤とはいわなかったか」

「そうだ、そういう姓だった」

「おそらく安藤長三郎の子孫やろ」

このことをあるところに随筆にかいたら、その社へ当の安藤氏から電話がかかってきて、

「相違なく安藤長三郎の子孫であります」

ということだった。

井伊家は関ヶ原で戦ったために、またその家来安藤家は木村重成の首をもらったためめに子孫が繁栄した。尾崎士郎氏のいいぶんではないが、関ヶ原や大坂ノ役は、ふしぎな生きかたで、いまも生きている。

ちなみに、この安藤家の仏壇に回向《えこう》した僧は、作家の寺内大吉氏である。

（「週刊文春」一九六一年十月）

# 蓮如《れんによ》と三河

仏教の目的は、解脱《げだつ》にある。解脱とは煩悩《ぼんのう》から解放されることであり、煩悩とは人間の生命と生存に根ざす諸欲をさす。とすれば、生きながらにして人間をやめざるをえない。

親鸞《しんらん》は、そのことに疑問を感じたにちがいない。

小乗にせよ大乗にせよ、仏教は解脱の方法を解く体系である。方法として、戒律もあれば、行《ぎょう》もある。持戒し、修行すれば、おのれのしんともいうべき自我《アートマン》が高められて行って、ついには宇宙の原理と一つになりうるという。しかしそれを成就《じょうじゅ》できる人はこの世に何人いるのか。いるとすれば、何千万人に一人の天才（善人）ではないか。

——仏教は、そういう善人（天才）たちだけのものか。

と、若いころの親鸞は悩んだかと思える。善人たちだけのものとすれば、人類のほとんどが無能力者（悪人）である以上、かれらはその故《ゆえ》をもって地獄に堕《お》ちざるをえない。言い換えれば、仏教は人類のほとんどを地獄におとすための装置ということになってしまう。

――釈尊がそうお考えになるはずがない。

と、親鸞がおもった瞬間に、かれは絶対の光明である阿弥陀如来《あみだにょらい》という「不思議光」の世界がむこうからきたかと思える。

親鸞はその光明につつまれることにひたすらな感謝をのべる気息《きそく》としてお名号《みょうごう》をとなえた。

師の法然《ほうねん》はもともと聖道門の秀才だった。その意味においては法然は「善人」だったかもしれず、そういう資質のよさもあって、「悪人でも往《ゆ》きて浄土に生まれる（往生する）ことができる」といった。いわんや善人をや、という。

が、親鸞はそういう修辞を正しくした。

「善人でも往生ができる。いわんや悪人をや」

そのように理解せねば、右の光明が平等で、しかも宏大《こうだい》無辺であるという本質が出来ないのである。〝変った人間（善人）でも往生できるのだ、まして普通の人間（悪人）ができぬはずはない〟ということであろう。インド以来の仏教はここで、天才や変人・奇人のための体系であることから、普通の男女という大海へ出たのである。

英国人がよくいうことに、英国そのものを採るかシェイクスピアを採るかとなれば後者をとる、という言い方があるが、これを私は日本と親鸞に置きかえたい衝動をしばしばもつ。とくに「歎異抄《たんにしょう》」を読んでいるときに、宗教的感動とともに、芸術的感動がおこるのである。

親鸞は弟子一人《いちにん》ももたず候。

ということばなどは、昭和十八年、兵営に入る前、暮夜ひそかに誦唱《ずしょう》してこの一行にいたると、弾弦の高さに鼓膜がやぶれそうになる思いがした。

私の家は戦国の石山合戦以来の浄土真宗の家系で、江戸期は播州亀山《ばんしゅうかめやま》の本徳寺の門末としてすごした。おそらく代々の聞法《もんぼう》の累積《るいせき》のおかげで、この感動があったのにちがいない。

そのことは、蓮如（一四一五〜九九）のおかげともいえる。

親鸞は教団を否定したが、その八世におよんで蓮如が出、教団をつくった。蓮如が存在しなければ、親鸞は埋没していたろう。

私事だが、去年の秋、三河の岡崎旧城下の川ぞいの宿に二泊した。三日目の昼、家に帰るべくタクシーをひろって名古屋をめざしたが、途中、戦国期の永禄《えいろく》六年（一五六三）この野におこった三河一向一揆《いっこういっき》のあとをたずねたいと思い、短時間ながら、二、三の門徒寺《もんとでら》（浄土真宗の寺）をまわった。

「上佐々木の上宮寺《じょうぐうじ》」

と、タクシーの運転手さんにいうと、一般的な名所とは言いがたいのに、すっとその門前につけてくれたのには、おどろかされた。

三河一向一揆は徳川家康の満二十のときにおこった反領主一揆で、家康の家臣の半ばが一揆側について――門徒であったために――家康と戦い、家康はときに馬頭をひるがえして逃げたり、またその鎧《よろい》に銃弾が二個もあたるというほどのさわぎだった。後年、忠誠心のつよさで天下に鳴った三河人にすれば、異様というほかない。

むろん、この現象は江戸期の強固な主従関係やその道徳から遡及《そきゅう》して見るべきではなく、小領主の自主性のつよかった室町・戦国という中世の社会をじかに見て考えねばならない。

その社会では、三河だけでなく、西日本のほとんどの村落は〝惣《そう》〟という強固な自治制でかためられていて、当然ながら惣は収税機関である守護や地頭をきらっていた。

幸い、戦国期になると室町体制の守護・地頭はあらかた亡《ほろ》びるか、有名無実にまで衰えていて、そのぶんだけ惣の自衛はつよくなっており、さらにいうと惣における農民のほとんどは弓矢や長柄《ながえ》をもち、他からの乱入者は容易にはよせつけなかった。室町中期ごろから戦国にかけての日本は、惣の時代だったともいえる。

たいていの惣には、大いなる農民がいた。農民にとって頼りになる（当時の言葉でいえば〝頼《たの》うだる〟）存在で、かれらを地侍《じざむらい》といった（のち戦国型の領国大名が発達するにつれて、かれらは丸抱《まるがか》えの家臣武士を城下にあつめ、それが近世武士の先祖ともいうべき存在になるが、かれらの供給源の多くは、この地侍層だった）。

地侍のさらに大いなる存在のことを国人《こくじん》といった。まだ松平姓だった家康の家も地侍から出発して国人に成長し、この時期、三河の国人層の盟主（主人とは言いにくい）とみなされていた。松平家は国人・地侍をその影響下に置いていたものの、近世型の主従とはいいにくい段階にあったから、三河一向一揆の場合、地侍や惣の農民たちが忠誠心の対象として家康よりも阿弥陀如来をえらんだところで、なんのふしぎもなかった。

さて、蓮如の時代は三河一向一揆よりも前の世紀である。

ただし、すでに惣とか地侍・国人が大きく力をたくわえてきていた。

ここに、おもしろい記録がある。

蓮如と同時代の人だった奈良興福寺大乗院の尋尊《じんそん》（一四三〇～一五〇八）が、諸国の情勢や情報をあつめた記録として「大乗院寺社雑事記《ぞうじき》」というものを書きのこしているのである。

その文明《ぶんめい》九年（一四七七）十二月十日の項に、公方《くぼう》（将軍のことだが、守護をふくめた政府機関といっていい）に年貢《ねんぐ》を上進しない国を列挙している。

北陸では、能登《のと》と加賀（いずれも石川県）、さらには越前《えちぜん》（福井県）

近畿では大和《やまと》（奈良県）、河内《かわち》（大阪府）、それに近江《おうみ》（滋賀県）

また、飛騨《ひだ》と美濃《みの》（いずれも岐阜県）

さらに東海では、尾張《おわり》と三河（いずれも愛知県）、それに遠江《とおとうみ》（静岡県）

この記事は、私どもにさまざまな想像をさせる。たとえば右のいずれの国も惣の力がつよく、従って地侍と国人の勢力がさかんだったということである。この税金をおさめない地帯から、戦国末期、織田《おだ》氏や徳川氏という強大な勢力ができあがっていったというのも、おもしろい。

蓮如が濃密に歩き、教線を扶植したのもまたこの国々だったのである。

蓮如は、惣に働きかけた。

仏教渡来以来、寺というものは、最初は国家がつくった。平安期には豪族が私寺をたてたり、官寺に荘園を寄進したりしたが、要するに寺というのはきわめて貴族的な存在で、庶民から超然としていた。

蓮如が地侍をふくめた諸国の惣に働きかけたとき、日本史上、最初のそれもおびただしい数で、民間寺がうまれた。

さらには、この寺々が惣のきずなの結び目になり、その建物は自衛のための砦《とりで》になった。また同信のよしみで一国の門徒が、横にむすびあうようにもなった。

有名な加賀の一向一揆（一四八八年に勃発《ぼっぱつ》）は、蓮如の本意ではなかったとはいえ、惣という村落自治が加賀一円にひろがって、守護の富樫《とがし》氏を追いだすにいたったという奇現象である。

しかも約百年にわたって、国主なしの自治体をつくりあげた。親鸞における平等主義と、惣が自分の寺を持ったという蓮如的構想があってのことであろう。

加賀一揆のとき、三河の門徒も地侍団を中核にしてはるかに応援に出むいた。その後、加賀共和制の影響のもとに三河一向一揆がおこったわけで、これらのことは、室町後期に大いに騰《あが》った日本の農業生産の高さとも考えあわさねばならない。

中世のめざましさの一つは、庶民が真宗を得て、日本ふうの〝個〟をはじめて自覚したことであった。ついで、蓮如の構想による「講」をもったことで、タテ社会だったこの世に、ひとびとをヨコにつなぐ場ができた。

さらに大きいことは、日本の庶民がはじめて仏教という文明を得たということであろう。もう一ついえば、庶民が、日常の規律である「風儀」をもったことも大きい。そのことは、宗教的感動とともに、人が美しい高度な文化をもったともいえるのである。「風儀」の扶植ひとつをみても蓮如は偉大だったとおもわざるをえない。

（「三河の真宗」一九八八年四月）

# 近畿編

## 上野と伊賀上野

土地の自慢をきくのは旅の楽しみのひとつだが、伊賀の上野へゆくと、

「東京の上野は、伊賀の上野の地名をとったものです」

とおしえてくれる。

伊賀上野はいうまでもなく、藤堂《とうどう》家の城下町である。その藩祖高虎《たかとら》が、家康の江戸開府のとき、いまの上野付近の整地をし、屋敷地として拝領した。ところがこのあたりはまだ地名がなかったために、高虎は自分の領国の地名である上野の称をここに移したという。まことにおもしろい。

「その証拠に、東京の上野に不忍池《しのばずのいけ》というのがあるじゃありませんか。あれは、伊賀の忍者《しのび》からとったものです」

付会《ふかい》にとってつごうのいいことに、この伊賀の上野という城下町には、藤堂時代に忍者を住まわせていた一角があり、いまだにそれを忍《しのび》町とよんでいる。論者はそういう気

分から東京の不忍池もそうだろうと考えたのだろう。

しかも、偶然なことに、東京の上野のあたりの台地は、かつて忍《しのぶ》ケ岡《おか》、忍《しのぶ》が森《もり》とよばれ、いかにも伊賀者に縁がありげである。

その上、両者の地形が酷似している。どちらも三方からせりあがって小高い山だし、東京の上野にある車坂《くるまざか》、清水坂《しみずざか》という坂は、伊賀の上野にもある。

まだ読むにいたっていないが、江戸時代に成立（一七三二）した地誌『江戸砂子《えどすなご》』という本にも、この伊賀上野が江戸上野になった説がかかれているそうだ。

もっとも、こんな地名のせんさくなどおよそ毒にも薬にもならないことだが、せっかく上野にちなんだことを書けということだから、私のわかる範囲ですこし調べてみようと思った。

すると、やっぱりちがう。藤堂高虎などが江戸へ出かけてゆく以前から、江戸上野の地名は存在した。

大日本地誌大系の『御府内備考《ごぶないびこう》』という便利な本によると、

「上野は本郷の東北の方なり、その名義のおこる所を詳《つまびら》かにせず」

と前置きして、小野篁《おののたかむら》（八〇二―八五二）にちなむ説話をかかげている。

なるほど、小野篁なら古い。周知のとおり平安初期の才人で遣唐使にえらばれ、一度は風浪のために破船してひきかえし、二度目は大使の藤原常嗣《つねつぐ》と船のことで争《いさか》いをして乗船せず、このため罪を得、隠岐《おき》国に流されたが、のち、ゆるされて栄達した人物である。

この小野篁が、『小野照崎神社縁起』によれば、かれが上野国《こうずけのくに》（群馬県）での任を終って京へもどる途中、武蔵《むさし》をすぎ、いまの上野のあたりに足をとめ、館《やかた》を営んだために、当時この土地では篁のことを、

「上野殿《こうずけどの》」

とよんだ。上野《こうずけ》が、いつのほどか地名になり、上野《うえの》とよばれるようになったという。もっとも小野篁が上野国の地方官になったことがないようだし、また『御府内備考』の編集も別の理由で「付会の説なり」といっているから、おそらくうそだろう。

余談だが、古い日本には、秀才信仰というべきものがあった。小野篁という人は、学才、吏才、詩才に長《た》けた人で、当時の人からみればこういう秀才は鬼神のようにみえたらしいから、おなじ秀才の弘法大師、菅原道真《みちざね》とともに、史上、もっとも超人伝説が多い。京都の松原通りにある六道珍皇寺《ろくどうちんこうじ》の古伝説では、篁は、寺の井戸にもぐりこんで地獄極楽まで通ったという。上野の地名伝説に篁が登場しても、弘法大師が津々浦々の伝説のなかに出てくるように、その点ではべつだんふしぎなことはない。

ところで私は読んだことはないが、小田原北条家の旧記に「上野金杉」という地名が出ているそうだ。とすれば、藤堂高虎がここに屋敷地を拝領する以前のことだから、伊

賀の上野の名称が移されたという説はおかしくなる。

　忍ヶ岡も、伊賀者からとったものではなさそうである。

　武蔵国は室町から戦国初期にかけて上杉扇谷《おおぎがやつ》修理《すり》大夫が大守で、支城としていまの上野のあたりに忍岡《しのぶがおか》城をもっていたが、新興の小田原北条氏に攻められ、大永《たいえい》年間、この城も落ちたという。この年から三十年後に藤堂高虎が、近江国《おうみのくに》藤堂村で生れることになるから、忍ヶ岡、忍が森はむろん高虎以前からある古称である。あるいは単に、シダ類の植物の忍《しのぶ》からきた地名かもしれない。中世の歌人たちが恋にことよせる名称として偏愛した植物である。

　王朝のころ、歌人たちの詩想を刺激したものに武蔵野があった。人のはなしにきく武蔵国とは、風物といい人情といい、京の詩人にとってはいかにも異国風であったらしい。

　とくに忍ヶ岡（忍の岡）という名が、おそらく宮廷詩人たちの詩心をそそったのであろう。そこに、恋を忍ぶ忍ヶ岡という地名があるのは、たまらぬ魅力だったにちがいない。

　歌はおぼえていないが、忍の岡を詠《よ》みこんだ歌が、古今集にいくつかあったように思う。いずれにしても、伊賀上野や、伊賀の忍者と「うえの」は地名としての縁がない。ただ縁があるとすれば、伊賀上野を持城とする藤堂家がこの地を屋敷地として拓《ひら》き、またその普請《ふしん》、作事には、藤堂家に多数仕えていた伊賀者たちが使役されたであろうということである。かれらはおそらく、忍《しのぶ》、上野などというあまりにも伊賀的な名称の多いことに一驚したにちがいない。一驚したついでに、地形も似ていることだから、

車坂

清水坂

などという故郷の坂の名をつけたのかもしれない。この二つの坂の名だけは、はるかに伊賀の国から移ってきたように思われてならない。

（「うえの」一九六二年九月）

# 庭燎《にわび》の思い出——伊勢神宮遷宮《せんぐう》によせて

この前の正遷宮は、昭和二十八年だったそうだ。そのころ私は新聞社にいて、社の命令で伊勢へ行った。まだ独身だった。帰ってきて、女の子に、

「僕の顔、おぼえているか」

と、つまらぬ冗談をいったそうだから、ずいぶん長逗留《ながとうりゅう》をしたような感じもする。その女の子——その後、私の家内になった——というのはひとの顔をすぐ忘れる子だったから、不安に思ってそういったのかもしれず、伊勢での逗留の日数の記憶の確否とはこれは無関係かもしれない。いずれにせよ、自分が二十年も古びてしまったことにおどろかされる。


仕事というのは、画家の向井潤吉氏のお供をするというもので、絵と文を書いていただくためだった。ほかに宮本三郎氏と伊東深水氏にも同様のことをお願いしていたよう

に思うが、私は向井氏に随行すればいいという仕事だった。向井氏は憶《おぼ》えていらっしゃるだろうか。

道中、向井氏の話がおもしろくて、とくに昭和初年、はじめてパリへ行かれたとき、シベリア鉄道に七輪をもちこんで自炊する話など、語り口につりこまれて、いまから伊勢へゆくのでなくパリへゆくのではないかという錯覚を幾度か持ったほどだった。

室町のころから、伊勢への「お蔭詣り《かげまいり》」というのがはやりはじめたらしい。それまでの伊勢神宮は民衆から超然もしくは孤立していたようだが、室町期という、民衆がはじめて力を持った時代に、かれらが伊勢へゆく楽しみを知った。

とくに江戸中期以後の伊勢詣りというのは、何ともいえず楽しいものであったらしい。向井氏は粋人だから、道中、この伝統の気分を楽しまれていたのであろう。

私はいま大阪の東郊に住んでいる。

布施《ふせ》という場末の町だが、この町にも参宮街道が走っている。大阪に近い高井田という所に、室町のころは宿場があった。つぎは御厨《みくりや》という所までゆかねば宿場がない。ところが室町のある時期ごろから伊勢詣りへゆく者の往来がはげしくなり、非公認のようなかたちでその中間に簡易宿場のようなものができた。当時、そういうヤドのことを伏《ふ》せ屋《や》といったらしい。伏屋が布施になったという説もあって、要するに私のいまの居住地も、伊勢詣りのおかげで室町期に集落をなすようになったのである。

いま、御厨という地名にふれたが、この土地も、いまの市域に入っている。御厨の交《こう》叉《さ》点《てん》から一キロ南へさがったところが拙宅だが、御厨とは中世にあっては主として伊勢神宮の所領をさし、各地にこの地名がのこっている。室町期は乱世で、各地の武家が社寺の領地を押領《おうりよう》するのがふつうだったが、伊勢神宮の御厨もそういうわけでずいぶん奪《と》られてしまったであろう。

よほど神宮の経済が逼迫《ひつぱく》したこの時代に、御師《おし》という者が出現し、活躍するのである。御師が、本来超然としていた伊勢神宮を民衆にむすびつけたもののように思える。

御師について触れる前に、明治以前この神宮につかえてきた家々についてふれると、まず斎王《いつきのみこ》というのは上代以来、原則として未婚の皇女であった。ただし南北朝の乱以来、斎王の制度はほろんでしまったが、祭主の藤波氏はつづいた。この家は公家《くげ》に列していて、明治後は子爵《ししやく》になっている。ほかに河辺氏、荒木田氏、度会《わたらい》氏などが世襲し、いずれも明治になって男爵になり、大名たちが東京に居住することを命ぜられたように、かれらも東京へよばれた。というのは明治期では神道《しんとう》が国家神道という奇妙なものになって、伊勢神宮につかえる神官を官吏にせねばならないため、世襲の祭主、宮司、禰宜《ねぎ》の家から祭祀《さいし》資格をとりあげたのである。

中世では、こういう家々が、伊勢神宮をまもるいわば宗教貴族であった。貴族であるために室町期で社寺が一様に微禄《びろく》したとき、かれらの力ではどうにもならなかった。そういう時期に御師が活躍する。御師たちは世間から、

「大夫さん」

とよばれて親しまれた。かれらは貴族ではなく、庶民の出身で、実質としては参詣客《さんけいきやく》を泊める宿屋の亭主であった。神宮のお札などをくばり、頼まれれば祈禱《きとう》などもする。かれらは諸国を分担して、はるばるとお札くばりに出て行ったこともあり、のちには御師の手代《てだい》ぐらいの者が自分の担当する国を歩いた。かれらが、諸国で伊勢講を組織し、

「ぜひ、お伊勢詣りを」

と勧誘してまわった。室町期の神宮疲弊時代にこのお宮を維持したのは御師たちであり、江戸期に入って、町や村単位に伊勢講ができ、それがあたかも旅行団体のようになって行ったのも、御師たちの力である。御師は、こんにちでいえば家庭電器メーカーにおける販売店にあたるであろう。室町以前は伊勢神宮といえば単に皇室の宗廟《そうびょう》にすぎなかったものが、これを地下《じげ》におろして庶民信仰の対象にしたかれらのふしぎな力を考えねばならない。こういうことを可能にしたのも、室町時代という、乱世ながらも庶民の力が日本史上最初に興《おこ》ってくる時代だったからであり、他の宗教現象としても、門徒宗（一向宗、本願寺）や法華《ほっけ》といったような庶民に根をおろした教団組織ができるのも、

この時代である。もし伊勢神宮がこの室町時代を通過せず、あるいは御師という存在を持たなかったなら、戦国期をさかいめにして痕跡《こんせき》程度にしかのこらなかったかもしれない。

その御師も、明治のとき、神宮が国家神道の中心に組み入れられたさいに消滅した。

太平洋戦争に敗けたあと、連合軍によって国家神道がまっさきにつぶされ、伊勢神宮が、ふたたび孤立した。昭和二十四年ごろ、私は新聞社の京都支局で宗教をうけもつ記者だったが、伊勢神宮へ行ったことがある。参拝客がすくなく、神職のひとびとも、これだけの規模の建物と森を維持するのにこまりきっているような感じだった。

「もし、御師がいればよかったですね」

と、少宮司さんに、私が冗談をいうと、真顔で「まったくそのとおりです」と答えられたのには、かえってこちらがあわてた。

そのときの記憶に、「お蔭詣り」の研究にひどく熱心な禰宜さんがいたが、それを純粋に民俗研究のつもりでやっておられるのか、それとも神宮復興のための思案の一つとして検討されていたのか、そのときもよくわからず、もし後者だとすれば、じつに智恵《ちえ》深い配慮だったように思える。

江戸期に、お蔭詣りが流行した。みな伊勢へ伊勢へと行ったのは、いまの日本人のエネルギッシュな海外旅行ばやりの原型をなすものであろう。十返舎一九《じっぺんしゃいっく》の『東海道中膝《ひざ》栗毛《くりげ》』というのはこのお蔭詣りの背景のもとに出た作品で、実用的な旅行案内の役割をはたしつつ、主人公を二人出して滑稽《こっけい》小説の体《てい》をつくるという新機軸のものであった。江戸末期になると、「抜けまいり」というのまで江戸で流行した。お店《たな》の小僧が表を掃《は》いていて、にわかに居なくなる。そのままの姿《なり》で東海道を駈《か》けて伊勢へゆくのである。ヒシャクを一本かついでゆくのが、抜けまいりのしるしだった。道中、抜けまいりだとみると、食い物をくれる奇特な人もあり、けっこう伊勢までたどりつけた。そのまま江戸へ帰ってきて、また表を掃いたりしている。抜けまいりだったといえば、旦那《だんな》も番頭も叱《しか》らないという気分が一般になっていた。

話をもどす。昭和二十八年の遷宮は、敗戦後八年目で、いったいそれだけの金があつまるのかと不安がられていたが、結構うまく行ったようだった。ただ、こんにちのように大衆社会をあげての病的な物見高さという習慣がまだできていなかったのか、参詣客はなんだかすくなかったような記憶がある。

ご神体をうつすのは深夜、浄闇《じょうあん》のなかでおこなわれるのだが、神域のところどころに赤く燃えていた庭燎《にわび》の炎のうつくしさをいまあらためて思いだすことができる。庭燎の炎をまもるのは白丁《はくちょう》たちである。白い水干《すいかん》を着、素足にわら草履をはいている。向井潤吉氏がその姿になった。白丁にさせてもらわないと、ご神体に近い所まで近づくことができないのである。

宮本三郎氏も伊東深水氏も、白丁になって、玉砂利の上にかがんでいた。その姿がひどく古色を帯びて、たえず火の粉をちらしている庭燎の火明《ほあか》りに照らされていると、なにか中世の人がそこにいるようで、声をかけるのも憚《はばか》られたような記憶がある。

（「毎日グラフ増刊　遷宮」一九七三年十月）

# 叡山《えいざん》

最澄《さいちょう》（七六七～八二二）がうまれたのは奈良朝の末で、日本が、律令制《りつりょう》とよばれる中国式国家だったころである。

唐がそうであったように、当時の日本も、僧になることは、国家の扶持《ふち》をうけることだった。つまりは国家の宗教官に登用されるということであり、それだけに得度《とくど》にはやかましいとりきめがあった。

当時、無名の少年だった最澄が得度をうけたについての公文書（度牒《どちょう》、戒牒《かいちょう》）がこんにちのこっている。その公文書に、当人の人定《にんさだ》めのしるしとして、黒子《ほくろ》が、頸《くび》の左に一つ、左肘折の上に一つ、といったふうに書かれているが、いずれにしても八世紀のそのような文書がいまも大原三千院《さんぜんいん》に保存されているというのは、日本という国のめでたさのひとつといえるかもしれない。

最澄は叡山の東麓《とうろく》のうまれで、この山を琵琶湖畔《びわこはん》から見て育った。東麓のひとびとは

着する。

この山を神聖視して、

「ひえ」

とよんでいた。文字としては日吉、日枝などと当てられたが、平安初期には比叡が定着する。

叡山は高山ではない。南北に峰をつらねる土塁形の山である。琵琶湖側と京都側とでは、山容がまったくちがう。

西斜面である京都から見た叡山は、四明岳《しめいがたけ》で代表されているため、独立した山容のようにみえる。それに草木がすくなく、山の地肌が赤っぽく透けてみえる。冬のつよい西風がもろにあたるせいと、東斜面にくらべて水を生みだす量がすくないからでもあるらしい。

これにくらべ、東斜面は緑のビロード地のたっぷりした裳裾《もすそ》を襞《ひだ》多くひいたようにして、ゆるやかに湖水にむかって傾いている。樹叢《じゅそう》のゆたかさはどうであろう。幾筋もの山脚のこころよい勾配《こうばい》、尾根と谷とがたがいに戯《たわむ》れるように組みあわされて、冬の西風から樹《き》をまもり、かつは林間の僧房をまもっている。それに泉や谷川が多く、まことにいのちの山という感が深い。

最澄は、俗名を広野《ひろの》といった。広野のころのかれの心を育てたのは、このなだらかに湖水へ傾斜する「ひえ」の東斜面であったであろう。

私どもは、叡山を京都側からながめて、その山容を詩的造形化している。が、ほんとうの叡山は大津から坂本へ北上する左側の峰々でとらえられるべきで、最澄の死から、織田信長《おだのぶなが》による焼打《やきうち》（一五七二）にいたるまで日本文化の脊梁《せきりよう》として栄えたこの天台宗本山（というより一大宗教都市）は、その堂塔伽藍《がらん》のほとんどをこの東斜面の峰々や谷々に発達させてきた。

平安期には、

「山」

といえば、叡山のことであった。むろんこの場合は地理学上の地塊をいわず、地上の王権からときに独立する気勢を示すかのような宗教的権威を指し、かつは平安貴族の死生観や日常の感情に思想的な繊維質を提供しつづけた思想上の深叢《しんそう》のことをいう。さらにいえば、権威を神輿《みこし》にし、武装の徒をやしない、増上慢《ぞうじようまん》のかぎりをつくしたふしぎな世外権力のことをふくめる。

叡山の右のような大展開は、開山である最澄その人にどれほど負っているかとなると、よくわからない。

最澄は、骨の髄からいい人であった。かれは神秘を験《げん》じて人心を収攬《しゆうらん》しようとしたことはなく、政界を操作して自分の利をはかったこともなく、また蠱惑《こわく》に類する言を吐いて自分を神秘化しようとしたこともない。宗教の創始者にありがちかと思われるいかがわしさはいささかも持たなかった。日本の大乗仏教がこういう人格によって創始されたということは、われわれは歴史に感謝しなければならない。

その後の「山」が最澄を神秘化しないということも、おもしろい。

このことは、最澄が顕教《けんぎょう》の人であったことと不離であろう。

最澄が入唐《にっとう》したのは顕教である天台の体系を日本にもたらすためで、わずかに密教ももち帰った。

が、時代の要求は密教にあった。叡山に組織的な密教が導入されるのは、最澄の死後、円仁《えんにん》（七九四〜八六四）、円珍《えんちん》（八一四〜八九一）が入唐してそれをもちかえってからである。密教の原則は伝法の師を仏として拝するところにあり、空海がその死後、門弟からそのように神秘化されたことも、密教の流風からみれば当然といっていい。

顕教家である最澄の場合、在世中、弟子たちがかれを仏であるとして拝んだ形跡はない。死後もない。このことはかれが密教家でなかったことにもよるが、やはり人柄にもよるであろう。

叡山が興隆するのは平安期歴世の宮廷の帰依《きえ》によるが、かれらが貴しとしたのは叡山における密教（台密）で、具体的には加持祈禱《きとう》であり、ひるがえっていえば最澄の本領としない部門によってであった。

かといって叡山の顕教部門がおろそかにされたわけではなく、むしろ最澄の死後、大いに発展し、やがて浄土教や禅、法華経信仰という日本的な仏教を生む土壌になった。
ともかくも、日本史における叡山の位置はあまりにも大きい。ただ一個の宗教勢力としては信長の焼打後衰弱し、明治後さらに衰え、戦後、各地の有力寺院の独立でいっそうおとろえて、仏教界ではむしろ小勢力になってしまっている。「山」には膨脹《ぼうちょう》という遠心のエネルギーは何世紀も前に消え、むしろ日本仏教のふるさととしての古典的威儀を守ろうとする求心のエネルギーのほうがつよい。

（「アサヒグラフ」一九七九年十一月）

# 京の亡霊

京都というのは、妙な町だ。

私は大阪にすんでいるから、京阪《けいはん》をむすぶ三つの電車のどれを選んでも、一時間たらずでこの町へゆける。

そのくせ、京都駅におりたったとたん、じつに妙なことだが、はるけくもこの町へきたという旅びとの感懐が胸を占める。

おそらくこの町が、大阪や東京とくらべてひどく異質なところがあるからだろう。

その異質とはなにか。

「お寺やお宮があるからやろ」

では、答えにはならない。どんなにそれらの建物が古くとも、単に材木の力学的構築物にすぎないのだ。

「そら、京ことばのせいや」

というひともある。なるほど、てんめんたる京おんなのことばは、ちょっとした風情《ふぜい》かもしれないが、それだけではない。

京には、王朝以来住みつづけてきているこの町の亡霊《ゴースト》のようなものが、いまもほろびずにひっそりと住みつづけているような気がする。

昭和二十年代、ずっと私は大阪から京都へ通いつづけた。大阪の新聞社の京都支局につとめていたからだ。

そのころの私の受けもちが「宗教」で、新聞社では「寺マワリ」とよばれていた。「サツマワリ」などとくらべると、あまり威勢のいいしごとではない。

新聞記者のしごとのなかで社寺担当というようなものがあるのは京都だけで、その日本唯一《ゆいいつ》の宗教記者クラブというのが、西本願寺の宗務所の一室を借りておかれていた。

宗務所というのは、この宗門王国の中軸機関で、お坊さんの役人が、ざっと三百人はいた。

教学部、渉外部、庶務部、文書部、といったような部があるのは浮世の役所とかわらないが、それらの各部屋に、ひるごろになるとさまざまな御用商人が出入りをする。

そのなかで、いかにも明かるくて気さくそうな青年が、いつも、

「お菓子のご用はおへんか」

とききまわっていた。

いつのほどか、私はこの青年と親しくなり、むだばなしの相手にしていた。

私は大阪の人間だから商売のはなしがすきで、

「こんなお寺相手の商売ではもうからんのとちがうか」

などと、よけいなことを訊《き》く。

「まあ、ぼちぼち、どすな」

と青年も適当に答える。

そのうち、だんだんわかってきたことだが、この青年は、きのうきょう、西本願寺に出入りしたのではなく、

「へえ、おやじも、このお西サンに出入りしとりました」

という。

根掘り葉掘りきいてみると、おじいさんもひいじいさんも、

「お菓子のご用はおへんか」

ときいてまわったそうだし、さらにきいてみると、三百数十年前の天正《てんしょう》年間から、れんめんと「お菓子のご用」をきいてきたという。

そのころ、西本願寺は、いまの大阪城の位置に、城廓《じょうかく》同然の巨刹《きょさつ》を築いて、天下の門徒を支配していた。

尾張から織田信長が出、その天才的な外交手腕と鉄砲戦術によって、たちまち天下を制しつつあった。

その信長と戦端をひらいたのが、右の石山本願寺である。

戦国百年のあいだ、諸国に大小の群雄が割拠してたがいにあらそったが、この織田と本願寺の決戦が、戦国最後の選手権試合というべきものだった。

本願寺方には中国の毛利、播州《ばんしゅう》の別所、近江《おうみ》の浅井、北陸の朝倉などの強豪が加担して、戦いは容易に決せず、後年、頼山陽《らいさんよう》をして、

「抜きがたし南無《なむ》六字の城」

と詠ぜしめたほどの難戦になった。が、天正八年、信長は、正親町《おおぎまち》天皇を動かして和睦《ぼく》の労をとらしめ、ようやく終戦した。世に石山合戦というのは、これである。

主将は顕如上人《けんにょしょうにん》で、のち本願寺は紀州鷺ノ森《さぎもり》にしりぞき、秀吉の代になってから、地を京都の現在地にもらって移転した。

その石山合戦の兵糧方《ひょうろうかた》だったのが、この青年の先祖だというのである。

この菓子屋さんには、

「松風《まつかぜ》」

という名菓があり、それは石山合戦のときの携帯口糧だったという。

その後本願寺が京都にうつってからも、本願寺わきに住み、菓子をつくり、代々、本

願寺の役僧に菓子を売ってきた。

その子孫の青年がいまなお、本願寺に出入りして、

「お菓子のご用はおへんか」

ときいてまわっている。

京都という町は、これほどにおそろしい町なのだ。

私は、毎日、西本願寺内の記者クラブで一服すると、あとは、東山、西山、北山などの神社仏閣に出かけるのが日課だったのだが、東山に智積院《ちしやくいん》という新義真言宗の本山があり、そこに菊入頓如《きくいりとんによ》という坊さんがいた。

じつに話題の豊富な老人で、ジャズや映画などが大好きというのだが、あるとき、ほかの僧から、

「頓如はんは、ああ見えて、雨乞《あまご》いの秘法を知っている唯一のお人や」

ときいて、

「本当ですか」

とただすと、この僧は目の色をかえた。

ほかの冗談ならともかく、真言秘密ノ法を疑うのは何事だというのだ。

「うそと思うなら、あす、雨をふらせてやるさかい、気をつけて空を見ときなはれ」

その翌日、たしかに、小雨がふった。もっとも、その前日の夕刊の天気予報にも「あすは小雨模様」と出ていた。しかし、頓如さんは、そういうペテンをかけるひとではない。

とにかく、京には、歴史の亡霊が、いきいきといまも生活している。

（「週刊文春」一九六一年十一月）

# 京・寒いころ

京都には、終戦直後から、七年間いた。新聞社の支局にいた。かかりは、お寺お宮といったもので、こういう年中行事を書いていた。京都のひとは年中行事が生活のこよみになっていて、京都版にはこういう記事が欠かせなかった。若かったから、ばかな町だと思っていた。

毎月二十一日は、北から南にくだる市電は満員なのである。みな、東寺《とうじ》へゆく。弘法さんの日だからだ。

二十五日には、北野へゆく北むきの市電は満員だった。

「ええ天神さんで、よろしおすな」

と、市電のなかでもまれながら町の人たちがあいさつをかわしている。天神さんの命日が晴れている、それだけでちゃんと会話になる。そばできいていると、私に雅心さえあればちゃんと詩になっている人事の風景なのである。

祇園《ぎおん》まつりになると、町じゅうが祇園まつりになる。このまつりの記事を六度書いたときに、私は大阪へ転任になった。正直なところ、ほっとした。年中行事の典雅さのなかから、やっと生き身を救いだしえた、という感じだった。

おかしなことに、あのころ私はどういう記事を書き、なにを見たかも、すっかりわすれている。京都的生活への反発だけがあった。終《しま》い弘法、という言葉をきくだけで、いまでもあのころのやり場のない悲しみがこみあげてくる。

——おれの青春はこんな陰気くさいもののなかで朽ちるのか。

というえたいの知れぬふんまんであった。そのくせ、いまでもこのふんまんの正体が何であったかが、自分でもわからない。

要するに、京の四季を味わうには、私は若すぎた。

終い弘法では、人出の数だけを勘定していた。露天にどういう植木が出ていたかも記憶がない。

私の手もとに、豊玉発句集という無名俳人のおっそろしく下手な句帳がある。豊玉とは、土方《ひじかた》義豊という剣客の雅号である。

武州南多摩郡日野郊外の石田という集落にうまれ、文久三年の春はじめて京に出、慶応三年十二月、京を去った男である。通称歳三《としぞう》。京では、同郷幼なじみの近藤勇《いさみ》とともに新選組を結成し、その副長となり、和泉守《いずみのかみ》兼定の佩刀《はいとう》のナカゴが血で腐ったというほどに人を斬《き》った。組織としての新選組は、近藤よりむしろこの男の作品だったであろう。

京都へきた近藤は、余暇があると頼山陽の書を手本に手習いをした。土方は、故郷の兄から手ほどきをうけた発句をひねった。

（こいつの句集に冬はないか）

とさがしてみた。ところが妙なことに、四度も京で冬をすごしているくせに一句もなく春と夏の句ばかりである。

水の北山の南や春の月
駄句、愛すべし。

公用に出てゆく道や春の月。年礼に出てゆく空やとんびたこ。今日も今日もたこのうなりや夕焼けせん。年々に折られて梅の姿かな。春の夜はむつかしからぬ噺《はなし》かな。

大真面目《おおまじめ》な顔でひねっていたのであろう。

それにしても、この男は、なお京でこれだけの句集をつくっている。殺風景そのもののような新選組副長でも、私の京都時代よりはまだしも優雅であったのであろう。

近ごろは京都にゆくことが多い。

「いっぺん、終い弘法にお詣《まい》りしまほか。寒いころ、えり立てて、東寺はんの塔の見える下を散るように歩いてゆくのも、よろしおすえ」

と、旗亭のおかみさんにいわれた。なるほど、散るように歩いてみようか、とひどく新鮮な気持で、いま、京の冬行事のなかにいる自分をぼんやり想像している。

（「京」一九六三年）

# 舞台再訪（『竜馬がゆく』）

伏見の船宿寺田屋というと、もう連想で血のにおいが匂《にお》ってくる。文久二年のいわゆる寺田屋騒動で九人の薩摩《さつま》藩士がここで斬死《ざんし》した。

右の事件は竜馬とじかの関係がない。竜馬と寺田屋の縁は、慶応元年前後から濃くなっている。

「寺田屋はまだ宿屋をやっているよ」

と私がきいたのは、この小説を考えていた六年前の夏であった。一人で出かけ、案内も乞《こ》わずに横庭のあたりに入りこんでいると、宿の主人が愛想よく笑いかけて「お入りやす」といってくれた。そのとき見せてくれた宿の案内書きでは一泊の値段が食事なしでたしか八百円から千円だったとおもう。当時としてもやすい。

こんど出かけてもう一度案内書きをもらうと、一泊二食つきで千五百円から二千円になっていた。北がひらいている二階の部屋、階段、黒びかりのするおどり場、古色を帯びた天井など、すべて竜馬のとまったころと変らない。さらにいえば文久二年の寺田屋騒動のころともさほどの変化がない。階段下で薩藩の士が壁にはりつけられるようにして刺された。直後に壁がぬりかえられたであろうから、その血はいまはない。その程度がちがうだけである。

——伏見中書島《ちゅうじょじま》　泥島《どろしま》なれど……

と、当時の三十石《さんじっこく》船の船頭唄《うた》にあるそうだが、このあたりは中国の蘇州《そしゅう》をきたなくしたような運河の町である。

「伏見は、蚊がえろうおすえ」と、土地のひとが教えてくれたが、ひとつはこの運河のせいであろう。ひとつは伏見に多い酒蔵のせいである。蚊がえろうおすというので、そのときは泊らず、なんとなく惜しいような気がした。

船宿寺田屋についての調べは、落語の「三十石」に多くを負った。船宿に客が出入りするありさまや、番頭や女中の働きよう、船への乗りかたなどは、右によって十分な気分をあじわった。円生師匠に感謝しなければならない。

寺田屋の前は、運河である。通称「寺田屋の浜（河岸）」という。この河岸からこの船宿がもっている三十石船に乗り、京大坂十三里の淀《よど》の水のながれをくだって大坂天満《てんま》八軒家（現京阪電車天満橋付近）につくのが、当時の交通の姿であった。むろん大坂からも三十石船でさかのぼってくる。途中、旅客は白河夜船で寝ながらに旅ができるというありがたさがあり、東海道中膝栗毛《ひざくりげ》にもそういう場面が出てくる。いわば船宿寺田屋は、いまの京阪電車の役割をしていたのであろう。

「この寺田屋に竜馬がよくとまった。その主婦は奇女で、よく竜馬を理解した」

という旨《むね》のことを、勝海舟が明治後書いている。おかみはお登勢《とせ》といった。

「これは学問ある女。尤《もっと》も人物也」

と、竜馬も国もとへの手紙に書いており、よほど才気と度胸のあった女性らしい。晩年の写真が残っているが、目鼻だちから察して美人だったであろう。お登勢は竜馬の無邪気さをよほど愛していたらしく、竜馬が国もとの乳母おやべに送った手紙にも、

「伏見の宝来橋のあたりに寺田屋伊助という船宿があります。この家なればわしにとってお国の安田順蔵（姉の婿家。竜馬が少年のころ自宅のようにしていた）の家にいるような心持だ。またあちら（お登勢）よりも大いに可愛《かわい》がりくれ候《そうろう》」というようなことを書いている。

慶応二年正月、長崎を出帆した竜馬は瀬戸内海を航行して大坂に上陸し、ひそかに京に入った。のちに維新の軍事的原動力になった薩長秘密同盟を締結させるためであった。

この時期、竜馬は、京で奔走しては三里はなれた伏見へもどり、毎日寺田屋で寝起きしている。

「このころの坂本さんは昼は寝て夜になると京の町へ出かけて行きました」
と、お登勢は明治後、ひとに語った。竜馬はもともとずぼらな――朝寝の宵っぱりといった低血圧の体質だったようにおもわれるが、この時期の夜間活動は幕吏の目をくらますためだったのであろう。

事件の日は一月二十三日である。竜馬は京で薩長秘密同盟を成就《じょうじゅ》させ、夜もふけきってから寺田屋に帰ってきた。宿の裏口の風呂《ふろ》（いまはない）に入り、二階へあがり、竜馬を待っていた長府藩（長州の支藩）三吉《みよし》慎蔵と同盟締結のはなしをしつつ寝ようとしたころ、素《す》はだかの娘がとびこんできた。宿の養女おりょうであった。おりょうは湯殿に入ろうとしたとき、裏手にひしめいている幕吏に気づき、二階へ急報した。すでに包囲されており、捕吏の数は百人以上であったという。

捕吏は二階へあがり、次の間でひしめいたが、竜馬らの部屋に踏みこむ勇気のある者はひとりもいなかった。竜馬は短銃をもち、三吉は手槍《てやり》をもって戦い、やがて裏手から脱出した。

塀をつきやぶって他家へとびこんだというが、その家らしい存在はいまはない。竜馬らは新堀という運河にとびこみ、対岸に集積された材木の上にあがってしばらくひそんだ。そういう地理関係では、伏見という町のありがたさはいまもむかしもさほど変らない。

「寺田屋」

という軒端《のきば》にかかった大提灯《おおぢょうちん》の下をくぐると京風の格子戸《こうしど》である。戸のたてつけはいいが、当世風の旅館のように門などはなく、玄関もなく、あくまでも旅籠《はたご》で、入れば暗い土間、かまち、帳場、という舞台装置であり、「こんにちは」といえば足をあらう夕ライでも出てきそうである。よほど酔狂な性根でかからねば当世風のレジャー感覚ではとても泊る気がしないであろう。

惜しいことに、宿の亭主は同業に不幸ができたので、そのほうへ他行しているということであった。宿は、老女ひとりと、若い娘さんとで番をしている。

「いいえ、お客はおすえ」

と、老女は溶けそうな笑顔でいった。寺田屋を好み、遠方から団体できてくれたりするという。小説のおかげどす、とお愛想をいってくれた。

「このおりょうが居ればこそ（彼女の素はだかの注進があったればこそ）、竜馬の命は助かりたり」

と竜馬も家信に書いている。夜陰、この宿の裏階段のあたりに立てば、彼を救ったというその美少女（齢《とし》は少女でもなかったが）の面影がにおい立つような気もする。

（「朝日新聞」朝刊一九六七年五月二十五日）

## 「京都国」としての京都

京都弁で東京という場合の高低アクセントは、関西弁のなかで特異である。東京のトオは籐《トオ》のステッキのトオという場合の尻《しり》あがりのアクセントでいう。

大徳寺納豆で茶をのみながら、

「こういう味、トオキョウの人、わかりますやろか」

と、反語風に皮肉る。ついでながら私は大阪うまれである。大阪文化は京都文化の懸命なまねぞこないと言っていいから、京都人はそばに大阪人がいると、従順な従者とみて安心して東京的感覚の悪口をいうのである。私は京都に住んだことがなく、用事のたびに通っている。昭和二十三年に新聞社の京都支局に通いはじめてのことだから、通い者としては履歴がふるいつもりだが、しかし住んで得られる感覚は決定的に欠けている。京都人の東京的感覚への反感、軽蔑《けいべつ》のつよさというのはそれに接するたびに驚かされるが、しかし大阪という京都文化の辺境にうまれたせいか、東京をおぞましいものとする文化感覚に同調できる能力はとてもない。

ただ、概念としては、理解する方法を私《ひそ》かにもっている。京都は京都人の文化的感覚からすれば、それは京都市では決してなく、日本の一般的文化感覚から独立した京都国だと思っているのではないか、ということである。日本国というのがある。別個に、世界にむかって京都国というのがある。知識人から庶民にいたるまで、なんとなくそう思っていると考えたほうが、理解しやすいように思えたりする。

明治以後、日本の近代文化は東京の権力が、上流から下流へ水を流すようにして生産し分配してきた。京都もそういう意味では一地方として東京からの分配を受けざるをえなかったが、しかし千年の伝統をもつ根づよい都市感覚——文化秩序の感覚——が京都にあり、それが自然の防塁になって中央から分配されるものに自主的な選択機能を働かせたり、ときには拒否したりしてきたという意味でも、日本の他の都会とまったくちがっている。ここで中世末期の堺《さかい》の性格を思いうかべたい。堺において多少ともその萌芽《ほうが》をみせた都市国家の気分が、むろん気分的であるとはいえ、いまの日本では京都だけに存在するのではないか。京都国とはそういうイメージである。

私は二十数年京都に通っていて、もっとも遅く気付いたことがある。ある夜、会合の場所の家をさがすために路地や通りをうろうろしながら、ふとどの家の軒下にもゴミ箱がないことに気付いた。やっとさがしあてたその家の女主人に、なぜ表にゴミ箱が出されていないのかとたずねると、女主人はふしぎそうな顔をして、

「そんなもん、……町が見ぐるしゅうなりますがな」

と、いった。自分や自分の家が、町の美的秩序や倫理的秩序に積極的に参加しているという意識は真に都会的なものであり、日本でも江戸期の倉敷や大坂の船場《せんば》などに多少は存在した感覚だと思われる。都市を形成しているものは造形と市民意識の両面からの秩序感覚であると思うが、その意味では、いまの日本で都市と言いうるのは京都だけではないだろうか。

京都は、幕末、諸藩がここに多数の藩士を駐在させたために大いに賑《にぎわ》った。しかし明治元年九月二十日、即位早々の少年の天皇が京都を出て行ったことは、京都人の印象からいえば意外だったにちがいない。

——ちょっと行ってくるだけだ。

ということで、御所出入りの商人や一般市民たちはいわばだまされていたといわれる。私の知りあいに明治まで御所に蠟燭《ろうそく》をおさめる商いをしていた家があるが、だまって出て行かれてしまったために大変打撃をうけ、還御《かんぎょ》を待っていたが一向に行幸が帰って来ないためにやがて店仕舞して大阪に引っ越したという話が伝えられている。

ついでながら、明治の法令や詔勅のなかで、東京に遷都《せんと》するなどというお布令《ふれ》はついに出ていないのである。というより、東京が首都であるという法令も、戦前まではなかったのではないか。

出発にあたって、天皇が江戸へゆくということは、公式には、

「東幸」

という用語で統一されていた。東へ旅行するということである。ついでながら、京都出発の二ヵ月前の七月十七日に、江戸が東京と改称されている。それについての法的な文章は、

……自今、江戸を称して東京《とうけい》とせん。是朕《これちん》の海内一家、東西（註・東日本と西日本）同視する所以《ゆえん》なり。衆庶、此意《このい》を体せよ。

というものである。東京をトウケイというのは、キョウが呉音であるためこれをいやしみ、ケイという漢音をつかったのであろう。京都というのも本来、公家《くげ》たちは漢音でもって京都《ケイト》といっていたという説があるが、京都における最大の勢力である僧侶《そうりょ》たちが呉音で京都《キョウト》とよぶために結局はキョウトになったのであろう。

さらにいえば、新都をわざわざ東の京と称したのは、京都が依然として首都であると

いう印象を、置きざりにしてゆく京都人にあたえるためであった。ともかくも京都については、これを廃都にするという法令はカケラも出ていない。いまなお厳密には――日本国首都とよべないにしても――王城の地でありつづけているといっていい。

遷都後の京都はたしかにさびれたが、この衰退をなんとか食いとめようとしたのは、木戸孝允《たかよし》であった。この当時、非京都人で木戸ほど京都を愛した者もめずらしいといわねばならない。かれは老いれば京都に隠棲《いんせい》しようと思っていたし、死後、生前の希望によって東山に葬《ほうむ》られた。

木戸はおなじ長州人の槙村正直《まきむらまさなお》を京都の司政者（最初は京都府出仕、のち大参事、権知事、知事）とし、槙村の企画の実現をできるだけ後援した。

槙村は明治元年以来、十年以上京都府の施政に没頭したが、かれがやった仕事は明治期のどの地方長官よりも大きな業績をあげている。

全国にさきがけて最初に小学校がつくられたのは京都だったし、女学校の濫觴《らんしょう》である女紅場《にょこうば》、日本最初の美術学校である画学校、さらには博物館、外国語学校、図書館、駆《く》黴院《ばいいん》、窮民授産所、測候所、化芥所《けがいしょ》、産物引立会社、舎密局、博覧会、織殿《おりどの》、染殿《そめどの》が設けられるなど、施設面での文明開化は、東京に匹敵するほどに華やかだったといえるかもしれない。もっともこれらは木戸が死に、槙村が去ると、あとはその発展力が停頓《ていとん》してしまうのだが。

江戸時代の京都というのは、都市としてどの程度の力があったのであろう。どの程度の金穀が京都に入ってきてこの町を維持したかをたれか研究してくれるとおもしろいと思うのだが、まず全国的な組織の中心として東西本願寺がある。

本願寺は、他の宗派のように領地をもたず、福田《ふくでん》——具体的には金穀を喜捨《きしゃ》する信徒組織——に頼っているのだが、全国の末寺の数だけでも東西あわせて二万ヵ寺あるだけに、その富力は大きかった。明治二十年代までは、東西本願寺の予算は両派あわせれば京都市より大きかったというから、江戸期の富力の想像がつく。全国からあつめられた金穀は、主として京都で使われた。建物の維持や修理、法具の調整、法主（門主）や連枝《れんじ》といった本願寺貴族の公家（門跡）としての社交費、生活費、さらには法主の直参《じきさん》の坊官に対する扶持《ふち》として使われ、そういう金穀をあてに衣食する商人、職人の数はおびただしかったにちがいない。

幕末、西本願寺は長州色がつよく、いわば勤王方についた。一方、東本願寺はもともと家康によって関ヶ原直後に分派しただけに徳川家への恩義を思うところがつよく、佐幕であった。このため東本願寺は鳥羽《とば》伏見ノ戦の前後、じつに狼狽《ろうばい》している。京都に成立した新政府には、金がなかった。このため新政府がおどしたのか、東本願寺が自発的に献上したのか、明治元年一月三日から四月までのあいだに、数次にわたって多額の献金をしている。

『大谷派（東本願等）近代年表』（大正十三年九月二十日刊）によると、

明治元年一月三日　金一千両を朝廷に献ず
　八日　厳如上人、官軍の粮米《ろうまい》を募るため近江路《おうみじ》へ発足
　十日　金千両を朝廷へ献ず
二十五日　……米四千俵金五千両を朝廷に献ず
三月　献金（註・金額不明）
四月　五千両を朝廷に献ず　〇一千両を朝廷に献ず

とある。本願寺はこんにちとはちがい、わずか数ヵ月のあいだに巨額の金を吐きだす能力をもっていたことを思えば、江戸期に、この全国組織が京都の経済に機能していたところは大きかったにちがいない。とくに京の下京《しもぎょう》の町家は、江戸期、本願寺がこぼす金穀による被益が大きかったのか、茶道の流儀なども下京は藪内《やぶのうち》流（本願寺流）ときまったものであった。幕末、東本願寺が佐幕であったころ、下京の町で「本願寺さんにつこか天朝さんにつこか」という俚謡《りよう》がはやったそうだが、これは下京に本願寺門徒が多いというよりも、本願寺によって暮らしをたてる商人や工人が多かったということであ

ろう。

中京《なかぎょう》にも、金銀を全国から集める機能がある。室町の太物《ふともの》問屋である。江戸期は、前時代にひきつづいて、呉服は圧倒的に京であり、大消費地である江戸なども、京からくだってきた呉服をくだりものとして珍重した。話がとぶが、赤穂《あこう》義士のなかに登場する小野寺十内《じゅうない》という老人は播州《ばんしゅう》浅野家の京都留守居役である。藩邸などはなく、町地の小さな借家を借りて老夫人と一緒に暮らしていた。播州浅野家程度の小藩が京にわざわざ駐在員を住まわせておくのは政治的な理由ではまったくなく（政治的な理由ならむろん幕府の禁忌にふれる）京の呉服の流行を知るためであったらしい。どういう織り、またいは意匠が流行しているかを、江戸の上屋敷の奥に報《し》らせ、藩主夫人が流行遅れの衣裳《いしょう》を着てひとにわらわれまいとするためであったらしい。ひるがえっていえば、それほどの商業的威力を室町の呉服問屋はもっていたのである。

ほかに、御所がある。

新井白石が江戸期における天皇を法理的に規定して日本国の元首ではなく、その権威が山城地方にのみおよぶだけの存在であるとした。幕府からあたえられている石高は五、六万石で、小大名程度でしかない。この五、六万石を天皇家と二百人をこえる公家たちとでわけているわけであり、この程度の金穀が市中をどの程度うるおすのか、まず大したことはないであろう。

そのほか、臨済禅の五山をはじめ、東寺、大覚寺など数多くの巨刹《きよさつ》が、それぞれ地方に寺領を持ち、その金穀を京にはこんで消費しているから、これらの寺々の寺領をこまごまと集計すればどういう数字になるのか。ざっと考えても、一万石にはならないだろうと思われる。

以上が、江戸期の京都に入ってくる金穀のあらっぽいながらも見当であるが、これらを中心に京都の市民経済がなりたっていた。大阪のように一山当てようという射倖心《しやこうしん》は京都の柄ではなく、出費をできるだけひきしめつつ、暮らしの中に美的な照りを見出《みいだ》してゆこうという生活感覚がうまれたのも、当然といっていい。

こういう気風は、いまも京都の商いの仕方にのこっている。

私は書画骨董《こっとう》のほうはよくわからないが、呉服とか菓子とか、あるいは伝統的な生活用具などをあつかう店で、老舗《しにせ》であるかぎり、ほぼ信用していいような感じがしている。

一例をあげれば、呉服の小売商で、店舗というような余計な経費のかかるものを持っている商人はまれで、みな得意先へかついでゆく。得意先の先代からとか場合によっては数代出入りしているという商人が多く、さらに自分の孫子《まごこ》まで出入りさせてもらいたいという、京都以外にはちょっと成立しにくい気長い感覚が商人の側にあって、決してその場かぎりの商いをしないのである。

これに似た菓子屋も多い。荒かせぎするという感覚を持たない老舗が多く、そのかわり、宣伝費とか社交費といったぞうようを、東京や大阪あたりの菓子の老舗からみれば信じがたいほどに、かけないのである。

昭和二十年代だったかの話だが、東京の三越で毎年、銘菓祭りのようなものがあった。ふたあけの前夜は業者たちは赤坂あたりで大いにあそぶのを楽しみにしているといったものだったが、京都だけは個々に参加するということをせず組合の代表を三人だけ組合の経費で出張させるというかたちをとっていた。それも夜汽車でゆかせ、夜汽車で帰らせた。このため赤坂あたりでのどんちゃん騒ぎに京都の菓子屋が加わったことがない、というのである。一事が万事で、そういう商いの感覚が、江戸期以来の京都の市民の倫理的感覚にまでなってきたということがいえるかもしれない。今後のことは、よくわからないが。

（「太陽」一九七五年三月）

# 大阪八景

「ここは、どや」

とほこれるほどの景色が、いったい大阪にあるだろうか。

ずいぶん思案をかさねてえらんでみた。ところがあとで気がついてみると、女房と婚前に散歩したあたりが多かった。のろけているわけではなく、十分に手ざわりがあるから、自信をもって推せる。

まず、中之島《なかのしま》の堂島川《どうじまがわ》にボートをうかべて大江橋、渡辺橋のあたりをのぞんだ川ぞいの風景をあげねばなるまい。朝日新聞の旧社屋をこの風景のアクセントとして、はるか空のきわみまでならぶ近代建築群の景観は、あるいは、日本一の都市美かもしれない。

「いや、世界的だ」といったイタリーの画家がいる。

法善寺横丁は、映画や雑誌のグラビアなどで先刻周知だから、説明の要はなかろう。

つぎは、葦《あし》。

この植物のある風景は、浪花《なにわ》の伝統的なものだが、市内で葦のおいしげった所は、ほとんどないことに気づいた。やっと見つけたのが、淀川《よどがわ》の十三《じゅうそう》大橋シタの水ぎわの風景である。葦のなかに、若いひとがいた。葦のある青春は、いかにもこの町の人間風物詩らしい。

源聖寺坂《げんしょうじざか》。

奈良の町はずれに似ている。この物さびた風景が、大阪の中央にあるとは、これまた知るひとがすくないだろう。坂の上からのぞむと、つい足もとにミナミの雑踏がみえるのだが、この一角だけは、ヒグラシの声がきこえる。松屋町筋《まつちやまちすじ》から上町《うえまち》台へのぼる下寺《しもでら》町のかたすみにあり、ひるも人通りがすくない。江戸時代、船場《せんば》の商家の若い手代たちが、人目をしのぶ恋をとげるために、この坂をのぼり、生玉《いくたま》の出逢茶屋《であいぢゃや》へしのびやかに入った。とすれば、恋の坂といえぬことはない。

枚岡《ひらおか》の夕景。

この里は、生駒《いこま》連峰のふもとにある。陽が、いま、ちぬの海（大阪湾）に落ちようとしているところだ。

徳川家康は、このあたりから大坂をのぞんで、この山河に食欲をおこした。かれをして豊臣家を亡《ほろ》ぼそうと決意をさせたのはこの壮大でゆたかな風景をみたからだと伝えられる。

石切《いしきり》からみた大阪の灯。

生駒山の中腹を近鉄の奈良線がはしっている。石切は、その小駅である。駅から西をのぞめば、河内《かわち》、摂津《せっつ》の平野がひとめにおさめることができ、陽がおちはじめる時刻には、はるかな大阪の灯が宝石のようにかがやく。

尻無川《しりなしがわ》の渡船場。

どうも、名がよくない。大阪の地名は、詩的ではない。京や江戸と違って古来インテリの住む町ではなかったから地名がいかにも即物的である。

川とはいえ、千トンぐらいの船がゆうゆうと上下し、このあたりに荷のあげおろしをする。アジア貿易の基地でもあり、この川の盛衰は、われわれの台所にじかにひびくことになる。いわば都会のふところにあるポケット港だが、存外知られていない。

夜の大阪城。

夜景のいい城として推そう。くっきりと夜空にうかぶこの幻想的な風景は、太閤《たいこう》秀吉でさえみることができなかったものだ。いまは、この城の灯を慕って、アベックが集まる。若い人たちの間でささやかれている迷信では、御堂筋《みどうすじ》でひろった恋は、大阪城下でかならず破綻《はたん》するという。淀君《よどぎみ》の亡魂が嫉妬《しっと》するのだろうか。

（「婦人生活」一九六一年九月）

# 江戸期の名所文化——大阪の住吉を中心に

桂米朝《べいちょう》さんが演《や》る大阪のふるい落語のたねに「住吉駕籠《すみよしかご》」というのがある。この噺《はなし》でもわかるように、難波《なんば》村から天下茶屋《てんがちゃや》を通って、潮風のにおいのする住吉大社にお詣《まい》りにゆくというのが、江戸時代の大坂のひとびとの行楽の代表的な型であった。

江戸時代だけでなくその前の豊臣時代でも、大坂の名所といえば住吉大社だったのではないか。豊臣秀頼《ひでより》は幼時の書もよく、長ずると体のがっしりした若者になったが、しかしお袋の淀《よど》殿が暗殺でもおそれたのか、城から外へは出さず、奥で女中たちにかこまれて成長した。このせいか、ひとなみの智恵《ちえ》や倫理的通念やらが発達しなかったようにおもわれる。江戸期の書きものに、秀頼が城からそとへ出なかった、ということの例外としてただ一度、幼時、住吉の浜へ行って女中たちと潮干狩《しおひが》りをした、という事例があげられている。

大坂では、

「住吉さん」

と、かならず敬称をつけてよばれていた。

住吉は、古訓ではスミノエである。古くはちぬの海とよばれた大阪湾の湾頭にあって砂浜は白くかがやき、松原がつづき、遠浅の海は、渚《なぎさ》であらあらしく騒ぐということがすくない。いかにも古代の海人部《あまべ》がここに海の神を斎《いつ》きまつりそうなところで、その存在はすでに『古事記』にあらわれている。

名所の成立には、そのあたりに都市ができあがるよりはるか以前から存在したという畏敬感《いけいかん》が基底になければならないようにおもわれる。住吉は、その一条件をそなえている。

ほかに、逍遥《しょうよう》してながめるだけの景勝と、人工的なもの（建造物や庭園など）があるほうがのぞましい。

住吉を例にとって、そのことを考えてみると、寛政《かんせい》年間の『摂津名所図会《せっつめいしょずえ》』では、現在の規模をしのぐほどの広大な境内《けいだい》をもち、それが松でうずまっている。松原の緑の色面のなかに幾つもの郭《かく》で仕切られ、多くの殿舎が起伏している。

浜に出ると、終日浜遊びができるように茶店などがある。いつごろ言いだしたものか、六月十四日に住吉浦の潮水に身をひたせば百病がなおると喧伝《けんでん》され、右の「図会」にはその挿絵もかかげられている。浜の茶店に憩《いこ》う女たち、また渚で着衣のまま潮をながめている人、あるいは薬箱をもち、日傘をさし、「医者の御用はござらんか」といわんばかりに立っている坊主《ぼうず》頭の医者。

遠浅だから潮につかっている人々も腹から上があらわになっている。みな下帯だけはつけ、女はゆもじをつけている。むろん、混浴である。潮にすねをひたしながら、ぬけめなく天秤棒《てんびんぼう》をかついで何やら物を売っている男もいる。品物は餅《もち》だろうか。

名所には、年中行事として芸能のような演《だ》しものがあると、いっそう重みがつく。住吉の場合は、田植の神事と住吉踊であった。

田植の神事は神社の神田《かんだ》の田植のとき、田のまわりに赤白の旗をたて、古風に武装した武夫がそのまわりを警固し、田の中には、笠《かさ》のまわりに赤い絹を縁張《ふちばり》にしたものをかぶった早乙女《さおとめ》たちが、苗をうえてゆく。江戸から明治にかけてこの早乙女は堺《さかい》の遊女がつとめた。見物人たちは、神事よりも笠のうちの彼女たちの顔を見るためにつめかけたといわれる。

この田植の神事から、女たちがその装束のまま踊ってまわって勧進銭《かんじんせん》をあつめる住吉踊ができた。遠く京都まで大道興行してまわったという。長い柄の大きな朱の傘を中心にし、早乙女姿の女が、赤前垂《あかまえだれ》にうちわをもって、朱傘のまわりを輪になっておどりあるくのである。

私は、住吉踊を見たことがない。勧進元は住吉大社に付属していた神宮寺だったといわれる。そういえば寺というのはむかしから芸能と見世物の売りだし手のようなところがあった。

日本仏教は、隋《ずい》・唐の仏教を卸し元にしているが、唐の長安《ちょうあん》の盛時も、行楽の名所といえば、寺であった。

私は大和《やまと》の長谷寺《はせでら》や当麻寺《たいまでら》がなぜ牡丹《ぼたん》の名所なのかよくわからなかった。奈良県のひとびとはいまでも花見は桜でなく、牡丹であり、牡丹の花のそばにむしろを敷いて酒を飲み、唄《うた》をうたったりするのである。長じてからこの風が唐の長安のものであったことに気づいた。牡丹の季節になると長安人士は気もそぞろになり、「一城ノ人皆狂フガゴトシ」といわれたが、その当時、長安城内の大寺にはたいてい牡丹の庭園があり、ひとびとはそこへ押しかけたという。その型を、奈良朝のころ、遣唐使船でもどってきたひとびとが、大和に移植したにちがいない。

住吉には、そういう花の名所がない。

ただ前記「図会」によると、住吉の安立《あんりゅう》町の難波《なにわ》屋という茶屋に「笠松」という松があって、住吉詣りのひとびとはかならず見たという。幹は人の背ほどしかないのに、枝が地を這《は》うようにしてひろびろとひろがり、かぞえきれないほどの支柱が無数の枝をささえていた。江戸期のひとびとは、ただそれだけのことを眼福とし、話の種にしていたのである。

名所図会というのは行楽という面から日本文化を見るのに、多くの考えさせるものをもっている。

（森修《しゅう》編『日本名所風俗図会第10巻　大阪の巻』一九八〇年六月）

# いまからうまれるまち　大阪について

大阪は、都市機能として江戸期の大坂とはちがっている。大坂は、還《かえ》らぬ夢である。秀吉《ひでよし》が、機能としての大坂をつくった。

かれの天下統一のもっとも重要な要素は、この機能をつくったことだった。北は津軽外ヶ浜から南は薩摩《さつま》にいたるまでの諸藩や直轄領《ちょっかつりょう》において、およそ市《いち》に出して相場がつくほどの商品は、すべて大坂に運ばれる。大坂の運河ぞいの町々で、商品ごとにそれぞれの市にかけられ、値がつき、ふたたび諸国に散らされる。

商品の第一が、諸国の余剰米であったことはいうまでもない。米は、秀吉のこの統一国家の構造と機能によって、はじめて単なる食糧から商品になった。さらには貨幣に代るべきものにまでなってゆく。

「諸式」とよばれるすべての商品が、大坂にくると、たとえばただの干魚《ほしざかな》がほしかという金肥《きんぴ》に化《な》るように、なまの農林水産の所産物が、商品になり、数量化されるのである。

この大坂の特権は、徳川体制に入っても継承され、ある面では豊臣《とよとみ》期以上に大切にあつかわれた。大阪では秀吉を町の祖のようになつかしがるが、そのあとにつづいた徳川幕府が大坂にあたえた制度上の恩恵とそれによるにぎわいこそ、大坂の町と人の性格をつくったといえる。

制度上だけでなく、大阪湾一帯の経済は江戸のおかげで保《も》っていた。江戸は首都でありながら、ほとんどの商品をつくる能力をもっていなかったばかりか、たとえつくっても、粗悪品が多かった。江戸では、上方《かみがた》から移入される商品を、「くだりもの」とよんでいた。明治後の「舶来品」といった語感だった。京の呉服、太物《ふともの》といった値の高いものから、菜種油、灘《なだ》や伊丹《いたみ》、池田の酒、灯火やびんつけにつかう伊予《いよ》産などの蠟《ろう》、播州《ばんしゅう》赤穂《あこう》の塩、河内《かわち》もめんといったふうな重要な日常用品はすべて大坂から江戸に海路送られた。それらを積んで日本海や太平洋航路を帆走する船の数は、すさまじいほどのものであった。江戸では、行商のあめやまでが、「くだりあめ」とよばわって、品質のよさを誇示した。

このことは、江戸の後背地である関東の農村の後進性のおかげであった。関八州《かんはっしゅう》の農村は、江戸の巨大な需要をまかなうほどには熟していなかったのである。ただし江戸後期になって利根川《とねがわ》ぞいで濃口醤油《こいくちしょうゆ》が発明され、たちまちに上方移入の薄口《うすくち》醤油を江戸の町から駆逐してしまう。関東商品が上方商品を凌《しの》いだという点では、唯一《ゆいいつ》の例といっていい。

江戸中期の大坂の町人のなかから、富永仲基《とみながなかもと》（一七一五～四六）のような、同時代のヨーロッパの思想家そのものといった人文科学的な批評精神と合理主義のもちぬしが出たのは、それを出しうる基礎が、江戸期的状況からいえばきわめて特異ながら、大坂にはあったといえる。商品経済は、人間にいくつかのことを教える。その一つは、物事を客観に見ること、それと似たようなことだが、口説《くぜつ》のまやかしに乗らぬこと、また、物事を数量的にあるいは品質の良否で見ることである。さらには、おぼろげながら、自他の個別認識と、一種の自由の精神がうまれる。富永仲基や、それにつづく山片蟠桃《やまがたばんとう》（一七四八～一八二一）などは、大坂以外の他の土地では生れようもなかった。

明治維新は、大坂にとって痛烈な打撃であったことを、いま思わざるをえない。大坂の特権が、まったく消滅した。すでに、大坂的な経済は、十九世紀には、世界的にみて、田舎経済になりつつあった。大坂の商品といえば農山漁村の余暇で作れるものであり、近代的な産業とはほど遠い。また、商業も金利計算や相場を中心とするもので、近代の世界でいえば東南アジアあたりの華僑《かきょう》の経済感覚にすぎなくなっていた。華僑は、利息計算を度外視した産業へ志向しなかったために、新中国の誕生のときも、近代技術でもってあたらしい国づくりに参加できるということはなかった。

すでに幕末において鴻池《こうのいけ》家は士族を支配人にしたがったが、人材を得なかった。士族というのは象徴的ないい方で、要するに算盤《そろばん》ができなくても、志と世界認識でもって鴻池家をきりもりする支配人がほしかったのである。「番頭はん・丁稚《でっち》どん」時代がおわったことを、代表的な金融資本は考えていたのである。大坂においてめずらしく産業資本だった住友家もまた多少このことを考えていたが、古い江戸期大坂風の体質を捨てきるのは、明治末年か大正になってからであるらしい。

右のようなことは、明治維新後の大阪において例外的なことである。他のほとんどは、——江戸期の大坂は消滅した。

という自覚もなしにすごした。明治後の大阪で、わずかに天下意識を持ちえたのは、道修町《どしょうまち》の薬屋ぐらいのものであったろうか。明治後の大阪で情報を商品とみる朝日新聞などが成立して、ついに東京の論説新聞を圧倒するが、それらの新聞に広告を提供して、新聞の経営的基盤をつくったのは、薬や化粧品であった。

以上は、江戸期の大坂のある部分が、幸いにして新時代に適応したわずかな例といってもいい。

あとは、大阪をもって東京に次ぐ大都会だというふしぎな迷信を信じているにすぎない。

もし大阪のひとびとが、そういう迷信を信ずることなく、明治後の適応において、あたらしい町がここに出来るのだという認識をもったとしたら、こんにちの大阪はよほどちがったものになっていたにちがいない。

大阪は、現代都市として仙台市にくらべても都市美観の点でよほど劣っている。文化施設は岡山市や倉敷市に劣り、都市の歴史的資料の保存能力の点で山口市に劣り、さらにいえば、日本第二の人口集中地といいながら、娘たちが、気に入った服を着て三十分でもそこを歩きたいという、それこそ都市のもっとも都市的な空間もまた、それを持っていない。

すべてが無いということは、いまからはじまるということでもある。大阪は、いまからうまれてゆくまちではないかと思いたい。

（「ゆとりと活力のグラフ誌　おおさかふ」一九八一年十一月）

# コラージュの街

大阪の市中ながら、「靫《うつぼ》」という界隈《かいわい》には、行くべき用事が、まずない。先日、ひさしぶりでそのあたりを歩いた。四百年の熱鬧《ねっとう》のなかで、こういう廃墟《はいきょ》がありうるのかと、息をのむ思いがした。

「靫」

というのは、奇妙な地名だが、江戸期、船場《せんば》とならんで大坂の商業の中心地のひとつだった。船場――とくに北船場――の場合、全国の大名に金を貸す鴻池《こうのいけ》など大小の金融機関がひしめいていた。ほかに、長崎経由の輸入生薬《しょうやく》や唐物《とうぶつ》など、全国規模の流通の中心をなす問屋街でもあった。

堂島という界隈もあった。これも江戸期のことだが、全国の米がここに集まり、相場が立った。大坂にはそのほか、全国の銘木をあつめて市が立つ界隈などがあり、いずれも幕府からゆるされていた商権だったが、明治になってすべて消滅した。維新は士族だけを失業させたわけでなく、大坂を一時的に大陥没させた。

江戸期の靱の界隈は、金肥《きんぴ》の問屋がひしめいていた。棉作などに必要な鰊《にしん》その他の魚肥や、塩干物などがあつまっていて、せまい間口の店でも、日に千金の取引をするといわれた。とくに北海道からくるほしかの市は、運河の曲り角にある永代浜でおこなわれ、市ごとにすさまじい額の金銀がうごいた。

明治維新は、国際経済の仲間に入ったということでもあった。たとえば、安くて良質の英国綿が入ってきて、江戸期のひとびとに木綿を着せつづけてきた棉作を潰滅《かいめつ》させた。従って棉作肥料のほしかも不要になり、靱の商いも衰弱した。

——太政官《だじようかん》は、けしからぬ。

という不満は、明治初年、全国の士族・農民をうごかした。とくに武力でつぶされた会津士族には恨みが残り、また「処分」された琉球《りゆうきゆう》にも鬱懐《うつかい》がのこった。

が、大坂は江戸期の商権をことごとく明治にうばわれながらも、怨念《おんねん》の声というものはない。農民や農民に寄生している士族とはちがい、商業は論理で成立している。論理はそれ自身で完結しているため、怨念の噴き出しようもなかった。商業とか商人とかいうものは、そういうものであるらしい。

明治期いっぱいでほとんど亡《ほろ》んだに近い靱の界隈も、大正期まではまだ食品としての海産物問屋がのこっていた。

それらの問屋のむれも、昭和六年の中央卸売市場という、行政指導による流通の一本化のために靱から去り、かれらが営業していた問屋ふうの建造物も老朽化した。私は少年のころしばしばこの界隈を通ったが、どこか木造船の廃船捨て場のような印象をうけた。

ただ、陰気さはなく、機能がとまった古機械群のようにあっけらかんとしていた。そのときの記憶をもとにして、『浪花名所図会《なにわめいしょずえ》』や、『浪華百景《なにわ》』などをかさねてゆくと、機械がふたたびうごきだすようにして靱の全盛期をイメージのなかで再現することができた。『菜の花の沖』にこの界隈が出てくるが、少年のころに歩いた記憶が役立っている。


靱には、さらに末路が待ちうけていた。

昭和二十年三月の米軍の大空襲によって八割がたが灰になってしまった。ほどなく進駐してきた米軍は、焼跡にブルドーザーを走らせ、地面をのしいかのようにひらたくした。やがて軍用の小型飛行機が発着しはじめた。都市の——それもかつて殷賑《いんしん》をきわめた——界隈が飛行場にされてしまったという例は、他にあるまい。靱は、維新に負け、明治期の世界経済に負け、太平洋戦争に負け、戦後処理にも負けた。

靱は、さらに変る。昭和二十七年、対日平和条約の発効によって日本の主権が回復したが、その六月、米軍（正式には連合国軍）はこの飛行場を大阪市に返還した。大阪市は、これを公園に仕立てなおした。広さ二万七千七百六十二坪という大型の靱公園は昭和三十年に完成し、当時若木だった樹々《きぎ》もいまは鬱然としている。ただ樹々の下を歩いて、かつていらかをつらねた蔵、土間いっぱいの荷、店頭のにぎわい、糶《せり》の声のさえぎなどを想像するのは困難である。

いまも、靱の界隈の残片はある。中央部が飛行場から公園になったりしたために、その残片は他の市街部との間の機能的連繋《れんけい》がうしなわれてしまったような感じで、雑然としているが、古写真のように生気がすくない。

残片の街は、居住区ではなく、商いのまちである。その商いもかつての靱を特徴づけた海産物ではなく、雑多な小資本の商業が、朽ちた建物のなかでおこなわれていて、せまい路上は秩序感がない。不法駐車のぼろ車、古びた看板、ゴミ箱といったものでちらかっており、この街で商うひとびと自体、街の手入れをあきらめてしまっているようである。

狭い道を歩くと、二十歩ごとに車に追われて軒下に身を避けねばならなかった。私は、画廊をさがしていた。友人の玄文叔という人のお嬢さんで、玄美和という彫刻家が、この街のどこかで個展をひらいているはずだった。略地図をたよりにさがすうち、路上に、手描きで「玄美和展」と書かれた小さな置看板が出ていた。見ると、大正時代ぐらいの小型ビルの廃屋だった。

なかへ入ると、荷出しのための通路が奥まで通っている。壁のタイルは古めかしいながら舶来物で、二階へあがる階段の手すりの装飾もみごとなものだった。盛時はよほどの商家だったろうと思いつつ、荷出し通路の奥までゆくと、中庭があって、空のあかりが落ちている。古い大阪の商家に多い構造である。そのつきあたりが、什器蔵《じゅうきぐら》だった。店舗は明治洋館風で、蔵は、江戸時代のものである。

その蔵が、画廊だった。重い扉をぐゎらりとあけると、板敷と白い内壁だけの空間になっている。

（まちがえたかな）

と、一瞬、思った。絵も彫刻もなかった。

扉の音をきいたのか、画廊の女主人が、蔵の二階から用心ぶかい足どりで降りてきた。

「どこに、作品があります」

ときくと、女主人は、無言で壁を指さした。そこに古新聞をちぎったものが貼《は》りつけられていた。

「ああ、コラージュですか」

私は、話にはきいていたが、この種の造形様式を見るのがはじめてだった。ピカソやブラックもやったというから、すでに古典的になっている手法なのだが。

よく見ると、おもしろかった。

作者の玄美和さんは若いだけに、この現代の古典形式をこんにちふうのポップ・アートに通ずる感じでやってのけている。コラージュとは、既成の勿体《もったい》ぶった美術意識を蹴《け》とばす精神から出た芸術らしいが、見ているうちに、結構、連想がわいてくる。

厚さ十センチほどの古新聞の束をざっくり截断《せつだん》した切り口の材質感をさりげなく見せてくれたり、いきなり破っただけの古新聞なども掲げられている。当の美和さんはこの作品群の前でつつましく腰かけている。小麦色の可愛《かわい》い顔のこのお嬢さん自身、人類が生んだ大切な作品のようでもある。

「東京からきて、ずいぶん画廊をさがしたんです。ここへきて、この画廊を見たとき、ここしかない、と思ったんです」

と、彼女は気取りのない声でいった。

ふたたび路上に出ると、もはや廃墟ともいうべきこの靱の生き残りの街までが、ぬきさしならぬ作品のように見えてきた。むろん、作者は歴史であるだろう。靱をさまざまに切りきざんで、いまはコラージュの作品としてわれわれに見せてくれているのではないか。ついい、酒も飲まないのに、白昼の酔いを感じた。

（『司馬遼太郎全集第45巻』一九八四年四月）

# 大阪城公園駅

おごそかなことに、地もまたうごく。

私どもは、思うことができる。この駅に立てば、台地のかなたに渚《なぎさ》があったことを。

遠い光のなかで波がうちよせ、漁人《いさりびと》が網を打ち、浜の女《め》らが藻塩《もしお》を焼いていたことども。

秋の夜、森の上の星だけが、遥《はる》かな光年のなかで思いだしている。

夏、駅舎の前の森の露草の花の青さにおどろくとき、またたきの間《ま》でも茅渟《ちぬ》の海を思いかさねてもらえまいか。ひたにこのあたりまで満ちていたことを。

目の前の台地は島根のごとくせりあがり、まわりを淡水《まみず》が音をたてて流れ、大和《やまと》や近江《おうみ》の玉砂を運び、やがては海を浅め、水が葦《あし》を飼い、葦が土砂を溜《た》めつつ、やがては洲《しま》になりはててゆく姿は、たれの目にもうかべることができる。

八十《やそ》の洲《しま》

それがいまの大阪の市街であることを、冬の日、この駅から職場へいそぐ赤いポシェットの乙女らの心にふとかすめるに違いない。創世の若さ、なんと年老いざる土《くに》であることか。

私どもは、津の国にいる。

津、水門《みなと》、湊《みなと》、港。私どもは、古き津の風防ぎする台上にいる。

台地は海鼠形《なまこがた》をなし、方正にも北から南によこたわり、南端の岩盤に四天王寺が建った日のことを、炎《ほむら》だつ陽炎《かげろう》のなかで思っている。輪奐《りんかん》が海に輝いたとき、遠《とお》つ国々の船《ふね》が帆をななめにして松屋町筋《まっちゃまちすじ》の白沙に近づき、この駅舎のあたりの入江のいずれかへ石の碇《いかり》を沈め、内典《ないてん》・外典《げてん》の書籍を積みおろしたにちがいない。思想の書、詩の書、工術の書。……もし若者が、駅舎のベンチの何番目かに腰をおろし、ひざに書物を置いて空を見あげたとき、櫂《かい》で描《えが》いたような飛行雲があらわれるとすれば、その船が曳《ひ》きつづけてきた航跡であるとおもっていいのではないか。

海鼠形の台地の北の端は、いま私どもが眺めている。ここに西方浄土《さいほうじょうど》にあこがれた不思議の経典を誦《ず》する堂宇ができたとき、地は生玉荘《いくたまのしょう》とよばれ、坂があった。おさかとよばれた。堂宇の地は礫《こいし》多く、石山とよばれていたが、ここに町屋《まちや》がならんだとき、この台上にはじめてささやかな賑《にぎ》わいができた。

楼上から西をのぞみ、陽《ひ》傾き、帰帆相次ぐころ、波のかなたの一《いち》の谷《たに》の崖《がけ》に沈んでゆく夕陽の華やぎは、ひとびとに仏国土《ぶつこくど》を思わせた。

堂宇が去り、城ができたとき、日本の歴史は変った。

威と美を多層であらわした世界最大の木造構造物は、大航海時代の申し子というべく、その威容を海から見られるべく意識した。事実、この海域に入った南蛮船は、極東のはてに世界意識をもった文明があることを象徴として知った。

城の台上から西へ降りた低地はすでに八十洲《やそしま》ではなくなり、網模様のように堀川がうがたれ、大小の商家がひしめき、日本国のあらゆる商品がいったんはそこに運ばれ、市《いち》が立ち、値がさだまり、やがて諸国に散じた。この前例のない仕組みそのものが天下統一の独創から出ており、にぎわいは空前のものとなった。

台上の城には、あざやかな意志があった。台下の商権と表裏をなしつつそれを保護し、さらには海外を意識し、やがて思想なき過剰な自信が自己肥大をまねき、精神の重心が舞いあがるとともに暴発し、他国に災禍をあたえ、みずからも同じ火のなかでほろんだ。

人の世にあることのかがやきと、世に在りつづけることの難《かた》さをこれほど詩的に象徴した建造物が他にあるだろうか。

つぎの政権は、篤農家《とくのうか》のように油断なく、諸事控えめで、無理をつつしみ、この地の商権もまた前時代と同様、手あつく保護した。信じられるだろうか、二百七十年ものあいだ、この一都市が六十余州の津々浦々に商品と文化をくばりつづけたことを。

さらには、評価の街でもあった。物の目方、物の質、物の値段……多様な具象物《ぐしようぶつ》が数字として抽象化されてゆくとき、ひとびとの心に非条理の情念が消え、人文科学としか言いようのない思想が萌芽《ほうが》した。さらには自然科学もこの地で芽生える一方、人の世のわりなきこと、恋のつらさ、人の情の頼もしさ、はかなさが、ことばの芸術をうみ、歌舞音曲を育て、ひとびとの心を満たした。

右の二世紀半、ひとびとは巨大なシャボン玉のなかにいた。

あるいは六十余州だけがべつの内圧のなかにいた。数隻《せき》の蒸気船の到来によって破れ、ただの地球の気圧と均等《ひとしなみ》になったとき、暴風がおこった。

この城は、ふたたび情勢の中心となり、政府軍が籠《こも》り、淀川《よどがわ》十三里のかなたの京の新勢力と対峙《たいじ》した。ついには、やぶれた。二度目の落城であり、二度ともやぶれることによって歴史が旋回した。この神秘さを感ずるとき、城はただの構造物から人格になっているると感じてもよいのではないか。

その地に居ることは、その運命とかかわる。この城が六十余州の中央に在ることで、好まざる運命をも背負わされた。薩南《さつなん》の暴発にそなえるために、城のまわりに火砲の製造所が置かれた。

やがて、首都を頭脳とする日本国が、十九世紀の欧州の膨脹《ぼうちょう》主義を妄想しはじめるとともに、この場所の設備も拡大《と》され、やがて共同妄想が業火《ごうか》とともに燃えおちた日、この城のまわりの鉄という鉄が熔け、人という人が鬼籍《きせき》に入った。城は、三度目の業火を見た。

悲しみは、この街に似合わない。

ただ、思うべきである。とくに春、この駅に立ち、風に乗る万緑の芽の香に包まれるとき、ひそかに、石垣をとりまく樹々《きぎ》の発しつづける多重な信号を感応すべきであろう。その感応があるかぎり、この駅に立つひとびとはすでに祝われてある。日々のいのち満ち、誤りあることが、決してない。

（大阪城公園駅陶板レリーフ　一九八三年十月）

# 駅前の書店

私は、近鉄奈良線の沿線に住んでいる。

その電車は、上町台地《うえまちだいち》の通称、〝上六《うえろく》〟（大阪市天王寺区上本町《うえほんまち》六丁目）から出ていて、発車して十分もすると、低湿な河内《かわち》平野に入る。

河内《かわち》小《こ》阪《さか》という駅がある。

おそらく近鉄の前身の大阪電気軌道が明治四十三年に開通して早々にこの小さな駅ができて、その後、徐々にこの郊外の駅の前がひらけたのにちがいない。といっても昭和初年ぐらいはまだ十分には市街地になっていなかったはずで、駅の東は生《い》駒山《こまやま》にいたるまで一望の水田だったときいている。

私は三十年前にこの地にきて小阪駅のつぎの八戸《やえ》ノ里《さと》駅近辺に住んだ。そのころはまだ八戸ノ里駅のまわりには水田が見られ、無計画に東にひろがった大阪の都市地面の東限という感じだった。文字どおりの場末である。

しかし場末のなかでも、小阪は都市化の先輩格だけに、駅前も多少は整頓《せいとん》され、商店の姿もいい。散歩のついでに小阪駅前までゆくと、一格高い都市にきた思いがする。

栗林《くりばやし》書房は、その小阪駅前にある。ふるくからの本店が駅の南側にあり、おなじならびで文庫専門の支店ができている。

近鉄が高架になったとき、もう一つの栗林支店がガード下にできた。そのほうが書店としての面積がひろい。だから小阪駅前は、〝栗林さん〟を中心にすれば、書店街ともいえる。

文庫専門の栗林のならびに「みふく」という飾りっ気のない古風なコーヒー店があって、中年の婦人ふたりがコーヒーを淹《い》れたり、運んだりしてくれる。創業の老人は七十代の無口な隠者のような感じのひとで、店には出ず、隣の小さなカメラ屋を庵《いおり》のようにして一日をすごしている。顔をあわしても、黙礼するだけで、言葉はない。

元陸軍衛生兵だったそうで、店の中年婦人が、そっと「むかしの衛生兵さんというのは賢《かしこ》いですね」といったことがある。たしかに、むかしは小学校の学業優等といったひとが兵隊にとられると、衛生兵とか通信兵になった。

この「みふく」で、栗林の若主人とよく出あう。

アーケードのある商店街には、「日本堂」という古い時計屋さんがあって、街の信用のささえの一つになっている。創業者は昭和初年、まだ東京が都《と》でなく市《し》であった頃、市立第一商業を出て大阪にきたというから、当時の新開地の小阪は、大阪で新規に店を持とうというひとにとってのフロンティアだったにちがいない。

私は一時期そばを食うことに凝《こ》っていて、うどんの地である大阪にうまいそばやがないのをなげいていた。日本堂の隠居は東京人だからきっといい店を知っているにちがいないと思い、きいてみると、

「駅の北にある浪花《なにわ》そばがうまいですよ」

と、地図まで描いてくれた。なるほど推薦のことばに違《たが》わない味だった。「浪花そば」の主人は、そばの本場の東京でなく九州の博多で修業した、という。

さて、栗林書房のはなしにもどる。

私は、三十年来の得意客のつもりでいる。

しかし、創業の老主人とはじかに接触はなく、注文や聞きあわせはつねに番頭さんの大和君《やまと》が相手であった。

大和君はすっかり中年になってしまったが、知りあったころは、長崎県大村から出てきたばかりで、本が大好きという青年だった。

「大村の商業高校にいるときから、将来は本屋さんにつとめたいと思っていたんです」

と、きいたことがある。骨の髄から誠実な人で、なにもかも若いころと変わらない。

ありがたいのは、私が好みそうな本を、「これは見はからいでございますが」という

独特の用語をつかってとどけてくれることである。気味わるいほど、はずれることがない。

栗林書房の得意になって二十年ほどして、創業者である隠居さんにはじめて会った。前記の「浪花そば」のとなりの席に腰をかけておられた。気持がよかったのは、ながの得意に対してありがとうございますなどというあいさつはなく、例えば母校の小学校を退職した校長さんに接しているような気分になったことだった。

「栗林さんのおうまれは、どちらですか」

「仙台です」

大阪には、東北出身者がめずらしい。

小阪には、女専が一つあった。戦後の学制改革で女専が女子大になった。新学制早々にそのまま四年制大学になった女子の私学は、関西では、神戸の神戸女学院と京都の同志社女専と小阪の大阪樟蔭《しょういん》女専だけだったことは、私が戦後の学制改革当時の大学担当記者だったから、よくおぼえている。三校とも図書館が充実していたからである。

その樟蔭女子大の国文科で、藤原定家の研究で学位をとった歌人の故安田章生《あやお》氏が教授をしておられて、私がこのあたりに住んだころ、

「ああその町なら栗林書房の近くですね。あそこの主人は、志《こころざし》があって立派ですね」

といわれたことがある。当時、安田章生氏は大学の図書館長を兼ねておられたから、

栗林さんとは接触が深かった。

「あの人は若いころ理想主義者で、救世軍に参加して大阪に来られたそうです」

という話も、氏からきいた。

以上は、散歩者の無責任な略地図である。

陸軍衛生兵、関東大震災、救世軍といったことから連想されるように、散歩者の目にも、商売を興《おこ》すのは、結局、気骨《きこつ》と志らしいということがわかる。

（「つきじ」一九九三年七月）

# 酒郷側面誌

京都から山崎にくだって西宮にぬける街道を山崎街道といったり、西国街道といったりする。街道の北は北摂の山なみが迫り、やがて道が猪名川《いながわ》のふちにかかると、摂津《せっつ》池田の聚落《しゅうらく》があり、酒郷として古くから栄えていた。その後、酒の江戸送りなどのことも考えられて、造り酒屋の多くはこの山間の町から出て灘《なだ》に移ったが、それまでは銘酒といえば池田郷のものとされていた。要するに、灘の酒のふるさとというべき町である。秀吉や桃山城下の諸大名たちも、おそらく池田の酒を盃《さかずき》に満たして酒宴をしていたのではあるまいか。

という頃より、さらに池田の酒はふるいらしい。江戸のころ、

「池田酒造の儀は、往古鎌倉御《おん》時代より以前の儀にて」

と、酒年寄が幕府の勘定奉行に上申している。文書にいう、「鎌倉御時代は廻船道も無之《これなく》、鎌倉へ相廻し候《そうろう》酒の儀は、池田より鎌倉まで陸路馬付にて差下し候に付、いま

もって酒二樽《たる》を一駄と唱え……（後略）」。

この文書のいうとおりならば、源頼朝も池田の酒をのんでいたことになるが、陸路はるばると鎌倉へ送るについては、防腐のことはどうしていたのであろう。馬といっても馬車ではなく、馬の背に二樽をふりわけてのせたものであるらしい。これについては、二樽を一駄とよばれることで想像できる。しかし鎌倉へ酒を送ったといっても、鎌倉の府の武士どもの需要をまかなうほどに大量は送らず、おそらく頼朝だけが飲む献上酒であったのであろう。とすれば鎌倉で静御前《しずかごぜん》の舞を見物したあの日の酒も、あるいは池田の酒であったかもしれない。

池田の酒郷が、天下の酒造地にぬきんでた名声を得たのは、水のよさ、醸造法のよさ、その北部の丹波杜氏《たんばとうじ》の腕のよさによるかもしれないが、ひとつには以上によってもわかるように宣伝上手によるものでもあった。

家康の天下が成立したのは関ヶ原の役であり、それが確立したのは大坂ノ陣である。冬ノ陣のとき家康は大和《やまと》から河内《かわち》平野に入るべく、慶長十九年十一月十七日、関屋峠を越えた。そのとき峠の西のほうからいかにも富商といった町人のむれがあらわれ、

「われらは摂津池田郷の酒屋満願寺屋とそのなかまでござりまする」

と言い、御陣中のおなぐさみにといってたずさえてきた酒を献上した。むろん酒ばかりではなく、満願寺屋が音頭をとってかきあつめた多額の金子《きんす》を、「御陣中の費《つい》えの足

しにでも」といってさしだした。すでに池田郷では家康の天下はゆるぎないとみて、いわば政治献金をしたのであろう。その時点での池田郷は、豊臣秀頼の直轄領《ちよつかつりよう》であった。ついでながら秀頼は関ヶ原のあと、家康によって摂津・河内・和泉《いずみ》（三州あわせて現在の大阪府および阪神間）七十余万石の一大名の分限にその所領を縮められていた。

それだけに、家康の側からいってもこの池田郷のひとびとが馳《は》せつけたことはうれしかったであろう。なぜならば豊臣家をほろぼすことについて家康の脳裏にあったのは、大坂、堺《さかい》その他池田郷などの富裕町人の感情や向背ということであり、その危懼《きく》の一端を右の池田のひとびとは除いてくれたのである。

家康は大いによろこび、この池田郷に対し朱印状を下した。その醸造を優遇するだけでなく堺などと同様の交易地としてみとめるというものであり、いわば政府公認の醸造地になったようなものであった。こういう知恵才覚のみごとさは池田のどういう条件のなかからうまれてきたのか、ふしぎなような気がする。

かすかに考えられることがひとつある。池田は、戦国以前は五摂家の何家であったかの所領がこの付近にあった。その後戦乱のために京の公卿《くぎよう》は地方の大名の知るべを頼って都を落ちたが、池田にも公卿は来なかったにせよ、官人は多く落ちてきて酒造家に頼ったであろう。その官人のなかに、御酒寮の官人がいた。

御酒寮とは京の御所で酒をつくる役所で、その官人の家には醸造の技術書が多く所蔵されていたであろう。そういう御酒寮の者が池田郷の酒造家に秘法を教えたと言い伝えられている。しかし秘法などよりもむしろ、これらの京者たちは中央政治のからくりというようなものを、雑談のあいだに教えて行ったにちがいなく、すくなくとも、「御所とか将軍家とかいってもたいしたことはないわさ」などといった畏れなさの気分を植えつけたであろう。豊臣秀頼家や家康などを怖《おそ》れていてはこれほど機敏な行動もとれないし、そういうもともとの発想も湧《わ》かないのにちがいない。

満願寺屋は、その後「養命」という酒を出し、池田郷第一の富を誇ったが、江戸中期以後は衰え、それにかわって大和屋や鍵屋《かぎや》などが栄え、そういうこともあって安永《あんえい》三年（一七七四）満願寺屋の子孫は他家の栄えを憎み、「権現《ごんげん》さまから御朱印状を頂戴《ちょうだい》したのは当家である」と幕府に訴え、その恩典を独占しようとした。他の酒造家三十七軒はこれにおどろき、「あの御朱印状は池田郷一円にくだされたもので、満願寺屋の独占すべきものではない」と争って出たため、幕府は二年にわたる審査の結果、喧嘩《けんか》両成敗としてこの官許をあっさりとりあげてしまった。以後、池田郷は恩典をうしない、そういうことも一因になって年々衰微したという。もっとも池田衰微の原因のひとつは、やはり灘郷の勃興《ぼっこう》ということが大きいであろう。池田郷の右の御朱印騒動が結着した安永五年（一七七六）ごろには灘郷がそろそろ海上輸送によって江戸へ酒を出しはじめているらしい。海上輸送で江戸へ酒を出すなど、いまでいえばアメリカへ物を輸出するよりもはるかに困難で、よほどの資本力を必要としたが、この安永五年という年が池田と灘にとって象徴的なことに「上灘江戸積酒家中」といった輸出業者の同業組合が灘でできあがっているのである。その後、年々灘がさかえてゆく。

樽屋ももうかる。

風が吹けば桶屋《おけや》がもうかるというよりも確実な因果関係で御影《みかげ》あたりの樽問屋は、灘五郷の栄えとともに大きくなった。

「樽問屋ふぜいでも旦那風《だんなかぜ》をふかした」

と、私は親類の老人のAからきいた。A老人は御影の樽問屋の孫で、そういう話をその祖父からきいていた。灘の旦那衆は節季には玄関に金屏風《きんびょうぶ》をとりまわし、横に金箱と帳面を置き、つぎつぎに売掛けの金をとりにくる下請の者などに、いちいちやさしく声をかけては番頭に金を支払わせていたそうで、その風景はなんともいえず威厳があり、芝居の場面よりも芝居めいたものだったというが、樽屋の主人もそういう旦那ぶりをまねて、おなじように玄関（いや樽屋には玄関はあるまい。上方でいう店の土間かもしれない）に金屏風をめぐらし、同じような鷹揚《おうよう》な態度でそれをやっていたというのが灘あたりの物笑いの種だったという。

樽屋といえば、

「樽屋の足」

という落語めいた話がある。これはA老人にもきいたし、明治初年から昭和初年まで西宮神社の宮司をされていた吉井良秀氏の『老の思ひ出』にもそういう話が出ている。御影の樽問屋も灘五郷に行って酒造家を訪ねた場合には、旦那風どころか大名に平侍が拝謁《はいえつ》するようなもので、勝手口から入ってシキイのなかには入らず、やっと許されて入るとしても土間に平《へい》つくばって板ノ間にいる酒屋の旦那もしくは大番頭の言葉を拝聴したという。そのため酒屋のお嬢さんは樽屋といえばいいざりだと思っていたところ、たまたま町へ外出して出入りの樽屋とすれちがった。

「あの樽屋が、立って歩いている」

と驚き、家へ飛んで帰って報告したというのがその話なのである。私の親戚《しんせき》のほうは旧幕当時は阿波屋梶兵衛といったのだが、その梶兵衛がこの話の樽屋であるかどうかは知らない。

維新前までは、灘の酒を江戸に輸送する船は西宮港から出た。千石積みであり、辰馬とか桝屋《ますや》とかいった西宮の回船問屋が酒専門の輸送業者であった。

毎年、二月三月のころに新酒ができあがると、御影の樽にそれを詰め、西宮の回船問屋の船にのせる。終着港は品川であった。この新酒を積む船を「新酒番船」といい、江戸までの海上は競争であったという。

新酒番船は七、八艘《そう》だそうで、それが太鼓の音とともにいっせいに西宮港を出、一番に品川に着いた番船の荷は高価に売れるということになっていたらしい。

以前、私は蕪村《ぶそん》と呉春《ごしゅん》についてすこしでも多くのことを知ろうとしていたころ、その両人のパトロンが池田や灘の酒造家であったために、その土地のことなどを多少調べたことがある。以上は、そのころのノートにもとづいて書いたが、思いちがいなどがあるかもしれない。

（「甘辛春秋」一九六八年夏の巻）

金に余裕があれば、むろん乳母をやとったところだろう。両親は私を里子にした。めずらしいことではなく、虚弱な乳幼児を健康な里親のもとで哺育《ほいく》させることは、江戸時代からの大阪商家の慣習であったらしい。

そういう次第で、私は大和国北葛城郡《やまとのくにきたかつらぎ》磐城《いわき》村竹ノ内という草ぶかい山村にそだった。村は葛城山のふもとにある。山を越えれば、河内国《かわちのくに》がひろがっている。

村のなかを走っている赤土の街道は、〝いかるが〟の里から摂津《せっつ》四天王寺にいたる、おそらく日本最古の国道だと私は思いこんでいるのだが、まちがいかもしれない。とにかく私の子供のころは、この街道を葛城越えにこえくだっては、河内の子供たちが風のように襲ってきたものだ。

「大和の餓鬼らあ」

かれらは口々に叫び、手に竹ぎれをもって大和の子供たちの不意を襲っては再び山越えに逃げ去るのである。そのたけだけしさと素早さに、私は、討ち負かされて逃げまわりながらも、あいつらは絵物語にあるワコウのようやな、とおもった。

成人したのは大阪だが、大阪の町の子らはけんかとなると突如隣国の河内言葉を借用する。

「おンどれア、歯ア見せさらすな。じいッと黙ってけツかれ」などと一声わめくと、相手の子供はもうそれだけでも闘志を失うようであった。武士の本場の坂東千万の精兵をむかえて千早《ちはや》、赤坂四条畷《しじようなわて》に戦った楠木《くすのき》父子の強さは、歴史家はどう理由づけているかはしらないが、私はもろにあの河内の子供たちをおもいだしてしまう。河内の人間風土を天下に紹介してくれた今東光《こんとうこう》氏は、当然なことだ、物部《もののべ》氏の根拠地だったからな、という意味の警抜な理由づけを、今月の「オール讀物」に書いておられる。それを読んで、河内者が物部のつわものの子孫だとすると、私はとんでもない役まわりになるな、といまさらながら恐れおののいたのである。

というのは、まえにのべた大和国北葛城郡磐城村竹ノ内のことだ。村の中の私の家の裏手に小さな丘がある。この丘のあたりから見はるかせば、耳成《みみなし》、天香具山《あまのかぐやま》へとなだらかに傾斜してゆく大和盆地の地相は、この丘から発しているようにも思われ、また、葛城の隆起を大和の腹部とすれば、この丘はその〝ほぞ〟にあたるようにも思われる。問題はその丘である。

先般来阪した畏友《いゆう》寺内大吉君を大和までともなって、その小さな隆起をみせた。「これや」と示すと、「なんや、しょうむない小山やな」という意味のことを標準語で言った。

「冗談やない」と、私の顔はそれなりに気色ばんでいたらしい。「もしお前、ひとつ間違うていたら、このしょうむない丘が、エジプトのピラミッドか、堺《さかい》の仁徳《にんとく》天皇陵ぐらいに有名になっていたところやでえ」

丘というのは、長髄彦の古墳なのである。そう伝承されている。学界が裏付けたわけでもなく、新聞が書いてくれたわけでもなく、わが大和国北葛城郡磐城村竹ノ内の村民が、千数百年来、相語り相伝えて、たれがなんといおうと、そう信じこんでいる古墳なのである。村民のひとりである私の母方の叔父などはいう。

「子孫が〝そや〟というてるのに、これほどたしかなことがあるかいな」

もっとも、丘の上には芋を植えちらし、すそではタケノコを栽培しているから、子孫たちの護持は決して良好とはいえないのだが、それは歴史に対する趣味性の問題にすぎまい。まあ古墳問題はいいとして、要するに、ここの村民たちはイワレヒコの率いる大《おお》伴《とも》、物部のつわものどもに駆逐された中《なか》つ国《くに》のまつろわぬ者どもの子孫なのだ。

正確にいえば、長髄彦の妹を貰《もら》いながら、その義兄を売った饒速日《にぎはやひ》の子孫なのである。村から武内宿禰《たけのうちのすくね》という政治家が出てやや村の名を世間にひろめてくれたが、それ以後は、文武の官としては正七位陸軍予備役少尉《しょうい》というのが一人でている程度である。まあ、それは私だが。

とにかく丘の上の墳墓をいまだに護持する長髄彦の末裔《まつえい》にはちがいない。いまだに、物部の子孫というがらのわるい河内の子らが、葛城越えに攻めおりてくるというのは、肇国《ちょうこく》以来の因縁ばなしのようで、われわれ温順高雅をほこる長髄彦の末流としてはあまりゾッとした話ではないのである。

（「三友」一九六〇年一月）

# 竹ノ内街道こそ

風景に原型などはない。

が、半世紀以上も地上を往来していて無数の風景を見るにつれ、ごく心理的な意味で――無意識でのことだろうが――自分が感動する風景に基準のようなものがあることに気づく。

私の場合、火山が造った山河よりも、そうでないほうがいい。都市よりも田園がいい。田園は火山灰よりもよく光る腐食土がよく、一望の平野よりもけものが逃げかくれしやすい段丘の山麓《さんろく》がいい。眼前の山は高からぬほうがよく、その山の裳裾《もすそ》をなしてたたなづく丘陵は、赤松林であることが望ましい。眼前の山は鞍部《あんぶ》の曲線を持ってくれたほうがよく、その鞍部へむかい、段丘の中に消えてゆく登り坂は、辰砂《しんしゃ》をおもわせるほどに鉄分をふくんだ赭土《あかつち》であることがのぞましい。

要するに奈良県北葛城《きたかつらぎ》郡当麻《たいま》町竹ノ内の景色なのである。道は、大和《やまと》盆地の石上《いそのかみ》から出発している竹ノ内街道が、竹ノ内峠にさしかかろうとするあたりである。

私の一つ上に兄がいたそうだが、うまれてほどなく死んだ。母親の乳の出がわるかったそうで、そのため私は生後すぐこの当麻町の字《あざ》の一つである今市という平野の集落の仲川家にあずけられ、その家の刀自《とじ》の乳をもらった。母親の実家は山麓の字である竹ノ内である。その中間に長尾《ながお》という字が所在する。今市の字から街道を通って竹ノ内の字に移動させられたのは乳離れしてからだが、移動の途中、長尾を通る。長尾は街道に面し、その西端で小さな坂になり、坂をのぼると、竹ノ内の集落を望むことができる。右の景観は、その坂の上に立って竹ノ内を望んだものである。

段丘のかなたに、大きく南北に両翼をひろげたように、山脈が横たわっている。むかって左の翼は葛城山であり、右の翼は二上山《にじょうさん》である。その山脈のふもとには幾重にも丘陵がかさなり、赤松山と落葉樹の山が交互にあって、秋などは一方では落葉樹が色づき、一方では赤松がいよいよ赤く、また右の翼のふもとの赤松山の緑に当麻寺の塔がうずもれ、左の翼のふもとには丘陵のほかに古墳もかさなり、白壁の農家が小さく点在して、こう書いていても涙腺《るいせん》に痛みをおぼえるほどに懐《なつか》しい。

懐しいというよりも、この景色は私にとって相対性を持たない地上唯一《ゆいいつ》の原風景であり、別にたとえれば中世のひとびとが浄土の光景を想《おも》いえがいた感情ともやや通じている。

明治期のあるころ、長尾の字で間借りしていた小学校の教頭の夫人がお産をして、その赤ん坊が六十七、八歳になったころ、

「長尾の外れに坂があるでしょう」

その坂の上に立って竹ノ内の方向にむかって望んだ景色が大和ではいちばんいい、と単に主観にすぎないことをいうと、その人は遠い土地からわざわざそこまで出かけてゆき、その坂の上に立ってから、あとで長い手紙をくれた。なるほどいい、日本で一番いいかもしれない、自分はいつもこの景色を思っていたような気もする、と書かれていた。

その人は、戦後は牧師になった。それ以前は海軍さんで、真珠湾攻撃の戦闘機団の総指揮をしたという物騒な経歴をもっていた。その後、他界された。その人にとってはこの坂のある字は幼児のころすごしただけで、父親の転任とともに縁がなくなったのだが、それだけに右の風景だけが切りはなされて網膜の底での一枚の絵になってしまったのではないか。

この竹ノ内街道は、飛鳥《あすか》時代もしくはそれ以前から、大和盆地の政権にとって、唯一の官道だった。飛鳥期は蘇我《そが》氏の時代といってもよく、その蘇我氏はこの山麓に蟠踞《ばんきょ》し、この赭土《あかつち》の官道をにぎっていた。この官道ははるかに難波《なにわ》ノ津に通じ、難波ノ津には韓《から》とも唐とも知れぬ蕃船《ばんせん》が入津し、異国の神はきらきらしといわれた仏像その他の文物を

運んできては、揚陸した。それらの文物はこの官道をつたって竹ノ内峠を越え、大和に入る。その導入についての権利（とも能力ともつかぬ）機能を蘇我氏がそなえていたということを少年期をすぎるころに知って、この風景に、きわめて奇妙なことながら、異国がかぶさるようになった。

たとえば長安《ちょうあん》というだけでも胸がときめくのは、強引な言葉をつかうとすれば、日本人の史的遺伝といっていい。長安は世界都市であり、そこにキリスト教（景教《けいきょう》）の白堊《はくあ》の教会さえあり、また狭斜の巷《ちまた》には紅毛の少女が酒を注ぐスタンド・バーさえあった。草深い大和盆地からそこへ行った人々の昂奮《こうふん》が、語りつたえられていまのわれわれにさえ『唐詩選』を読むときにそれがよみがえってくるのだが、長尾の坂の上から竹ノ内を望む私の風景には、その昂揚のたねが、酒精のようにまじっていることだけはたしかである。

（「藝術新潮」一九七六年十一月）

# 国しのび の大和路《やまとじ》

私は、河内国《かわちのくに》と大和国《やまとのくに》をへだてる生駒《いこま》・葛城《かつらぎ》山脈の西側の野に住んでいる。東側は大和である。古代史では西をカハチと訓《よ》ませ、東をヤマトと訓ませる例があるが、要するに私の住む平野とは背中あわせであるのに、ながらく大和へ行っていない。大和についての想《おも》いは、遠いほどいい。たとえば、

東《ひむがし》の野に炎《かぎろひ》の立つ見えて
かへり見すれば月傾《かたぶ》きぬ

という『万葉集』の一首におよぶほどの情感を、いまの大和路を終日歩いたところで、ひきだせるかどうか。こう思うと、出かけようとする気持がつい躓《つまず》いてしまうのである。

旧制中学の三年生の教科書に、薄田泣菫《すすきだきゅうきん》（一八七七〜一九四五）の「ああ大和にしあ

らましかば」という詩が載っていたが、黙読してゆくうちに、当時の私にとってつねに牢獄《ろうごく》のようだった教室が、目の前から消えてゆくような思いがした。詩的想像のなかの大和というものほどすばらしいものはないのである。

私の友人が、昭和十六年、折口信夫《おりくちしのぶ》に学ぼうと思い、国学院大学予科を受験した。作文の題が、折口博士みずからが出題された「大和は国のまほろば」というもので、答案を書いているうちに感興がつきあげてきて受験場にあることをわすれたという。ついでながら、この『古事記』のなかの歌は、

たたなづく
青垣
山隠《やまごも》れる
大和し　うるはし

と、つづく。

私は少年のころ、葛城山が大和盆地にむかってゆるやかに傾斜するやや高みの村（北葛城郡当麻《たいま》町竹ノ内）から盆地の夕景を見はるかすのが好きであった。

どの季節のどの夕景にも、盆地には夕靄《ゆうもや》がこめていたような記憶がある。日によって

は香具山《かぐやま》や畝傍山《うねびやま》、耳成山《みみなしやま》が夕靄の淡い海に小島のようにうかび、ひときわ緑の濃い三輪山《みわやま》だけが群青《ぐんじょう》のかがやきをのこしていた。夕靄のなかにたゆたうこの景色を越える自然の美しさをいまだに知らない。中学に入って『古事記』に載っている右の古代歌謡を知ったとき、

（なんだ、あの景色を詠《よ》んだ人がむかしにもいたのか）

と、がっかりしたような――名歌に対して失礼だが――感じを持ったおぼえがある。いうまでもなくこの歌は伝説の倭建命《やまとたけるのみこと》が、いまの三重県鈴鹿《すずか》郡の能煩野《のぼの》という原野にあったとき、大和をおもい、つまりは国思《くにし》のびをしつつ詠んだ歌であるとされる。そこへゆくよりも国思びをすべき国が、大和であるらしい。

こんにちの大和へゆくべきではない。

私の思い出のなかの大和は、さまざまある。小学生のころ、竹ノ内の冬田を歩きまわって石鏃《せきぞく》をひろい、千個ほども拾って一つずつ綿にくるみ、当時朝日新聞社から出た仮綴《かりとじ》の考古学講座の写真と照合しつつ、学校の勉強はすべてうつろになった。高松さんという家の持山からかずかずの副葬品が出てきたときなど、頭にひびが入るほどの衝撃をうけた。また、

「何ちゃん、山で、馬、拾《ひろ》わいてん（何ちゃんは、山で馬を拾いなさった）」

という話をきいたあとは、村の裏山から当麻寺の裏につづく雑木の丘陵を、毎日のように焦《く》れ歩《が》いた。黄色っぽい山土のなかから埴輪《はにわ》の馬の脚が一本ぐらい露《あら》われていまいかと思ってのことだが、当時、顔まで狐憑《きつねつ》きのようになっていたらしい。成績がみるみるさがり、父親から、その種の本もなにもみな取りあげられてしまった。子供ながらも、そういう自分についての怖《おそ》れを感じはじめていた。以後、素人《しろうと》考古学じみた関心などできるだけ持つまいという制御がつづいているし、ついでに、物に憑かれるという好もしい傾斜も、私のなかから消えてしまった。

中世の大和には、宮大工が多かった。奈良や法隆寺村、西ノ京などに大寺が集中しているためで、たとえば規矩術《きくじゅつ》という屋根のスロープを決定する数学は奈良にゆかねば学べないとされていた。奈良の民家が美しいのは、こういう古い時代の宮大工たちの哲学や技術の伝統の余熱に負ってきたところが大きい。

戦国末期、法隆寺村に中井大和守《やまとのかみ》（藤右衛門）という大工の棟梁《とうりょう》が住んでいて、諸大名が城廓《じょうかく》をつくるとき、設計をたのまれたり、施工の監督をしたりした。大和守はのち家康に仕えるが、中井家の家譜がほんとうとすれば、家康が秀吉に属した翌々年の天正十六年（一五八八）に召出されて知行二百石をもらい、家康が天下人《てんがびと》になってから六年後の慶長十一年（一六〇六）に従五位下《じゅごいのげ》大和守という小大名級の官位をもらった。当時の大和の大工の棟梁がどれほどの力倆《りきりょう》をもっていたか、ほぼ推察するに足る。

私が法隆寺村を訪ねたのは、小学生のころ、左腕を脱臼《だっきゅう》して「大和の骨つぎ」（村の名は失念）へ連れていってもらった帰路のことで、腕を吊《つ》りながら菜の花畑のむこうに寺と村のたたずまいを見た記憶は忘れられない。そのときは陽ざかりのなかで気懶《けだる》かっただけだが、このときの景色の記憶は兵隊にとられていたころによみがえり、その後、網膜の奥で実景をすこしずつ離れながら成長した。いまそれを憶《おも》いだすと、菜の花の黄が痛いほどにあざやかで、陽炎《かげろう》のむこうに斑鳩《いかるが》のいらかが紫色に揺曳《ようえい》して、気も心もそぞろになってしまう。

兵隊にとられる前に、そういう運命の学生が、よく大和路を歩いていた。死ぬ前に大和を見ておきたいということであったろうし、それ以外に、自分に対してなにごとかを言いきかせるつもりもあったろうと思われる。

「何のために死ぬのかわからないが、大和を歩いていて、気持がすこししずまった感じがする」

と、私と同じ寝室だった男がいったことがある。口に出していうとあざとくなるが、強いて言えばこの国原《くにばら》の美しさを守るためだということだったのではないか。

戦後、新聞でウォーナー博士への礼讃の記事を読み、逆に敵がその美しさを守ったということを知った。

文明の感覚については、私どもが住む国は未成熟だというほかない。たれもが大和は人類の宝石だと思いつつ、怪物のような開発のエネルギーにゆだねきってしまっている。私はおそろしくて正視する気になれないが、大和盆地の現状は、もはや宝石の結晶性をうしないつつあるのではないか。

（「アサヒグラフ」一九七九年三月）

# 雑賀男《さいかおとこ》の哄笑《こうしょう》

京よりきた風習だが、戦前、大阪の初秋の風物詩に、地蔵盆というのがあった。こどもの夜祭りである。

江戸の人滝沢馬琴《たきざわばきん》の旅行記にもこれが出ているところからみると、ずいぶんむかしから栄えていたものであろう。

とにかく、私どものこどものころは、大阪のどの町内、どの露地にも地蔵尊がまつられており、八月二十四日になると、これに灯明、提灯《ちょうちん》がともり、蓮《はす》の葉の上などに、赤いも、かぼちゃ、なす、駄菓子といったようなものが供えられ、子供があつまり、輪になって踊ったりした。

阿呆陀羅経《あほだらきよう》の願人坊主《がんにんぼうず》などもきて、左手に携帯用の木魚をもち、右手にバチをもち、木魚をたたいて拍子をとりつつ、

「ええ、阿呆陀羅経、申しあげます。なにがなんでござりましょうやら、釈迦《しゃか》も提婆《だいば》も

うまれたときは、空々寂々《くうくうじやくじやく》……」からはじまって、時勢諷刺《ふうし》を織りこんだ阿呆《あほう》ばなしをお経のふしにあわせてうたうのである。

私が少年時代の最後にみた阿呆陀羅経屋は、坊主頭にねじり鉢巻を締め、南無阿弥陀《なむあみだ》仏《ぶつ》の大文字を染めこんだ浴衣《ゆかた》を着、尻《しり》をはし折って大毛ずねを出し、色は真黒のおそるべき大入道であった。

それが、地蔵尊の灯明、提灯に照らしだされつつ、手足を動かしておもしろおかしく歌うのだが、いまその姿は、夢のようにしか、おもいだせない。ただ、江戸時代の大道芸能だった阿呆陀羅経が、昭和初年の浪華《なにわ》の町に生きていたことが、いまとなってはふしぎなようにおもわれる。

その大入道が、ひとりの少年を連れていたのは、あれはどういうわけだったか。

少年は、大入道が歌っているあいだ、われわれの仲間にきてあそぶのである。

なんという名だ、ときくと、

「雑賀《さいか》」

と少年がこたえたことをおぼえている。

ザッカと書いてサイカとよませるこの奇妙な姓を知った最初である。

雑賀孫市のながい物語がおわった。「あとがき」を随想ふうに書け、と編集部が命じている。随想ふうに、といわれれば、ついおもいうかぶのは、この地蔵盆の夜景と阿呆陀羅経のことなのである。

むろん、雑賀孫市とは、なんの関係もないことだが、私の想念のなかの孫市は、どことなく阿呆陀羅経の浴衣を着ている。これはなんとも、きりはなせない。

その後、中学に入ると、雑賀という姓の子がいた。

紀州の産であるという。海浜のそだちらしく色は真黒で、背はひくい。しかしどことなくあの地蔵盆の夜の阿呆陀羅坊主と似かよっているようにおもわれたのは、その子にとって迷惑なことだったろう。

「おまえ、めずらしい名前しとるな」

と先生などがからかうと、その子は憤然として、

「紀州になら、なんぼでもある」

とやりかえした。紀州者の気骨というものであったろう。ちなみに、紀州弁には、ほとんど敬語というものがない。方言学からいって、めずらしい例だそうである。

その先生は、この子の言葉づかいのわるさに、さて教師をなぶりくさるかと錯覚したらしく、

「なんぼでもあるというのは、掃いて捨てるほどあるということか」

「そうじゃ」

「ええかげんに言葉づかいをあらためくさらんかい。わしが不服なら、教室から掃いて捨てたる。出てゆけ」

と雷をおとした。

まったく、無用の摩擦である。このために師弟のあいだにみぞができ、雑賀という子は卒業するまでこの先生と、その伝授課目である英語を不快とし、

「あの教師、何ならい。あんな教師の教《おせ》える英語みたいなもん、頭を地《じイ》にすりつけて頼みさらしても覚えたるかい」

といってついに英語不堪能《たんのう》のまま旧制中学を出た。

少年時代、右のごとく、紀州雑賀の出身者らしい人物を、ふたり目撃したわけである。

まあ、それはいい。

この小説で、主人公の本拠地であるだけに、紀州雑賀という地名が、何度となく出た。

――雑賀とは、いまのどのあたりです。

とひとにもきかれた。

「和歌山市ですよ」

と答えると、たいていのひとは興ざめのような顔をする。

ふるい地名には、古格なひびきや浪漫的なかおりを含んでいることが多いが、雑賀の

場合もおなじで、それがもつ史的ロマンのひびきが、現実の和歌山市の都市風景とは、あわないようである。

大日本地名辞典「和歌山」の項に、

「和歌山市は雑賀川に跨《またが》り、南は雑賀埼《さき》につらなる。旧名草郡に依属す」

とある。和歌山の地名のおこりもごくあたらしいもので、秀吉の天下統一後、ここに実弟秀長を封《ほう》じたときか、あるいは家康の統一後浅野幸長《よしなが》を封じたときかに、雑賀の地名をすててあらたに和歌山の地名を興《おこ》したようである。

それ以前のことをしらべてみると、この紀ノ川平野の一帯は、意外なほどふるくから人文がすすんでいたらしい。おもに天孫系民族ではなく、出雲《いずも》系民族の根拠地であったようである。現存している神社も、出雲系の神をまつる宮が、非常に多い。

上古、朝鮮からの帰化人のうち、鍛冶《かじ》技能者が多くこの雑賀地方に住んだ。

「紀州の韓《から》鍛冶」

とよばれた。いまでも、和歌山市内から和歌浦《わかのうら》へゆく市電路線に面した御坊山というあたりに、金山坪《かなやまつぼ》という地名がある。鉄さびで真赤になった湧水が出ているから、このふきんが砂鉄にめぐまれていたことが、容易に想像できる。

雑賀という地名は、もともと鉄のさびからおこった、という説があるくらいである。

聖武天皇の神亀《じんき》元年（七二四年）、山部赤人《やまべのあかひと》のよんだ歌がある。

さひか野ゆ
そかひに見ゆる沖つ島
清き渚《なぎさ》に風吹かば□□《欠点》

この「さひか」が雑賀で、あるいは鉄さびのさびから出たものかもしれない。

鉄器の生産がさかんならば、むろん農器具もこの紀ノ川平野には古くから潤沢に出まわったであろう。

殷富《いんぷ》の地だった。

戦国のころは、諸国の戦いに敗れた牢人《ろうにん》がこの地に流れて住みついた。それだけの経済力があったからにちがいない。

「その人文の発達の度合いは、京都付近にも匹敵する」という意味の外国人の見聞記もある。

この土地の地侍集団「雑賀党」が、鉄砲伝来後、いちはやくこの新式火器をふんだんに装備できたのも、右のような鉄器生産の伝統のふるさ、経済力、進取性という三条件がそろっていたからであろう。

ついに、雑賀党は、同じ紀州の根来《ねごろ》衆とともに、天下最大の鉄砲集団となり、戦国時代における特異の地歩をしめるに至った。

自然、きわだって独立不羈《ふき》の集団精神もでき、戦国の社会で、異風を発揮するにいたるのである。

孫市は、そういう土壌から成立している。

わずか雑賀地方十三カ村を支配しているだけのこの男が、天下の信長、秀吉をおそれなかったのは、そういうところにあったろう。

私は、この男の足どりをたどることによって、戦国の日本人の傍若無人な哄笑をかきたかった。とくに地侍の。――

しかし、それを書きえたかどうか。

話が前後するが。

例の「雑賀」姓を三度目にきいたのは、和歌山県有田市で蚊取り線香などを作ったり売ったりしている老人が、突如、拙宅に訪ねてこられたときである。

「雑賀伊一郎と申します」

と、老人は大声で名乗りをあげられた。ゆらい、紀州の海浜地方のひとは声が大きく、その方言は、語尾明晳《めいせき》である。

用件は、そのころ私は短編で雑賀衆が出てくる作品を書いた。

「自分は雑賀党の末裔《まつえい》であるによって、いますこしくわしく雑賀党についておきかせねがいたい」というのであった。

それを音吐朗々とのべられた。

「自分ら雑賀姓の者は」

と申される。

「全国で雑賀一族会というものを組織し、先祖の独立自尊のこころに、いささかでもあやかろうと存じております。わたくしは磯《いそ》臭い田舎で蚊取り線香をつくっておりまするところの、いわば野武士でありまするが、いささかも中央の大企業に屈するものではありませぬ」

と、自分の社会に対する姿勢も開陳された。なるほど、雑賀孫市とその党のこころとまったくおなじである。

「これはいわば」

と、上衣の襟のバッジを指さされた。金地に真黒なカラスが彫られている。足は三本である。雑賀孫市の紋所であった。

「これはいわば、われわれ中小企業者の心意気のシルシでありまする」

と、老人はいった。孫市が、織田家という大企業に圧迫されつつ、その妥協をはねのけて昂然《こうぜん》と戦い、ついに数度打ちやぶった痛快さと性根を、その三本足のカラスに象徴しようとしているのであろう。

私は、愉快になった。

そこに孫市を見るような気がしたのである。

それから数年、なんとはなく調べてみるうち、雑賀孫市という男のおもしろさが、おぼろげながらもわかってきた。

雑賀という土地の風土とその人間群と、それを一身に象徴した孫市という、戦国ぶりの粋《いき》をもった男をかいてみたいとおもった。

それを書き、いま書きおわった。

伊一郎氏は、しばしば手紙、葉書をもって激励してくれ、ときには訪ねてきてくれた。一度、新聞紙につつんだ自家製の蚊取り線香をもらった。手打ちうどんのようにふとく、不器用にうずのまいたみてくれのわるいものだったが、

「蚊はいっぺんに落ちます」

という保証づきだった。なるほど使ってみると、蚊がよく落ちた。なにやら、この不器用で強力な蚊取り線香ひとつにも、戦国雑賀党の風貌《ふうぼう》がうかびあがってくるようでもあり、こんにちの中小企業者の不屈な性根が嗅《か》ぎとれるようでもあった。私は、この蚊取り線香ひとつにも、雑賀孫市の肖像を得た。

書きおわって、ふと、

（あの老人のために書いた小説ではないか）

という気もした。

このところ、来信がとだえているから、お元気なのかどうか、いまこのあとがきを書

きながら、気づかっている。

孫市は、この小説の終る時点ぐらいで、史料的にその消息が絶えている。おそらく、堺《さかい》の市井《しせい》か、熊野《くまの》の山中にでも隠遁《いんとん》してしまったのではないか。

孫市の子である平井村の孫市は、その後雑賀孫市と名乗り、秀吉・家康戦の小牧《こまき》・長久手《ながくて》の戦いには、雑賀党をひきいて家康の側について戦ったことは、小説の最後にのべた。

その後、二代目孫市は、もう一度だけ歴史の表面に顔を出している。

かれは、関ヶ原の役のときには石田三成に組し、伏見城攻めに参加し、城内に討ち入り城将である徳川家の老臣鳥居元忠《とりいもとただ》の首をとっている。関ヶ原関係のどの史料にも出てくる。

それほどの功名をたてたくせに、この人物の奇妙さは、その場から戦場を逐電し、さらに世間からも身をかくしてしまっていることである。

その理由は、わからない。

さらに大坂ノ陣には、大坂城に入城し、豊臣方に属して奮戦し、落城後、東国に奔《はし》って水戸の石塚村に隠棲《いんせい》した。この二代目孫市のふしぎさも、関ヶ原の西軍といい、大坂ノ陣の豊臣方といい、つねに世の傍流に味方し、主流と戦って敗れていることである。

その点初代孫市に酷似している。

（「週刊読売」一九六四年七月）

# 戦国の鉄砲侍

戦国時代に、サイカ党という奇妙な武士集団があった。

紀州雑賀《さいか》党という。いまの和歌山市の南につながって、山地がいきなり海に没するミサキのあたりにむらがって住み、全員、鉄砲に習熟していた。つまり、射撃技術集団なのである。最近、いいおとなの間でも鉄砲遊びがはやっているそうだが、かれらは戦国におけるガン・マニアのあつまりだったのかもしれない。

こう書いてくると、歴史小説を書く者のクセとして、私も「さて鉄砲は」といういわれを書きたくなる。

日本の鉄砲の歴史は、たれでも知っているとおり、天文《てんぶん》十二年（一五四三年）種子島《たねがしま》に漂着したポルトガル船の船長が島の王様種子島時堯《ときたか》に一挺《ちょう》千両で二挺売りつけたところからはじまる。

それからわずか十二年後の天文二十四年の厳島《いつくしま》合戦に、はやくもこの新兵器が戦場にあらわれ、六、七挺で敵をなやましたとある。このとき敵が受けた恐怖は、第一次世界大戦中の一九一六年九月十五日、ソンムの戦野ではじめて戦車という奇怪な新兵器が出現してドイツ軍の心胆をさむからしめた事実と匹敵するだろう。

織田信長は早くから鉄砲に着目、自軍をこの新兵器で装備し、天正三年の長篠《ながしの》ノ合戦には、三千挺という当時としては驚異的な火力を戦場に進出させた。

敵は戦国期を通じて最強といわれた武田勢である。しかし鉄砲以前の旧式装備で、決戦するや、信長方のすさまじい弾幕のなかで、新羅《しんら》三郎義光以来の武勇の名家はこなごなにくだけ去ってしまった。日本の近世史は、この長篠の戦場における信長の銃火によって幕をあけたというべきだろう。

さて、話はもどって、サイカ党のことである。

かれらは、もともと郷士《ごうし》団で、田畑のすくない土地だから、浦へ出て魚をとったり、山でイノシシを追ったりして、妻子をたべさせていた連中だった。

この大田舎に早く鉄砲が伝わったのには、わけがある。種子島時堯の館《やかた》でごろごろしていた旅の僧があり、鉄砲をみて、

「手前に一挺くだされませぬか」

時堯はなにげなくあたえた。むしろ日本史を動かしたのは、長篠ノ戦いよりも、この

瞬間だったかもしれない。

僧は、紀州根来寺《ねごろじ》の男だった。根来の僧兵はこのために早くから火力装備をもったが、紀州雑賀は根来に近い。地理的に近いところから、雑賀衆が鉄砲に習熟することで、天下にさきがけた。土地では食えないのだ。

自然、かれらは、技術傭兵《ようへい》になった。諸国に合戦があると、かれらは集団的に傭《やと》われて、大いに戦場で活躍した。きのうはA国にやとわれ、きょうはB国にやとわれるということもあったはずだ。

いっさい仕官はせず、技術を売ってのみ生活したという武士集団は、戦国社会では、鉄砲のサイカ党と忍術の伊賀者のほかにない。専属でなくフリーの戦闘タレントだったというわけである。

戦国期を通じて、かれらはあくまでもフリーの職業精神に徹してきたのだが、最後になってそれが崩れた。ゼニカネでくずれたのではない。

信仰でくずれたのだ。

当時の新興宗教一向宗（真宗、いまの本願寺の宗旨）に集団入信してしまったのである。極楽往生のためには、イノチもカネも要らぬということになった。

信長が摂津の石山本願寺を攻めたとき難攻不落だったのは、よくいわれるように城兵の信仰の固さだけではない。

当時、最新鋭の火力装備をもつ織田軍でさえ、石山本願寺にこもるサイカ党の火力のまえには、手も足も出なかったのである。むろん、お寺の戦《いく》さのことだから、サイカ党のギャラはタダだ。ところが、兵糧《ひょうろう》、弾薬まで自前で戦さをし、大苦労ののち、石山本願寺は信長と屈辱的な講和をして、サイカ党は、故郷の紀州雑賀荘へもどった。

サイカ党の首領雑賀（本姓鈴木）孫市は、摂津の戦いで足に負傷していた。この孫市は、ひょうきんな男だったらしく、帰国してから当時の戦さをおもいだしては「陣場おどり」というのをおどった。足をひきひき踊ったが、いまも紀州では、民踊のひとつになっている。

こういうことも多少ふれて、私はかつて「雑賀の舟鉄砲」という短編をかいたことがある。

その雑誌が出た直後、私の書斎に、

「紀州雑賀の者であります」

といって、和歌山県有田市でカトリ線香を作っている雑賀伊一郎という好人物らしい老人がたずねてきた。

「サイカ党のことをもっとくわしく話せ」

というのである。

私が知りうるかぎりのことを話しはじめると、老人は十円銅貨ほどの字でいちいちノートをとった。

「いったい、何にするんです」

ときくと、海浜できたえた大声で、

「いまは全国にちらばっているサイカ党に教えてやるのであります」

と答えた。きくと、この老人は、

「全国雑賀会会長」

だという。

「そんなものができているんですか」

「いや、ただいま組織中で」

老人がみずから作っているのだ。この伊一郎さんは商用で各地へ行くたびに、その町で電話帳を繰っては雑賀姓の人をさがし、いちいち電話をかけては、

「雑賀会に入りましょう」

とよびかける。会費は無料、義務もなく、むろん政治目的もない。しごく平和な同姓のつどいである。

「これが、老後のたのしみであります」

ふたたび、わが日本にこの老人の努力によってサイカ党ができつつあるのだが、さい

わいこの会は、この老人がつくるカトリ線香と同様「人畜無害」の会であるようだ。

辞するにあたって、新聞紙にくるんだカトリ線香をくれた。ひらいてみると、田舎の手打ちうどんのように太いウズマキ線香が出てきた。老人は自慢をして、

「蚊が、いっぺんに落ちます」

その威力、どうやらサイカ党の鉄砲に似ている。

（「週刊文春」一九六一年十一月）

# 別所家籠城《ろうじょう》の狂気

播州《ばんしゅう》には、三木姓が多い。三木姓でなくても、この平野を耕やしている農家の多くは、先祖が三木の籠城戦で戦ったという口碑をもっているようである。

私の祖父福田惣八《そうはち》は、維新後まもなく、兵庫県飾磨《しかま》郡広《ひろ》という村の田地を売って、大阪に移住して餅屋《もちや》になった。もとは、三木姓だったという。三木城が落ちてからこの村に逃げ、他の城兵とともに湿地をひらいて部落をつくった者の子孫である。播州ではほとんどの家に、落城後逃げ落ちるときの恐怖譚が伝えられていて、話題のすくない農村では、まるできのうの事件のように語りつがれている。おそらく、有史以来播州の住民が体験した最大の事件だったからだろう。徳川中期には赤穂《あこう》浅野家のさわぎがあったが、規模の大きさにおいてくらべものにならない。

去年の八月、私は家内をつれて、この戦いの中心であった三木城をたずねた。城は、東播《とうばん》の三木市の中央にある。戦国時代の別所氏の城下町であった三木の町は、その没落後政治的性格をうしない、徳川期は金物の町として存在し、いまもその地方産業を維持している以外は、いかにも古典的なしずけさをたたえて、川と丘陵のある野にかすかに息づいている。町全体が、いまなお戦国別所の思い出のなかに生きているような印象をうけた。

故城の岡を釜山《ふざん》という。

岡の上の小さな稲荷社《いなりやしろ》のためにつくられた長い石段をのぼりきると、大きな樟《くす》があり、その枝の茂りを日蔭《ひかげ》にして、社務所が建っていた。樟の下に立つと、蟬《せみ》しぐれが一時にやんでしまったほど、この岡では人の訪れがめずらしいようであった。樟の下から見ると、社務所の座敷があけはなたれて、一閑張りの机をはさんで、四十年輩の男が二人、しきりに協議していた。

ふたりが、眼をあげて、私を見た。見も知らぬ私に微笑を見せ、しかも、手まねきまでしてみせてくれて、ここへきて協議にくわわらないかという意味のことをいった。この人は稲荷社の神職なのだった。

他の一人は土地の画家で、いつもかれらで籠城譚をしているのだが、きょうのクダリは、別所長治《ながはる》が籠城の当時、どういう鎧《よろい》をきていたかということが話の中心のようであった。私と家内がその横にすわると、親切な神職さんは、ものやわらかく話しかけてくれた。

「城兵のご子孫の方でございますね。そうでしょう。毎年お盆のころになると、いろんな地方から、御子孫の方がこの城跡におみえになりますものですから、ご様子でわかります」

「ははあ」

私は神職のけい眼におどろきながら、

「しかし、私の先祖が何という名だったか知らないんです」

「左様でございましょう。三木の城兵は帰農したあと、世をはばかって名をかくした例がほとんどでございますから。このあいだも、高知の人が親族の方といっしょにお見えになりまして、先祖の供養《くよう》をしたいのだが自分の先祖はたれだったか、とおたずねになりました。私は、記録に残っている城兵の名前から適当にえらんで、このかたにしたらいかがでしょうとお教え申しあげました。あなたさまのご先祖は、さて、どういう姓の――?」

「三木というんですが」

「ああ、どちらさまもそうおっしゃいます。どなたのご先祖も三木ということになってるんでございますけれども、しかしじつを申しますと、三木城に籠城した将士のなかで、三木姓を名乗る者はひとりもございません」

神職は申しわけなさそうにいった。私が返答にこまっているのを見かねてか、

「いえ、それはでございますね。おそらく別の姓であったものが、落城後、三木の地を壊《なつか》しんで、それを姓にかえたのでございましょう。落武者たちが期せずして一様に三木姓に改めるほど、この城の攻防戦は強烈な記憶だったのであろうと思いますです」

帰阪後、別の用件で関西大学の有坂助教授にあい、三木の町に行った話をすると、別所長治こそは私の先祖だときかされた。へえと驚くと、巨人軍の別所選手も、どうやら長治の子孫らしいという。有坂さんも別所さんも兵庫県出身だから、まるで播州平野はいまなお、別所主従の子孫でみちみちているようなのだ。それほど、この籠城戦の規模は大きかったということにもなるだろう。

天正五年、中国の毛利攻めを決意した織田信長は、江州小谷《ごうしゆうおだに》二十二万石の城主羽柴筑前守《はしばちくぜんのかみ》秀吉を野戦司令官に命じて、安土《あづち》から兵を発せしめ、その軍容を見せることによって、毛利の衛星国である播州諸豪族を懐柔して、年末にはいったん兵をひきあげた。

第一次出兵は、威力偵察と政治工作のためともいうべきもので、その結果、秀吉はいよいよ毛利の攻めがたきを知り、まず播州最大の豪族別所侍従長治を味方につける必要のあることを信長に献策した。

別所家は、東播から摂津にかけて二十四万石の版図《はんと》をもつ大名で、もともと足利《あしかが》の幕

将赤松氏の庶流であり、村上源氏の家系をほこる旧家である。すでに戦国末期のこのころにあっては、中世的な名家はほとんどほろび去り、諸国の地図は、累代《るいだい》の家名をもたぬ実力者によって塗りかえられつつあった。名門意識のつよい別所一族にとっては、尾張《おわり》から崛起《くっき》して海道を抑えつつにわかに京へ入った織田信長という新興勢力などは笑止千万な存在というべきであったろう。

秀吉は別所の名門意識を利用することに気づき、別所をして中国攻めの先鋒《せんぽう》の名誉をになわせることを信長に献言したのだ。信長はその策を容《い》れて、急使を別所の三木城に送った。「御辺、味方に属せらるるにおいては、播州一国は云《い》ふに及ばず、その外、功に従ひ恩賞厚く行ふべし」（『別所長治記』）

長治は二十一歳の青年で、戦国武士にはめずらしく古武士のような美意識をもっていたのは、やはり戦国最後の名門の子であったからに相違ない。たとえ新興勢力の下風に立つとはいえ、大軍の先鋒をつとめるということに武門の名誉を感じて、人質を出して応諾した。一国の運命を、単なる美意識にかけたというのも、乱世に類のない話といっていい。

もっとも、信長は、そうは約束したものの履行する意志はなかった。播州一国を与えるという手形は、すでに自分の直属の将校秀吉にひそかに与えていたからである。戦国争覇の決勝戦にのぞみつつある老練の選手と、旧式のルールとフォームにかぎりない美を見出《みいだ》しているスポーツ・ディレッタントとの勝負だといえるだろう。

天正六年三月、信長は中国攻めの第二次出兵を行なった。司令官秀吉は大軍をひきいてひとまず播州加古川の糟屋内膳正《かすやないぜんのしょう》の城館に進駐し、播州の諸豪族に謁見《えつけん》した。別所家からは長治の代官として、叔父別所山城守《やましろのかみ》吉親と老臣三宅肥前守《ひぜんのかみ》治忠が訪問した。

この二人の別所の使者は、足軽から身をおこしたという信長の野戦司令官をみて、心から軽侮した。禿《はげ》ねずみに似た容貌《ようぼう》と貧弱な骨柄と下品な高笑いのどこにも、かれらの美意識を満足させるものがなかった。この二人の別所家の老人は、一家の運命の岐路ともいうべきこの会談で、秀吉を相手に、まるで士官学校の議論ずきな生徒のように戦術論をふきかけて、ついに「孺子《じゅし》、戦いを知らず」と席を立って引きあげている。田舎者もここまでくればご愛嬌《あいきょう》というほかない。二人は帰城して長治に報告し、「このたび秀吉、当国に下向して、われわれを下人のごとくあいさつし」と、弱肉強食の時勢のなかで序列的不満を訴えている。

長治は、先手の将にしてくれるはずの信長が、その後一向にはかばかしい返事を寄越《よこ》していないことにいきどおっていた。「右府はうそをつく」と長治はいった。利害問題ではなく、この青年には、平気でうそをつく不潔な精神が不快だったのだろう。三木城では軍評定をひらき、長治は最後に決をとって、こういったことが『別所長治記』にみえている。「昨今信長に取りたてられ、やうやく侍のまねする秀吉を大将にして、長治、彼が先手にと軍《いくさ》せば、天下の物笑ひたるべし」

秀吉という四十三歳の成熟した戦略家をつかまえて「侍のまねをする」男ときめつけ、その下風に立つと「天下の物笑ひ」になるという。この一言が、別所家を、決戦にふみきらせた。マキャベリズムが日常事になっている戦国時代に、珍しくもドン・キホーテ的騎士道の旗が三木城にひるがえったのである。

早速、戦術が議せられた。おりしも加古川城に鎧を解いて政治工作をしている秀吉の油断を見すまして一挙に奇襲を敢行すべしという議論が出た。これが採用されておれば、あるいは秀吉はこの時をもって歴史から消滅していたかもしれない。しかし、「それは卑怯《ひきよう》」という意見が大勢を占めた。別所家の名代の武名にかけて、堂々の陣を張って対戦すべきだ、というのだ。この意見は別所一族の好みにかない、三木城は城をあげて籠城準備にとりかかった。

三木城は、通称釜山城という。本丸、二ノ丸、新城の三城郭《じようかく》より成り、東西北の三方に空濠《からぼり》をうがち、さらに西南と東方に外城をきずき、城の西北は断崖《だんがい》にまもられ、そのむこうに美嚢川《みのうがわ》がめぐっている。赤松の一支族から、別所氏をして東播の支配者に成長せしめただけのものをこの城はそなえていた。しかも、別所氏の傘下《さんか》には、支城三十有余、塁塞《るいさい》百にあまる小要塞があり、それぞれ連繋《れんけい》して三木城をまもっていた。

天正六年三月二十九日、三木城をかこんだ秀吉は、急攻せずに、まず、仙石権兵衛、加須屋助左衛門、前野勝右衛門らの部隊をして小当りにあたらしめた。城塁の下でいくつかの小戦闘が行なわれたが、いずれも別所方の古典的な戦闘意識の勝利におわった。兵を退いた秀吉は、それで十分の成果をえた。城方の兵の配置のあらましを知りえたからだ。秀吉は城をかこみ重厚な長期陣地を配備した。

城方は間断なく、大小の夜襲戦を敢行し、寄手を疲れさせた。そのつど、完全戦闘ともいうべき勝利をおさめた。ある時は、勇婦の聞え高い別所山城守吉親の妻が、真紅の鉢巻に落葉風の模様の下着をつけ、黄に返したる桜おどしの鎧に身をかため、白葦毛《しろあしげ》の馬に鏡鞍《かがみくら》をおいてゆらりと打ちまたがり、二尺七寸の大太刀をふりかざして並み居る敵陣に斬《き》りこむなどの、平家物語的挿話もおりまぜて、城方の意気は大いにあがった。

しかし、織田軍の戦術思想は、そういう前時代的な戦闘美学を否定したところに斬新《ざんしん》さがあった。秀吉は、局地的な戦闘に酔う城兵には眼もくれず、三木城の正面には付城を構築して少数の兵を入れておき、主力は、三木城を支える衛星要塞を根気よくつぶしにかかった。まず、城方の長井四郎左衛門が守る加古川東方の野口城を陥《おと》し、つづいて、神吉民部大輔《かんきみんぶだゆう》の居城印南《いなみ》郡の神吉城を二十余日の悪戦苦闘ののち攻めつぶし、さらに志方《しかた》城、明石の端谷《はしたに》城、高砂《たかさご》城を陥落せしめた。

三木城は次第に孤城になっていったが、頼みにしている毛利方の援軍はついに来なかった。老獪《ろうかい》な毛利は、来《きた》るべき織田軍との大決戦にそなえて、兵力の損耗を避けたのだろう。別所家は毛利のために大汗をかいて織田軍と戦いながら、毛利の救援を得ず、先の見込みもなく、何のために戦っているのかわからない状態になったが、それでも戦った。おどろくべきことに、天正六年は戦いに暮れ、同七年も終始し、満二年にわたって狂気のごとく戦った。糧食がつきて、草木を食い壁を食い、ついに軍馬を食ったが、なおひるまなかった。籠城二年といえばおそらく日本戦史では最高記録かもしれないが、この政治性にとぼしい古典派の武士道主義者たちは整然と戦った。城将長治は主だつ者をあつめてざんげした、「野口、神吉の両城、織田勢のために陥されしは、これ士卒の科《とが》にあらず、わが謀の拙《つたな》きためなり」。こういう清純とさえいえる一種の感傷主義は、とうてい戦国権謀の世の武将の言葉とは思えない。逆にいえば、長治のもつ貴族的な高雅さが、惨烈な籠城戦にあってよく部下を統率しえたといえる。

天正八年正月六日、厚さ五分、鉄を巻いた楠《くすのき》の一枚板でつくられた大手門が、明智光《あけちみつ》秀《ひで》の指揮する三百の織田勢の手でうちやぶられ、三木城の命は旦夕《たんせき》にせまった。長治は、開城を決意して、秀吉に条件を申し入れた。別所家一族は腹を切る。しかし、士卒の命は助けられたい、というのだ。秀吉は、酒肴《しゅこう》を贈ってこれをゆるした。

正月十六日、長治は籠城の士卒をことごとく本丸の広間にあつめ、長い戦いの労をいたわるとともに永別の辞をのべ、翌十七日、庭に紅梅のさく三十畳の客殿に白綾《しろあや》のふとんを敷き、妻波多野氏、男子二人女子一人の子、それに実弟彦之進夫妻とともに自害して果てた。辞世に、「いまはただうらみもあらじ諸人の命にかはる我身と思へば」とあった。別所長治という人物は、生れる世を異にしていれば、武将よりもむしろ詩人にふさわしかった資質なのであろう。

播州のある農村では、いまだに正月の満月を祭る家があるという。開城とともに諸方に散った城兵は、和睦《わぼく》条件にもかかわらず、殺気だつ寄手の兵に討ち殺される者が多かった。追われて川に至ったところ、おりから満月が雲間に出て、舟の所在を知り、それに乗ってあやうく命を全うしたために、子孫代々、その月の満月を祭ることを家法にしているというのだ。このたぐいの話は、さがせばきりもなくあり、いまも生きている。

三木籠城の狂気ともいえる高潮した精神が徳川期に入ってなおこの地に息づき、浅野長矩《ながのり》の潔癖な狂気をうむとともに、その家士団の中から赤穂義士をうんだ。いずれも、自分の美意識に殉ずるために、家を棄《す》て、身をほろぼした。げんに、赤穂義士のなかには、三木城で籠城した者の子孫が幾人かまじっている。三木の狂気が、元禄《げんろく》に入って再び赤穂にあらわれたといえなくはない。歴史はくりかえすようである。

（「歴史読本」一九六〇年十月）

# 世界にただ一つの神戸

なにか、励ませ、という。そんな電話が、「神戸っ子」の大谷さんからかかってきたとき、その声に、雄々《おお》しい思いがした。灰塵《かいじん》のなかで、物を——未刊の号を——生みあげようという。それも、隣人にことばをかけよ、という。

当方は大阪にいて、連日、神戸の惨禍の報道に漬かっていて、自分が被災者でないことが申しわけないという気持ちでいたときに、そんな電話がかかってきた。

たまたま、毎月一回連載している「風塵抄《ふうじんしょう》」の原稿を書いていたときだった。十年ほど前、「神戸っ子」の小泉美喜子さんと、生田《いくた》神社だったかのまわりの小路《こみち》をぬけて通りにでようとしているとき、彼女が、

「神戸が大好きです」

といった。つづいて、あまり神戸がいいために、よそにお嫁に行っても帰ってくる人が多いんです、と彼女がいったので、私はユーモアだと思い、笑った。

ところが、小泉さんは、真顔だった。

「ほんとです」

彼女は、いった。

そんなことを思いだしつつ、「風塵抄」を書きはじめ、あの惨禍のなかで、神戸の人達が示した尊厳ある存在感に打たれた、という旨《むね》のことを書いた。

家族をなくしたり、家をうしなったり、途方に暮れる状態でありながら、ひとびとは平常の表情をうしなわず、たがいにたすけあい、わずかな救援に、救援者が恥じ入るほどに感謝をする人も多かった。

神戸に、自立した市民を感じた。世界の他の都市なら、パニックにおちいっても当然なのに、神戸の市民はそうではなかった。

無用に行政を罵《ののし》る人も、まれだった。行政という〝他者〟の立場が、市民にはよくわかっていて、むりもないと考える容量が、焼けあとのなかのひとびとにあるという証拠だった。

扇動をする人も、登場しなかった。たとえそんな人がいても成熟した市民を感じさせるここの人達は、乗らなかったろう。

えらいものだった。

この精神は、市民個々が自分のくらしを回復してゆくことにも、きっと役立つにちがいない。

神戸。

あの美しくて、歩いているだけで気分のよかった神戸が、こんどはいっそう美しく回復する上で、この精神は基本財産として役立つに相違ない。

神戸。

と私はつぶやきつづけている。

やさしい心根の上に立った美しい神戸が、世界にただ一つの神戸が、きっとこの灰塵の中からうまれてくる。


〈一九九五・一・二五〉

(「月刊神戸っ子」一九九五年三月)

## 兵庫と神戸

兵庫という地名は、すでに律令時代からあらわれているほどにふるいが、この地名が諸国のひとの口にしきりととなえられはじめたのは、大坂夏ノ陣がおわった江戸初期のころだろう。当時、中流以下の家庭の若い女性のあいだで、

兵庫髷《まげ》

というのが流行した。とくに、遊女のあいだではやり、この髪型でない者はなかったという。

それ以前の女性の髪型からみれば複雑なもので、やがて島田髷へとつづく日本の女性の結髪史は、この兵庫髷から大きくかわったといえるかもしれない。

兵庫髷のことばのおこりについては、当時から諸説があったらしいが、『歴世女装考』というふるい本によると、

「この髷は、摂津国兵庫の遊女より結びはじめたる髷なり」

とある。いまの神戸が、流行の源流であったわけである。

元禄《げんろく》のころになって、島田髷や、勝山髷の流行におされて一時すたれたが、その後、兵庫髷をアレンジした髪型が考えだされてふたたび隆盛した。この第二期流行期はもっぱら遊里で、形によって名も立《たて》兵庫、結《むすび》兵庫、ウシオ兵庫などとよばれた。読者はおそらく、時代映画や小説のサシエなどで御記憶があるはずだが、いずれも、第一期の兵庫髷ほどの高雅さはないが、豪華という点では原型よりもまさっている。


つぎに兵庫ということばが人口に膾炙《かいしや》したのは、幕末になってこの地に兵庫奉行という役職がおかれたことである。

幕末にこの地が開港場に指定されたためで芙蓉《ふよう》の間詰《まづめ》の旗本が任命された。初代奉行に小笠原摂津守《おがさわらせつつのかみ》広業という人物が赴任するはずであったが、時の複雑な朝幕関係の事情のために実際の開港がおくれ現実に開港されたのは維新直前であった。最後の兵庫奉行は江戸から赴任せず、大坂町奉行の柴田日向《ひゆうが》守剛中という武士が兼務した。奉行としての役高は千石で、役料は現米にして六百石を給せられたというから、幕府の地方職としてもわるい職ではなかったろう。

ところが、維新前には「兵庫」の地名のみがあらわれて「神戸」の地名はほとんどいわれなかったが、ただひとつ、

「神戸海軍操練所」

というのがある。

当時の幕府の海軍奉行であった勝海舟がつくったものである。

これははじめ幕府の官設のものではなく、官費は出ていたものの内容は勝個人の海軍塾のようなもので、汽船の操法を教えた。塾生も旗本御家人といった幕臣ではなく、ほとんど諸国の浪人者ばかりで、その塾頭役の一人が、土佐藩脱藩の坂本竜馬《りようま》であった。

場所は、兵庫の生田ノ森である。ここに宿所を設けて、塾生を収容した。

坂本竜馬が、文久三年五月十七日に故郷の姉乙女《おとめ》に送った手紙に、この設立当時の事情が書かれている。

「このごろは、天下無二の大軍学者勝麟太郎《りんたろう》という大先生の門人となり、ことのほか可愛《かわい》がられて、客分のような者になっています。また、近いうちに、大坂から十里ほどはなれた土地に兵庫と申す所あり、ここに海軍を教える施設をこしらえるつもりです。ここで四十間も五十間もある船を作り、弟子ども四、五百人もあつめるつもりです」

竜馬はこのことがよほどうれしかったらしく、姉への手紙の末尾に、

「エヘンエヘンかしこ」（原文のまま）

と、おどけて書いている。

やがてこの塾が、勝や、竜馬の奔走で幕府の官立になったのは、元治元年五月二十九

日である。

この日付で、触令が出ている。

「摂州神戸村に操練所おとりたてに相成り候《そうろう》につき」

という文章からはじまるもので、おそらく幕府の公文書に神戸村という地名が出た最初ではなかろうか。

練習生は、諸国から四、五百人もあつまったが、このなかでたれでも知っている名をあげると、

坂本竜馬（土佐）

伊東祐亭《ゆうこう》（薩摩《さつま》・のちの海軍大将）

伊達小二郎（紀州・のちの陸奥《むつ》宗光）

などがあるが、ほとんどが過激ないわゆる尊攘《そんじょう》の志士で、たとえば塾生望月亀弥太《かめやた》（土佐）などは池田屋ノ変で新選組と闘って斬死《ざんし》し、安岡金馬《かねま》（土佐）は蛤《はまぐり》御門の変で戦死するなどほとんど政治結社のような色彩をおびてきたため、幕府はほどなく閉鎖してしまった。慶応元年の三月のことで官制化してから一年もたっていない。

その廃止の政令の文章は、

「摂州神戸村へ、御軍艦操練所御取りたて相成り候につき、有志のめんめん罷《まか》り出《い》で、修行致すべき旨《むね》、せんだって相達し候趣きもこれあり候ところ、このたび同操練所は御

廃止に相成り候。この段、むきむきへ、よりより達しおかるべく候事」

というもので、当時の激動する政治情勢のためについに流産となった。

私は、こんどの新聞連載に坂本竜馬をかくので、この神戸海軍操練所（神戸海軍所、神戸海軍局などともいう）のことをくわしく知ろうと思っているのだが、なにぶん十分な資料がない。とくに、生田ノ森に、全国（ことに西国方面）から四、五百人ものうるさい浪士があつまってきたときの様子や、神戸海軍屋敷の建物（おそらく生田神社の既設の建物を利用したのではないか）の様子も知りたいと思うのだが、どうも思わしい資料にあたらない。

なにしろ神戸という地名が政府機関の名に冠せられた最初の出来ごとだけに、おそらく神戸市でその跡に記念碑でもたてているのだろうと思うのだが、いちど出かけてみて、生田神社の福田さんにでも事情をきいてみたいと考えている。

（「月刊神戸っ子」一九六二年五月）

# 西日本編

# 生きている出雲《いずも》王朝

カタリベというものがある。いまも生きていると知ったとき、私のおどろきは、生物学者がアフリカ海岸で化石魚を発見したときのそれに似ていた。

カタリベとは、魚類でも植物でもない。ヒトである。上古、文字のなかったころ、諸国の豪族に奉仕して、氏族の旧辞伝説を物語ったあの記憶技師のことだ。語部という。当時無数にいたであろうかれら古代的な技術者のなかで、『古事記』を口述した稗田阿礼《ひえだのあれ》の名だけがこんにちに残っている。漢字の輸入がかれらの職業を没落させた。トーキーの出現で、活動写真弁士がその職場を追われたようなものだろう。

しかし、儀式用にはながくその存在はのこってはいたらしい。西紀九二〇年ごろに成立した『延喜式《えんぎしき》』の践祚大嘗祭《せんそだいじようさい》の条《くだり》に「伴宿禰《とものすくね》、佐伯宿禰《さへきのすくね》、おのおの語部十五人をひきゐ、東西の掖門《えきもん》より入りて、位に就き、古詞を奏す」とある。すでに実用性は失なっていた。しかしアイヌの社会でユーカラを語る老人のように、儀礼的価値として、平安初期にはまだ生きのこっていたことになる。

が、平安時代どころではない。延喜年間よりもさらに千年を経たこんにちになお語部はいたというおどろきから、この話は出発する。かれはセビロを常用し、大阪に住み、毎日、ビルに通勤し、しかも新聞社の編集局のなかでも、とくに平衡感覚のある、経験豊富な古参記者でなければつとまらないといわれる地方部長のイスにすわり、仕事の余暇にはジョニーウォーカーを愛飲しているのである。

かれと私は親しい。敬愛もしている。そのかれが、あるとき突如声をひそめて、あたしはカタリベなのだ、とうちあけた。これは寓話《ぐうわ》ではない。むろん、かれは狂人ではない。狂人ではないが、かれは、かれの故郷である出雲のことに話がおよぶと、よほどはげしい思いに駆られるらしく、一種の憑依《ひょうい》状態になり、やや正常性をうしなう。私が出雲に興味をもちはじめたのは、かれのそういう面をみたからであり、時期はこの前後からであった。

その人物を、W氏としよう。もともと、出雲人というのは、すくなくとも私の見聞した範囲では、たとえば薩摩《さつま》人や熊本県人や高知県人のように、ふつう、好もしい存在であるとはされていない。石見《いわみ》人にいわせると出雲人は奸譎《かんけつ》であるという。むろんこれは、日本人が、それぞれ他郷人に対して伝統的にもっている偏見の一つにすぎない。しかし私の知っているかぎりの出雲人の半ばは、他の土地に来るとひどく構えるヘキをもっているようだ。また無用に小陰謀をこのむともいう。しかし私は信じない。が、W氏にかぎっては、すこしあたっていなくもない。W氏は無邪気な発想から小陰謀をこのむようである。多くの私の同僚は、W氏のそのヘキにはへきえきしてきたが、べつだんの実害はなかった。これはW氏への誹謗《ひぼう》ではなく、どちらかといえばW氏の性格のもつユーモラスな一面である。

なぜ陰謀を好むのか。機嫌のいいときのW氏なら、グラスをなめながら、豪放に、あれはおれの趣味さ、とわらうはずだ。事実、その陰謀は、趣味のように日常的で、趣味のように明るくさえある。が、気持の沈んでいるときのW氏なら、こう答えるにちがいない。——かなしいことだが、おれのヘキでね、おれを責めてもはじまらない。おれの体のなかにある出雲民族の血をこそ責めらるべきだろう。いや、出雲民族がそこに追いこまれた悲劇をこそ責めらるべきだろう。君は、オオクニヌシノミコトの悲憤の生涯を考えたことがあるか——と、W氏は眼をすえる。その眼に、やや狂気がやどっている。

私は、出雲に興味をもった。私ならずともW氏をみれば、たれでもW氏をうんだ出雲の人間風土に興味をもつにちがいない。出雲というのは、こんにち島根県下にある。島根県というのは、旧国名でいえば、石見と出雲と隠岐《おき》から成立している。徳川夢声氏の出身は島根県だが、出雲国ではなく、石見国の津和野《つわの》である。夢声氏は、かつてどこかの場所で、自分は島根県人だが出雲ではない、ということを、われわれ他府県人からみれば異様なまでの力の入れようで言明していた。夢声氏だけではなく、他の石見人も、しばしばそのようなことをいう。出雲人というのは、隣国の同県人からそれほどまでにきらわれている。むしろ、これは出雲人のために光栄なことではあるまいか。きらわれるほどの強烈な個性が、出雲にはあるはずだからだ、というべきであろう。私は出雲へ行きたいと思った。しかし、そう考えてから数年たった。

昨年の秋、ついに出雲へ出かけた。友人が私を自分の自動車に乗せてくれた。道路地図を見ながら、大阪から岡山へ出、岡山から吉備《きび》の野を北上して、中国の脊梁《せきりよう》山脈を北へ越えた。悪路のために、華奢《きやしや》なヒルマンは何度か腹をこすり、ついに山中のどこかで消音器をおとした。

機関の爆発音が露《あら》わになった。その音は、私の体力をひどく消耗させた。疲れれば疲れるほど、めざす目的地への魅惑が、強烈な悪酒のように私を酔わせた。体力の消耗が、私のイリュージョンをいよいよかきたてるらしかった。

「私はカタリベだ」と、W氏がいった。それを考えた。なにを語り、そしてなんのための語部なのか。W氏はいう、「いまでこそ新聞記者をしているが、私が当主であるW家は、出雲大社の社家である」。

それをきいたとき、最初私は、ああ神主かとぐらいに考えていた。が、それは私の無《む》智《ち》というものだった。その後、出雲のことを少しずつ知るにつれて、出雲大社の社家、という言葉が、いかに重いものであるかがわかった。

話は枝葉へゆくが、その一例をあげよう。いまから数年前に、私は島根県の地方紙の元旦《がんたん》号を読んだ。どの新聞の元旦号もそうであるように、全面広告の欄がある。しかし、私のみた欄は、ありきたりな商品広告ではなかった。年賀広告なのである。県知事および地方自治団体の首長が、県民のみなさんおめでとう、と呼びかける年賀あいさつなのだ。

ことわっておくが、これも新聞広告の慣例として、めずらしいことではない。どこの新聞でもやることだが、島根県の新聞のばあいはすこしちがっていた。たしか、紙面の上十段のスペースに正月らしく出雲大社のシルエットがえがかれ「謹賀新年」と活字が組まれ、そこに、ふたりのひとの名前が出ていた。ひとりは、当然なことだが島根県の知事田部長右衛門氏の名前である。それにならんでもう一つの名があった。「国造、千《せん》家《げ》尊祀《たかとし》」という。われわれ他府県人にとって、これは「カタリベ」の存在以上に驚嘆すべきことである。

これは化石の地方長官というべきであろう。出雲では、他府県と同様、現実の行政は公選知事が担当するが、精神世界の君主としてなお国造が君臨しているのである。国造はクニノミヤツコと訓《よ》み、この土地では音読して、コクゾウとよぶ。あたかも天皇のこることである。以下、すこし、国造についてのべたい。出雲の権威の性格が、より以上に明確になるからである。

国造という古代地方長官の制が創設されたのは、『古事記』によれば、日向《ひゅうが》からきた「神武天皇」が、いまの奈良県を手中におさめたときをもってハジメとする。大和の土豪剣根《つるぎね》（おそらく出雲民族であろう）をもって葛城《かつらぎ》の国造とした。ついでながら、葛城ノ国というのはいまの奈良県と大阪府の県境にある葛城山のふもとのことで、いまの自治体制でいえば数ヵ村のひろさにすぎない。それがひとつのクニだったというのは、その当時の「日本」がその程度の規模だったから仕方がない。

奈良県の王になった「神武天皇」の子孫は何代も努力をかさねて領土をひろげてゆき、あらたな版図《はんと》ができれば、現地人採用の方針で、そこの土豪を国造に補した。遠方ほど、時間がかかるのは当然なことで、たとえば関東の那須《なす》地方ぐらいになると、ずっとくだって、景行《けいこう》天皇のころに制定された。「建沼河命《たけぬかはのみこと》の孫大臣命《おほみのみこと》を国造に定め給《たま》ふ」との『国造本紀《こくぞうほんぎ》』の例をみればよい。

大和王朝と対抗する出雲王朝の帝王であった大国主命《おおくにぬしのみこと》を斎《いつ》きまつる出雲国造が、いつかつての敵の大和政権から国造の称号をもらったかはあきらかでない。この話は、じつにややこしい。とにかく『国造本紀』には、宇迦都久怒命《うかつくぬのみこと》という出雲人が国造職になったとされている。このミコトが、西紀何年に誕生し何年に死没したかがわからないところに、日本史の神韻《しんいん》ヒョウビョウたるたのしさがあるのだ。同時に、その国造家の神代以来の家来であったというところに、W氏の家系の出雲的エラサがあるようである。

さてカタリベのことだが、そのことに入る前に、出雲国造家の家系に立ち入っておきたい。この家系がいつ成立したかについては、話はいよいよ神韻ヒョウビョウの世界に入らざるをえない。「高天《たかま》ガ原《はら》」にいた天照大神《あまてらすおおみかみ》が、皇孫瓊瓊杵尊《ににぎのみこと》を葦原《あしはら》中国《のなかつくに》に降臨せしめんとし、まず、武甕槌神《たけみかずちのかみ》、経津主神《ふつぬしのかみ》の二神を下界にくだして、大国主命に交渉せしめた。大国主命がナカツクニの帝王であったからである。そのころの「日本」は、想像するに、大国主命を首領とする出雲民族の天下だったのであろう。つまりW氏の先祖のものだった。余談だが、この出雲民族は、いまの民族分類でいえばナニ民族であったのか。

ここに、西村真次《しんじ》博士の著『大和時代』のなかの一文を借用する。（仮名遣い原文のまま）

今の黒竜江、烏蘇里《ウスリー》あたりに占拠してゐたツングース族の中、最も勇敢にして進取の気性に富んでゐたものは、夏季の風浪静かなる日を選んで、船を間宮海峡或《あるひ》は日本海に泛《うか》べて、勇ましい南下の航海を試みた。樺太《からふと》は最初に見舞つた土地であつたらう。彼等の船は更に蝦夷島《えぞ》を発見して、高島附近に門番《オトリ》（otoli—小樽《おたる》）を置き、一部はそこに上陸し、他は尚《なほ》も南下して海獺《らっこ》多き土地を見出《みいだ》し、そこに上陸してそこを海獺《モト》（mötö—陸奥《むつ》）と命名し、海岸伝ひに航海を続けて、入海多く河川多き秋田地方に出たものは、そこに天幕を張つて仮住し、鮭《さけ》の大漁に食料の豊富なことを喜んだであらう。そこを彼等は鮭《ダワ》（dawa—出羽）と呼び慣らしたので、遂《つひ》に長く其地《その》の地名となつた。陸奥・出羽は、しかしながら、ツングース族の最後の住地ではなかつた。彼等は日本海に沿うて南下し、或は直接に母国から日本海を横切つて、佐渡を経て、越後の海岸に来り、そこに上陸し、或は更に南西方に航行して出雲附近までも進んで行つたであらう。かうした移動を、私はツングース族の第一移住と呼んでゐる。これは紀元前一千八百年から千年位の間に行はれたと思はれる。

私はこの論文を借りて、私の論旨に援用しようというつもりはない。ただ読者の空想の手だすけになれば、それですむ。西村博士の説のように、出雲民族は、ツングースであったのかもしれなかった。私は、学生時代、蒙古《もうこ》語をまなんだ。蒙古語というのは、日本人ならば、東北人が鹿児島弁を習得するほどの努力で学べる。コトバの構造が、日本語とほとんど変りがなく、単語さえおぼえればほぼ用が足りるからである。蒙古語もツングース語も、おなじウラル・アルタイ語族に属している。満州の野から興《おこ》って清《しん》朝を作り、その後裔《こうえい》の少女が天城山《あまぎ》で学習院大学の学生と死んだあの愛新覚羅《あいしんかくら》氏の言語は、ツングース語であった。ジンギス汗の子や孫に協力して元帝国をたてた満州の騎馬民族もまたツングース人種である。過去に多くの栄光をになったこの人種は、いまはほとんど歴史の彼方《かなた》に消滅して、こんにちの地上ではわずかな人口しか生存していない。

こんにち、満州の興安《こうあん》山脈の山中にあって狩猟生活を営むオロチョンという少数民族もまたツングースの一派である。前記W氏をはじめ、出雲の郷土史家たちは、八岐大蛇《やまたのおろち》伝説のオロチは、オロチョンであるという説をもっている。たぶん、語呂《ごろ》の類似から発想したものであろう。しかし話としてはおもしろい。——中国山脈にはいまも昔も砂鉄が多いが、出雲王朝が、有史以前においてナカツクニを支配しえた力は、鉄器にあった。古語にいう細矛千足国《くわしほこちたるのくに》とはそこから出た。細矛千足国の鉄器文明はオロチョンがもちこんだというのである。オロチョンの鉱業家が、簸川《ひのかわ》の上流で砂鉄を採取して炉で溶かした。自然、川下の田畑が荒れ、農民がこまった。農民は、足名椎《あしなずち》、手名椎《てなずち》夫婦に象徴される。そこで、出雲王須佐之男尊《すさのおのみこと》が出馬して、鉱山業者と農民の間の利害問題を裁き、農民側を勝訴させた。

話の解釈はどうでもよい。いずれにせよツングース人種である出雲民族は、鉄器文明を背景として出雲に強大な帝国をたて、トヨアシハラノナカツクニを制覇した。その何代目かの帝王が大己貴命《おおなむちのみこと》（以下大国主命という）であった。そこへ、「高天ヵ原」から天孫民族の使者が押しかけてきた。国を譲れという。いったい、天孫族とはナニモノであろう。おそらく出雲帝国のそれをしのぐ強大な兵団をもつ集団であったにちがいあるまいが、ここではそれに触れるいとまがない。とにかく、最後の談判は出雲の稲佐《いなさ》ノ浜《はま》で行なわれた。天孫民族の使者　武甕槌命《たけみかずちのみこと》は、浜にホコを突きたて、「否《いな》、然《さ》」をせまった。われわれはここで、シンガポールにおける山下・パーシバルの会談を連想しなければならない。出雲《いずも》民族の屈辱の歴史は、この稲佐ノ浜の屈辱からはじまるのである。出雲人の狷介《けんかい》な性格もこの屈辱の歴史がつくった、とW氏はいう。

話に枝葉が多すぎるようだが、しばらくがまんしていただきたい。

この国譲りののち、天孫民族と出雲王朝との協定は、出雲王は永久に天孫民族の政治にタッチしないということであった。哀れにも出雲の王族は身柄を大和に移され、三輪山のそばに住んだ。三輪氏の祖がそれである。この奈良県という土地は、もともと、出雲王朝の植民地のようなものであったのだろう。神武天皇が侵入するまでは出雲人が耕作を楽しむ平和な土地であったに相違ない。滝川政次郎博士によれば、この三輪山を中心に出雲の政庁があったという。神武天皇の好敵手であった長髄彦《ながすねひこ》も出雲民族の土酋《どしゅう》の一人であった。私は少年時代、母親の実家である奈良県北葛城《かつらぎ》郡磐城《いわき》村竹ノ内という山《さん》麓《ろく》の在所ですごした。この村には、長髄彦の墓と言い伝えられる古墳がある。

むろん、長髄彦の年代（？）は、古墳時代以前のものであるから妄説にすぎまいが、大和の住民に、自分たちの先祖である出雲民族をなつかしむ潜在感情があるとすれば、情において私はこの伝説を尊びたい（現に、わが奈良県人は、同じ県内にある神武天皇の橿原《かしはら》神宮よりも、三輪山の大神《おおみわ》神社を尊崇して、毎月ツイタチ参りというものをする。かれらは「オオミワはんは、ジンムさんより先きや」という。かつての先住民族の信仰の記憶を、いまの奈良県人もなおその心の底であたためつづけているのではないか。ついでながら、三輪山は、山全体を神体とする神社神道《しんとう》における最古の形式を遺《のこ》している。こういうものを甘南備山《かんなびやま》という。出雲にも甘南備山が多い。「出雲国造神賀詞」にはカンナビの語がやたらと出る。ツングースも蒙古人も山を崇ぶが、そこまで飛躍せずとも、出雲民族の信仰の特徴であるといえるだろう）。

さて、出雲王朝のヌシである大国主命の降伏後の出雲はどうなったか。出雲へは、「高天ガ原」から進駐軍司令官として天穂日命《あめのほひのみこと》が派遣された。駐屯した軍営は、いまの松江市外大庭《おおば》村の大庭神社の地である。ところが、この天孫人はダグラス・マッカーサーのような頑固な性格の男ではなかったらしく、「神代紀」下巻に、「此《こ》の神、大己貴命に佞媚《ねいび》して、三年に及ぶまで、尚《な》ほ報聞せず」とある。出雲人にまるめこまれたのであろう。戦《いく》さにはよわくとも、寝わざの外交手腕にたけていたらしい大国主命の風ぼうがわれわれの眼にうかぶようである。ゴウをにやした高天ヵ原政権では、さらに天穂日命の子である武三《たけみ》熊之《くまの》大人《うし》という人物を派遣した。しかしこの司令官もまた「父に順《したが》ひ、遂《つひ》に報聞」しなかった。

当然なことながら、高天ガ原では、大国主命の生存するかぎり、出雲の占領統治はうまくゆかないとみた。ついに、大国主命に対して、「汝《なんぢ》、応《まさ》に天日隅宮《あまのひすみのみや》に住むべし」との断罪をくだした。

この天日隅宮が、つまり出雲大社である。おそらく、大国主命は殺されたという意味であろう。かれが現人神《あらひとがみ》でいるかぎり、現地人の尊崇を集めて占領統治がうまくいくまい、とあって、事実上の「神」にされてしまったのである。この点は、太平洋戦争終結当時の事情とやや似てはいるが、二十世紀のアメリカは、天孫民族の帝王に対してより温情的であった。しかし神代の天孫民族は、前代の支配王朝に対して、古代的な酷烈さをもってのぞんだ。

大国主命は、ついに「神」として出雲大社に鎮《しず》まりかえった。もはや、現人神であった当時のように、出雲の旧領民に対していかなる政治力も発揮しえないであろう。「祭神」になってしまった大国主命に対して、高天ガ原政権は、進駐軍司令官天穂日命とその子孫に永久に宮司になることを命じた。

天孫族である天穂日命は、出雲大社の斎主になることによって出雲民族を慰撫《いぶ》し、祭神大国主命の代行者という立場で、出雲における占領政治を正当化した。奇形な祭政一致体制がうまれたわけである。その天穂日命の子孫が、出雲国造となり、同時に連綿として出雲大社の斎主となった。いわば、旧出雲王朝の側からいえば、簒奪者《さんだつしゃ》の家系が数千年にわたって出雲の支配者になったといえるだろう。いまの出雲大社の宮司家であり国造家である千家氏、北島氏の家系がそれである。天皇家と相ならんで、日本最古の家系であり、また天皇家と同様、史上のいかなる戦乱時代にも、この家系はゆるがず、いかなる草莽《そうもう》の奸賊《かんぞく》といえども、この家系を畏《おそ》れかしこんで犯そうとはしなかった。

その理由は明らかである。この二つの家系が、説話上、日本人の血を両分する天孫系と出雲系のそれぞれ一方を代表する神聖家系であることを、歴代の不逞《ふてい》の風雲児たちも知っていたのであろう。血統を信仰とする日本的シャーマニズムに温存され、「第二次出雲王朝」は、二十世紀のこんにちにまで生存をつづけてきた。この事実は、卑小な政治的議論の場に引き移さるべきものではなく、ただその保存の事実だけを抽出することによって、十分、世界文明史に特記されてもよい。いわば、芸術的価値をさえもっているではないか。

自動車が宍道湖畔《しんじこはん》に入ったときは、すでに夜になっていた。いつのまにか、雨が前照灯の光芒《こうぼう》を濡《ぬ》らしていたが、すぐやんだ。やむと、すぐ夜空が晴れた。松江地方の気象の特徴であるという。湖上の闇《やみ》はふかかったが、それでもときどき闇を割って、いさり火のほのかな赤さが明滅した。私の旅が、すでに古代の世界に入りつつあることを、そのいさり火は、痛いまでに私に教えようとしていた。その夜の宿は、大社のいなばやにとった。

翌朝、出雲大社にもうでた。なるほど「雲にそびえる千木《ちぎ》」であった。『日本書紀』の「千《ち》尋《ひろ》栲縄《たくなは》以《もつ》て結ひて百八十紐《ももあまりやそむすび》にせむ、その宮を造る制は、柱は則《すなは》ち高く太く、板は則ち広く厚くせむ」とある。大社の社伝では、上古においては神殿の高さは三十二丈あったという。また、中古は十六丈、いまは八丈という。上古の三十二丈は荒唐すぎて信じがたいが、中古の十六丈については、明治四十年代に、伊東忠太博士と山本信哉博士が論争したことがある。山本氏は十六丈説を肯定した。肯定の根拠になったのは、天《てん》禄《ろく》元年（九七〇）に源為憲《ためのり》が著わした『口遊《くちずさみ》』という書だった。この本のなかに、当時最大の建物を三つあげ、「雲太、和二、京三」としている。出雲（出雲大社）は太郎であるから最大であり、大和《やまと》二郎（大仏殿）、京三郎（大極殿）という順になる。出雲大社の建物は、平安初期でもなお大仏殿より大きかったのである。

古代国家にとって、これほどの大造営は、国力を傾けるほどのエネルギーを要したであろう。しかし、大和や山城の政権は、それをしなければならなかった。その必要が出雲にはあった。十六丈のピラミッド的大神殿を建てねば、出雲の民心は安まらなかったのである。古代出雲王朝の亡霊が、なお中古にいたるまで、中央政権に対して無言の圧力を加えていたと私はみる。

私は、いま古代出雲王朝といった。その前に、天穂日命の裔の勢力を第二次出雲王朝ともいった。しかし、第一次も第二次も、血統こそちがえ、かれらの対中央意識においてはすこしも変らなかったようである。

天穂日命の子孫は、天穂日命自身がすでにそうであったように、すぐ出雲化した。かれら新しい支配者は土着出雲人に同化し、天ツ神であることを忘れ、出雲民族の恨みを相続し、まるで大国主命の裔であるがごとき言動をした。例をあげると、「崇神《すじん》紀」六十年七月に、天皇、軍勢を派して出雲大社の神宝を大和に持ち帰らせている。神宝とは、おそらく天皇家における三種ノ神器のようなものであろう。出雲民族を骨抜きにする行政措置の一つだろうが、このとき、たまたま「第二次出雲王朝」の王であった振根《ふるね》という男が、筑紫《つくし》へ旅行していて不在だった。帰国してこの事実を知って激怒し、留守居の弟たちを責めた。ついに弟の飯入根《いいいりね》を殺してしまったため近親の者が恐れ、大和へ訴え出た。大和では吉備津彦《きびつひこ》を司令官に任命して軍勢をさしむけ、合戦のうえ、振根を誅《ちゅう》している。大和朝廷に刃むかう振根の姿には、大和との同族意識はもはやなく、異民族の王としてのすさまじい抵抗意識しか見出せない。第一次も第二次も出雲王朝の対大和意識には、ほとんど変化がなかったことはこの一事でもわかる。

このことについて、私の脳裡《のうり》に別な記憶がよみがえらざるをえない。かつて私は新聞社の文化部にいた。ある年、「子孫発言」という連載企画を担当した。徳川義親《よしちか》氏に家康のことを書いてもらったり、有馬頼義《よりちか》氏に先祖の殿様のことを書いてもらったりする企画だったが、手もちの材料が尽き、ついに松江支局を通じて、出雲国造家の千家尊祀氏に原稿を依頼した。しかし、いんぎんにことわられた。理由は（支局員の代弁によれば）わが家は古来、大和民族の政治（?）に触れることができない、というのである。

私はおどろいた。新聞への寄稿が政治行為であるかどうかはべつとして、大国主命が天孫族に国を譲ったときの条約が、なおこんにちに生きているのである。この条約が生きているかぎり、出雲には、なお形而上《けいじじょう》の世界で出雲王朝が生きているといっていい。

大社から、大庭神社へ行った。この地は、松江市外の丘陵地帯にあり、錯綜《さくそう》した丘陵の起伏のかげに、ほそい入江の水が入りこんでいる。古代大庭の地こそ、天穂日命が最初に進駐した出雲攻略の根拠地であった。

大庭神社は、樹木のふかい丘のうえにあるときいた。その森まで、ほそく長い木ノ根道がつづき、あたりは常緑樹のさまざまな色彩でうずまっている。空はよく晴れていた。八雲立つ出雲、という。この日も出雲特有のうつくしい雲がうかんでいた。そのせいか、歩いてゆく参道の風景が、ひどく神さびてみえた。案内してくださった郷土史家のOさんが、大庭神社の神職の秋上《あきあげ》さんは尼子《あまこ》十勇士のひとり秋上庵之介《いおのすけ》の子孫である、と教えてくれた。太田亮《おおたあきら》氏著の『姓氏家系大辞典』を引くと、秋上家は出雲の名族であるという。

不意に、道の横あいから、痩《や》せた五十年輩の人物があらわれて、Oさんに会釈《えしゃく》した。腰に魚籠《びく》をくくりつけ、地下足袋《じかたび》のようなものをはいていた。Oさんに、「これから山へ茸狩《きのこが》りにゆくところじゃ」といった。「ちょうどよかった」とOさんが私へふりむいた。

「この人が秋上さんですよ」

私は、苔《こけ》をふんで、自然石の段をのぼった。上へのぼりきったとき、思わず息をのんだ。そこに奇怪な建物があった。これは神殿にはちがいない。しかしおそらく最も古い形式の出雲住宅なのであろう。太い宮柱を地に突きたて、四囲を厚板でかこみ、千木を天にそびえさせただけの蒼古《そうこ》とした建物が、山ヒダにかこまれて立っていた。この建物の何代か前の建物は、天穂日命の住居であったはずだった。

「ここは、天穂日命の出雲経略の策源地としては理想的な地です」

秋上さんは、足もとに見える入江を指さした。昔はその入江が宮殿の下まできていて、「高天ガ原」からの兵員、物資は、陸路を通ることなく、ここで揚陸されたという。

秋上さんは、私のもってきた地図を神殿の前の地上にのべた。いちいち細かい地名を指でおさえながら、「出雲民族をおさえるには、まず砂鉄をおさえることです。砂鉄の出る場所はココとココ。運ばれる道はコレとコレ。——」といった。いつのまにか、地図を指す秋上さんの横に、秋上さんが飼っているらしい老犬がすりよってきた。犬はついに地図の上に寝た。秋上さんは何度も犬を押しのけながら地図を指した。しかしそのつど、犬は、しょうこりもなく地図の上へ身を横たえた。あきらめた秋上さんは、「とにかく」と私を見た。「この入江をおさえて、あの沖の小島に舟監視所を設け、あの山によりすぐりの兵を少々出しておけば、出雲族が少々蠢動《しゅんどう》してもビクともいたしません」

気負いこんだ秋上さんの様子には、たったいま高天ヶ原からふりおりてきたような天孫族の司令官をほうふつさせるものがあった。私は話題をかえた。「秋上さんの家から秋上庵之介が出たそうですね」。秋上さんはあまりいい顔をしなかった。そういう不逞《ふてい》の者を出したのを恥じているのかもしれなかった。私はいそいで質問をあらためて、「それで、天穂日命がここへきたとき秋上さんのご先祖はどういうお役目だったのです」。

「部将ですよ。天穂日命の一族です。ですから天児屋根命《あめのこやねのみこと》の直系の裔です」

と、はじめて闊然《かつぜん》とわらった。なるほど出雲的規模からみれば、戦国時代の勇士の話題などは、とるにたらぬ些事《さじ》になるはずだった。とにかく出雲には、中央に対する被征服民族としての潜在感情が生きている反面、出雲を征服した天孫部隊の戦闘精神もまた、なお生きているような気がした。秋上さんは話がおわってから、「出雲大社はけしからん」といって、こまごまとした現実の話をした。神族は神族同士で、われわれのうかがいがたい世話な事情があるようにおもわれた。

そのあと、出雲海岸を西へ走って石見《いわみ》との国境いに出た。同じ県ながら、石見と出雲は方言はもとより、気性、顔つきまでちがっているといわれる。国境いから石見へ入ったとたん、われわれ旅人にさえそれがわかった。石見への目的は、出雲の国境いにある物部《もののべ》神社という古社を見るためであった。

この神社も、いまでこそ、神社という名がついているが、上古はただの宗教施設として建てられたものではなく、出雲への監視のために設けられた軍事施設であった。その時代は、前記の天穂日命などのころよりもずっとくだり、崇神朝か、もしくはそれ以後であったか。とにかく、出雲監視のために物部氏の軍勢が大和から派遣され、ここに駐屯した。神社の社伝では、封印された出雲大社の兵器庫のカギをここであずかっていたという。出雲からそのカギをぬすみに来た者があり、物議をかもしたこともあったともいう。

この神社に駐屯していた兵団は物部の兵が中心ではあったが、おそらく一旦《いったん》緩急のあったばあいは、土地の石見人をも徴集したであろう。また、徴集できる素地を平素からつくっておくために、ここの駐屯司令官は、石見人に対し、ことごとに反出雲感情をあおるような教育をしたであろう。こんにちの島根県下における出雲・石見の対立感情は、あるいはそういう所からも源流を発しているのかもしれない。神社は、村社然としていた。建物も、完全に出雲様式とは別のものであった。この神社から、いつのほどか物部のつわものどもの姿が消え、出雲の兵器庫のカギの保管も儀式化し、神社が祠官《しかん》のみの奉斎する単なる宗教施設になったとき、ようやく第二次出雲王朝は大和・山城の政権に対する実力をうしない、神代の国譲りの神話は完全に終結した。そのとき出雲の古代はおわった。その時期が日本史のなかのいつであったかは、記録されたもののなかからは、うかがい知るすべもない。

　数日の滞在で、私は大阪へ帰った。まっさきにW氏に会おうとした。が、W氏は仕事が多忙で他県へ出張していた。帰阪してからひと月ほどして、W氏に会った。出雲へ行ったことを話すと、なぜ私に声をかけてくれなかった、一緒にゆけばもっと「事情」がよくわかったのに、とひどく残念そうにいった。事情？　なんの事情です、ときくと、事情だ、出雲には秘密の事情がある、とだけいって、急に表情を変え、例の憑依《のりうつ》ったような暗い表情をした。このとき、私は、あのカタリベの一件を、くわしくきくべきだとおもった。

　やがて、W氏は重い口をひらいた。W家は国造家である千家の主宰する出雲大社の社家であることは、さきにのべた。古い社家は大てい神別の家であり、家系は神代からつづいてきた。したがって、古代出雲民族の風習のいくらかを家風にもち、その一例として語部の制も遺《のこ》してきた。語部は、W家の場合、一族のうちから、記憶力がつよく、家系に興味をもつ者がすでに幼少のころにえらばれ、当代の語部から長い歳月をかけ、一家の旧辞伝承をこまかく語り伝えられるというのである。ある部分は他に洩《も》らしてよく、ある部分は洩らしてはいけない。当代の語部はむろんW氏そのひとであり、W氏はすでにその子息のうちの一人を選んで、語りを伝えはじめているという。そのうち、『古事記』にも『出雲風土記』にも出ていない重要な事項があるというのだが、それについてはW氏はなにもいえない、といった。それでは、と私は話頭をかえ、出雲で会った多くの人々にしたような質問をW氏にもした。「あなたのご先祖は、なんという名のミコトですか」

「私の、ですか」とW氏はすこし微笑《ほほえ》み、ながい時間、私を見つめていたが、やがて、「大国主命です」といった。

出雲の様子をすこし知りはじめた私は、これにはひどく驚かざるをえなかった。ここで大国主命の名が出るのは白昼に亡霊を見るような観があった。大国主命およびその血族はすでに神代の時代に出雲から一掃されて絶えているはずではないか。「そのとおりです」とW氏はいった。「しかし、ある事情により、ただ一系統だけのこった。私の先祖の神がそうです」。その事情は、語部の伝承のうちでも秘密の項に属するために言えない、という。言えなければきかなくてもよい。とにかく、W氏によれば、神代以来、出雲大社に奉斎する社家のうちで、大国主命系、つまり出雲の国ツ神系の社家は、W家一軒ということになるのである。それではまるで敵中にいるようなものではありませんか、というと、W氏は「出雲は簒奪《さんだつ》されているのです」といった。つまり高天ヵ原からきた天穂日命の第二次出雲王朝の子孫が国 造《くにのみやつこ》としていまの出雲を形而上的に支配しているのが、W氏にとっては、「簒奪」ということになるのである。

私はようやく知った。W氏は、第一次出雲王朝の残党だった。心理的に残党意識をもっているだけではなく、げんに、第一次出雲王朝を語り伝えるカタリベでもあった。かれによれば、出雲は簒奪されているという。簒奪の事実をおもうとき、W氏はときに眠れなくなる夜もあるという。私はおもった。W氏がこのことをいきどおって懊悩《おうのう》する夜をもつかぎり、すくなくともその瞬間だけでも、第二次出雲王朝はおろか、第一次王朝でさえも、この地上に厳として存在する。この論理は、われわれ俗間の天孫族(?)には通用しなくても、出雲ならば日常茶飯で通用することだろう。ふしぎな国である、まったく。

(「中央公論」一九六一年三月)

倉敷・生きている民芸

この町内で、

「ご隠居さま」

といえば、河原宇兵衛さんのことをいうらしい。河原屋は、維新前から倉敷の前神川《まえがみがわ》べりで砂糖問屋を手びろくやっていた家である。宇兵衛ご隠居の代で大東亜戦争がおわり、農地解放がおこなわれ、先祖代々大地主でもあったご隠居は、蔵づくりの家屋敷を手ばなさなければならなかった。

建坪だけで三百六十坪はあり、玄関の上を這《は》っている大きな梁《はり》一本で、小さな借家なら一軒は建つというような家だった。ご隠居は、わが子のように可愛《かわい》がっていた町内の娘をよび、

「あんたなら、売ってあげる」

といった。娘はそのころすでに、やはり同町内の前神川べりの料理屋に嫁入りしてい

て、できれば料理屋などの浮わついた稼業《かぎょう》より、小ぎれいな宿屋をやりたい、といっていたのをご隠居はおぼえていてくれたのである。

「この家で、宿屋をやりなさい。宿屋なら現状をこわすまい。石一つ動かさぬという約束なら、法外に安い値で売ってあげる」

娘は、いまこの宿の家刀自《いえとじ》である。私が泊った夜、彼女はそんな屋敷物語をしてくれた。

ご隠居は、さらに念を入れた。「わしはこの家に生まれて、一生大事に使ってきた。もし妙に今様に模様がえされると、皮膚をはぎとられるよりもつらい」

最後に重大なことをいった。

「庭にタンポポなどの雑草がはえている。あれらも、わしの子供のときから生えていたものだから、抜かないでおくれ」

だから、宿の庭にはタンポポも生えている。倉敷とは、そんなところだ。

町の古めかしさを誇り、屋敷の柱のアメ色にまでなった年代のつやをひそかに楽しみ、軒灯も、明治風のガス灯を断固として蛍光灯につけかえず、そういった頑固人が、何人も町を歩いている。

歩いているといえば、屋敷を宿屋さんに売った宇兵衛ご隠居は、隠宅から寺まいりに

かよう途中、わざわざまわり道して前神川の掘割にかかる石の太鼓橋を渡り、売った屋敷の前をゆっくり歩いて、

（ははあ、改造しとりゃせんな）

とひそかに監視していたという。この宇兵衛さんは、先年、この世から去った。

話が前後するが、私が倉敷の町に入ったのは、台風がすぎた午後だった。「台風がすぎた夜は、倉敷では星がきれいなのです」と同行のI氏が小さな声でいい、「前もそうでした」とひとりうなずいた。

私どもは、夜、町に入った。私は実のところ、この町に偏見をもっていた。民芸の町、ということについてである。柳宗悦《やなぎむねよし》氏の民芸の発見とその運動については、千利休以来、日本人が考えついた独創的な美の体系だと思っているが、しかし民芸という言葉はよごれている。民芸喫茶、民芸酒場、民芸旅館といった安手な文化意識が、東京や大阪の水商売人のあいだで多少はやっている。ホンモノかニセモノかを見わける目など私にはないが、なんというか、被害意識のようなものが、多少あった。

倉敷の倉敷ぶりを食わずぎらいでいた私は、この旅行をさほど期待してはいなかった。イモを食って栗《くり》の味を想像し、栗なら食わなくてもわかる、といった心境である。

出発にさきだって、私はさらに旅心をかきたてようとした。なんといっても、倉敷は備中《びっちゅう》の名邑《めいゆう》なのである。名邑、名邑、この呼称にあたいする町が、いまの日本列島にい

くつあるか、お前はそれでも行きたくないかと自分にけしかけた。

台風の直後だったから、汽車が一部不通でそのために私は車で出た。五時間目に私は車を降り、宿に入った。

それが、右の宿である。この町を世間に印象づけている例の土蔵造りで、土間に入ると、真白な壁、幾何学的な柱の構成、その黒、そしてワラ製の円座（ざぶとん）、「川」のみを考えた厚材の涼み台、頭上にのしかかってくるふとい梁。

（はたせるかな、民芸調）

と思ううちに、二階の一室に通された。ここも塗りごめの白い部屋で頭上に梁が露出し、ひどく天井がひくい。出されるタバコ盆、湯呑《ゆの》みなども、ずしりと持ち重りのする民芸調である。

「ずいぶん、苦心の建築ですね」

と、私は、きのうきょう、民芸旅行に甘ったれて仕立てられた大道具、小道具だと思いこみ、それはそれなりに感心した。

「冗談じゃない」

と宿の倉敷人たちは、思ったのであろう。なぜならば話をきいてみると、右のご隠居さまである。私がすわっている部屋は、ご隠居さま遺愛の九十年は経《た》っている蔵屋敷であり、やがて私が寝かされる寝室は、百六十年経った米蔵の二階なのであった。調ではない。

「そのへんのお道具も、わたくしの里の父が使っていたものが多うございます」

と、美しい宿の刀自がいった。おかみ、といいたいのだが、このひとまで一種蒼古《そうこ》たる人柄の艶《つや》をおびているため、刀自というすでにほろんだ、しかし手ざわりのたしかな日本語を使うしか仕方ないのである。

「町で、このひとこそ倉敷人である、とおかみさんが思っておられる方は、どなたとどなたでしょう」

「さあ、まず、はしまやの与平様でございましょうか、それに……」

とおかみは、軽みのある備中なまりのおだやかな抑揚で、何人かの人をあげてくれた。

翌朝、私は与平老人のお宅をめざして宿を出た。柳と白壁の、まるで芝居の書割のような、そこを歩くのが面映《おもは》ゆいほどに美しい町を、私は歩かねばならなかった。

自然、私は急ぎ足になった。平素がさつな町に住んでいるいわば泥水ぐらしの人間が、これほどみごとな秩序の一角に立たせられると、どう歩いていいのか、足がからむような照れくささを覚えるのである。

むかし、この前神川の近くに倉敷代官所があった。この付近から四国の讃岐《さぬき》にかけての天領（幕府領）を支配していた代官の所在地で、大名領式でいえば倉敷は二十万石以上の城下町に相当するのではないか。

　将軍家の領地の各地から米が陸路や水路で運ばれてきて、それらをおさめるためにおびただしい数の倉が建った。

　自然、富裕な町人も集まる。それらは在郷では地主をかね、多数の小作人を率い、その形のままで終戦までつづいた。

（わしらは天領の町じゃけんな）

という一格高い意識が、いまだに倉敷人のなかにある。とくに、おなじ県下の備前岡山の町と対比するばあいに濃厚に出る。岡山の殿様は備前三十万石の池田家で、日本有数の大大名だが、しかし倉敷人はおどろかず、将軍家直隷《ちょくれい》ということでけじめをつけるのである。

　倉敷人の性格はなにか、とこの土地できくと、三人に一人は、

「天領根性」

と、誇らかに答えてくれる。天領はすでに百年前にほろびたが、しかし町の誇りは失《う》せていない。岡山市との合併問題がおこったときも、あんな町と一緒にされてたまるか、ということで、ついにみのらなかった。

　それほど、自負心のつよい町である。その自負心の根拠は、いまでもこの町の美しさにかかっており、その美しさを守ろうとする意識は、たとえば冒頭のご隠居の執念とな

ってあらわれ、ついでいま訪ねるはしまや与平氏の倉敷ぶりの暮しにあらわれている。

戸籍名は、楠戸与平氏である。この町の第一等の呉服屋であるが、玄関に「いまだに俗をまぬがれず」という木製のみごとな扁額《へんがく》をかかげておられる。「おれにはまだ商売っ気はあるぞ」というほどの意味である。そのくせ、軒には紺ののれんをかけ、店の間は江戸時代そのままのかっこうを崩さず、帳場は芝居に出てくるあのとおりである。

「これが一番、美しい」

と楠戸与平老人はいうのである。若いころ山を越えて彫刻をならいにゆき、そのために越山と号し、また製陶を楽しみ、邸内に楽焼がまをもっておられる。

「ただ、外国人がときどきくるので、土蔵の中を洋風応接室にかえた」

といわれる。その土蔵をみせてもらうと、応接室は洋風どころか、楠戸老人が設計した倉敷ぶりの独自なものであった。そこに扇風機がある。五十年前の古格をおびた形式である。帳場の柱には時計がかかっている。振り子時計である。

ご子息が私をつかまえて、

「写真をとってあげます」

といって機械を構えられた。なんと世界的にもはや骨董品《こっとうひん》になったイコンタの6×9判というドイツ製の機械であった。新モノを追う浮薄さが、一家そろっておきらいなところ、やはりみごとな倉敷ぶりといってよかった。

人口十二、三万のこんな小さな町に、天文台、考古館、歴史館、民芸館があり、この町を有名にしている大原美術館には、本館の西洋美術館のほかに、新館には日本人の作品をならべ、ほかに陶芸館、版画館がある。

「年に、何人きます」

と館長の藤田さんにきくと、「はい、三十万人です」ということだった。

日に、ざっと千人である。東京のブリヂストン美術館がかろうじてこれに次ぐが、その所在地が備中倉敷にあるという足場のわるさから考えると、日本で群をぬいて人気のある美術館といえるのではないか。来る客は、岡山、広島、兵庫、大阪、京都、東京からのひとが多い。

「外国人も多いです」

なるほど、構内のあちこちに日本人ではない人たちが歩いていた。かれらは、陳列品を見る興味もさることながら、これらを陳列している各館の建物のほうをより気に入っている様子だった。何棟かあるすべてが、黒い瓦《かわら》に白い壁、それに貼《は》り瓦でもって実用的装飾をほどこした古い倉敷ふうの米蔵だからである。その異様な美しさは、われわれ日本人にさえ十分に異国的であったし、同時に目のさめるほど斬新《ざんしん》でもあった。

「えらいものですな」

といって、私はだまった。民芸とはエグイもの、アクのつよいもの、という先入主を、この構内に立っているかぎり捨てざるをえなかった（私はここで、民芸という言葉を定義もきめずにつかっている不用意さにやっと気づいた。私がいう民芸の内容は、なにもむずかしい美術論を必要とするそれではなく、世上でいう民芸酒場式な民芸である）。

美術館を出て、横の喫茶店に入った。中年の婦人が経営していた。

飲み物を注文してから、ふとこの喫茶店の屋号が、「エル・グレコ」ということに気づいた。それを知って、なんとなく、倉敷じゅうがすべて美の探究者であり、行者《ぎょうじゃ》でさえあるような気がしてきた。この町が所有している西洋絵画のなかでのスターはなんといってもエル・グレコの「受胎告知」であり、そのクレタ島うまれのギリシャ人の名を喫茶店までが屋号にしているのである。

最後に民芸館に行った。

民芸館の館長の外村さんは、手織木綿の着物にモンペという姿で、ハタオリ機の前にすわり、梭《ひ》を飛ばして織物を織っていた。若い参観者たちが、この威勢のいい老人の手の動きをのぞきこんでいる。

――動く博物館とはここだけじゃ。

というのが、外村館長の自慢であった。手足を動かしながら、見学者たちに民芸理論を教えていた。

「おわかりか。私のいうことがわかったらもう爪《つめ》をのばしてテレビなんぞは見ておらずに、せめて編みものでもすることだ」

と、説明というよりはなかなか激越な説教調であった。ついこのあいだも外村先生がこうしてハタを織っていると、中学生ぐらいの坊やをつれた母親が、「ね、よくみなさい。坊やも勉強しないとあのおじさんみたいにハタオリになってしまいますよ」と大まじめで説教していたという。

「説教もいろいろあるもんじゃ」

と、このいまや日本における最古参の民芸運動家は、倉敷の天を仰いで浩歎《こうたん》した。

その夜、私は、百数十年たったという土蔵の二階で寝た。民芸風寝室である。これが土蔵か、あらためて疑わしくなるほど、美しい部屋だった。が、寝ていてつくづく、私は現代以外にはとうてい住めっこなさそうな人間に思えてきた。私は、私の部屋なら、私の窓も私の机も私のひき出しも私の冷暖房器も、すべてが私のための奴隷《どれい》になってくれている。それらの道具どもはどれも民芸にくらべてはるかに軽薄であり美しくもないが、しかし奴隷としての機能性のみをもっており、役に立たねば古代王が奴隷を斬《き》りすてたように捨てることができる。

しかし、あの梁は。

と、天井を見あげたことである。巨大な重量感とそれにともなう美しさをもって私を見おろしているが、便利な奴隷にはなってくれない。梁はむしろ、王である。私の上にのしかかり、おもおもしく君臨し、威圧さえしている。

この梁にむかって、奴隷とまではゆかなくても、せめて（おれと仲よくしてくれ）と声を張りあげてたのむには、よほどの民芸的勇猛心か、よほど強烈な倉敷的美意識が要るであろう。

（おれはやはり俗物らしい）

われながらおかしくなった。

とまれ、倉敷という町は、日本の他の町とはひどく違っている。平素思いもよらぬ意識をいろいろとよびさましてくれるようである。

（「週刊朝日」一九六四年十月）

# お種さん

ときどき女房が、思いだしたように、

「お種さんは、どうしているかしら」

という。

「掃除してるやろ」

「気ぜわしそうにね」

「口のなかに、アメダマでもほうりこんで、大正時代のハタキを使って、紙障子をドラムのようにたたきながら唄《うた》でも歌うとるやろ」

お種さん。

去年の初夏、山口県萩《はぎ》市へ行ったとき、二日とまった宿のお係りさんである。

年のころは四十七、八だろう。古い城下町の人らしく、ことさらに老《ふ》けづくりしているから、五十を越したほどにもみえる。

それっきりの縁だが、人間の触れあいというのはおかしなもので、家内などは、親類が一軒できたような思いで、ときどき、お種さんを思いだすのである。

萩を発《た》つときに、

「お種さん、大阪へ遊びにいらっしゃい」

と家内が本気でいうと、

「めっそうもない」

本気で、ことわった。

きいてみると、お種さんは、この武家屋敷の町にうまれて土地の女学校を出、卒業したその日に、この旅館の一人がやってきて、

「お種さん、一週間だけ手を貸してくれないか。電話の交換台を作ったんだが、人手がない。なに、一週間だけだ」

といった。お種さんは、じつはお稽古事《けいこごと》にいそがしかったのだが、一週間ぐらいなら、と思って、手伝ってあげた。

ところが、十日たっても、二十日たっても旅館の主人は、帰してくれない。

——それでついつい三十年、経《た》ってしまったのでございますよ。

とお種さんは、自分を、ころころと可笑《おか》しがりながら折り目ただしい武家ことばでいう。

旅館で、お客の世話をしてあげたり、オニギリの好きなお客には、自分でわざわざ握ってあげたり、朝、勇みに勇んでお掃除をしたり、そんなことが、性《しょう》にあっていて、こんなに楽しく毎日を送れるのだから、あたくしはウマイ一生を送っている、と、ちょっと自慢そうにいうのだ。

せまい萩の城下では、お種さん、といえば若い人も、年寄りも、一目《いちもく》おいて、ときどき身の上相談にやってくる娘などもあるらしい。

そのくせお種さんは、おそろしく世間知らずで、三十年間、萩から一歩も出たことがなく、萩どころか、旅館から、ついそばの本通りまでも出たことがない。

――こわいのでゴゼますよ。

なにがこわいのか、わけは、単純なものらしい。お種さん自身もわからないが、要するに、古い時代のちゃんとした家庭の婦人によくあった出嫌いというあれだろう。

だから、大阪へあそびにいらっしゃい、と家内がいうと、

――とんでもございません、奥様。

と、なるのである。

お種さんをみていると、叡山《えいざん》をひらいて天台宗を創始した伝教大師《でんぎょうだいし》の、いかにもその篤実《とくじつ》な性格を偲《しの》ばせる言葉を、私は思いだす。

――一隅を照らす人こそ、国の宝だ。

そんな人は、どこの町にもいる。
たまたま萩でお種さんに会ったのだが、ことしでも、お種さんを見るだけで、もう一度萩へ行ってみたいと思っている。

（「婦人生活」一九六三年二月）

# 宇和島人について

去年、伊予境いになる土佐の檮原《ゆすはら》で一泊した。お釜《かま》の底にいるような地形で、町の風《ふう》に古格なにおいがあり、もう一度来たいという思いがしきりにした。

檮原は、平安期に伊予からきた人達がひらいた山間の水田地帯である。土地のひとは伊予に接しているというのが誇りで、暮らしの固有文化も、土佐一般より高い、という意識を共有していた。古代の伊予人の末裔《まつえい》というだけでなく、ごく近い過去においても、たいていの家系に伊予人の血が入っている。

が、それにしても山中の小盆地に家々が詰まっていて、宿のどの窓をあけても、他家の壁や屋根瓦《がわら》が目の前にあって、息ぐるしさがなかったとはいえない。県庁のある高知市までは遠い。が、松山市までは車でわずか二時間で、町長さんも、大阪や東京に出張するときは、松山空港へ出るという。

町にタクシーというのは五、六台のようで、そのうちの一台を終日借りて、旧藩時代の関所跡などをまわった。翌日、その運転手さんが、私どもを樽原の目抜き通りの宿に送りこんだあと、客があって宇和島へ行ったという。たしか婚礼の道具を買いにゆく客だったそうである。

「あれから宇和島まで？」

私がおどろくと、運転手さんはべつに何でもありませんよ、宇和島まで一時間ですから、といった。

それをきいたとき、西方の宇和島が、まぶたの中で無数の灯《ひ》の海として感じられた。大げさにいえばそこに大文明があるという感じだった。

私は宇和島には何度もきた。いつきても、宇和島というのは、いかにも幸福そうな町に感じられるのである。

オカネというのは、大湾の湾岸流のように全国を環流している。それをひきいれるには、宇和島という入江は小さく、地理的にも環流の流路からわずかに離れ気味ではある。環流する潮を吸い入れる企業の数がすくなく、従って分配も多いといえない。

しかし、文化がある。

紀元前から伊予に集積された文化は、旧藩時代、たぐいまれなほどに密度を濃くした。

この無形の文化を自然に身につけることによって、この町のひとびとは、人と人との調和の能力をもっている。

「もっと非協調的なトゲのある人間がほしい」

というのは、大人たちの贅沢《ぜいたく》な願望である。トゲは、天才や、格別な志士仁人《ししじんじん》が所有してこそ意味がある。山家清兵衛《やんべせいべえ》や、二宮敬作《にのみやけいさく》、村田蔵六《むらたぞうろく》、伊達宗城《だてむねなり》、提灯屋嘉助《ちょうちんやかすけ》、土《ど》居《い》通夫《みちお》、児島惟謙《こじまこれかた》、末広鉄腸《すえひろてっちょう》、中野逍遥《なかのしょうよう》、芝不器男《しばふきお》といったこの地（および周辺）の所縁のひとびとは、その志や才能のために当然ながら不協調なところがあった。叡山《えいざん》という中世の巨大な大学をひらいた最澄《さいちょう》に「一隅ヲ照ラス、コレ国宝」ということばがあるが、世間の一隅にあって不断の灯火を絶やさずにいるひとびとにとっては、トゲをたえず出している必要がない。

　宇和島の文化は、きわだった協調性にある。

激情は中世人に共通した人格表現だとすれば、近代の特性は協調にあるだろう。近代をひとことでいえば、ビジネスという、世界をおおっている無形の有機体をもつ時代ということだが、この地上で、大小多様なビジネスがスムーズに運営されるためには、ひとりひとりが有能で協調的な近代人であらねばならない。

　私など、宇和島といえば、そういうことを感じてしまう。伊予境いの土佐の山中にある檮原町から西方の宇和島をおもったときのイメージは、旧藩時代からつちかわれたそういう文化がゆたかに降り積もっているという感じだった（むろん檮原には檮原のよさがある）。

ただそれだけの能力をもつ宇和島に、その能力を大いに提供できる企業の数が多くないというのは残念で、世間の宇和島認識の貧しさとしてなげかざるをえない。

にわかに個人レベルのはなしになるが、去年、私は一人の尊敬すべき宇和島人を、その死によってうしなった。

浜田美登氏のことである。

御代《みよ》ノ川《かわ》のうまれで、ほぼ半生を蚕の種紙《たねがみ》の会社の宇和島支店でおくった。在職中、社用のため南予はおろか、西土佐の村という村を歩き、養蚕《ようさん》農家から、その人柄と技術知識によって頼りにされていた。

私は浜田さんに会うたびに、

(このひとは県の養蚕関係の技術職員よりはるかに能力が高いのではないか)

と思ったりしたが、そのほか、民俗学的な知識もあり、さらには孟宗竹《もうそうちく》や真竹《まだけ》その他の竹類についての植物学的な知識もすぐれていた。なによりも、人と自然を愛した。

浜田氏は、大正初年うまれの多くのひとたちがそうであるように、言うほどの学歴はない。しかし、真の教養人という感じがした。その上、みずからを誇るところがすこしもなく、つねにめだたぬようにふるまっておられた。いまここでこう書いても、この人の名を知るひとは、家族や親族のほかに、仕事で縁をもったひとたちだけではあるまいか。

私は檮原の山野を歩いているとき、

（浜田さんはきっとここまできていたろう）

と、しきりに思った。氏は私のなかにある典型的宇和島人のひとりで、そのなかでも典型としてはひときわ丈高《たけたか》かった。浜田さんが、無名に徹したというあたりも、宇和島人らしい。現代という社会は、このような宇和島型のひとたちで支えられていることを、つねに恩として感ずるのである。


（「夕刊うわじま」一九八六年一月）

# 土佐の女と酒

大阪から高知へ、つまり大阪湾と四国山脈の上空を、YS11機が、毎日何便も忙《せわ》しなげに往来している。

この日、午後の便に乗った。満席だった。乗客の半数が土佐人であることは、独特の面差《おもざ》しでわかる。長年、土佐へ行きつづけているからわかるようになったのだが、しかしそれほど経験を積まなくてもわかる。土佐の顔は大別すれば二種類しかない、という説さえあるほどなのである。

「先日は、私、幡多《はた》郡……」

と、写真のS君がベルトを締めながらいった。

それだけで、私は意味がわかった。この欄で、長部《おさべ》日出雄氏がS君と同行してはるばる土佐国幡多郡へ美人をさがしに行ったという文章を書いていた。ところがその文章によると、美人の産地であるはずの幡多郡で一人の美人にもぶつからなかったそうで、美る。人の写真をとるべく義務づけられているS君は立往生してしまった、という話なのである。

——美人はいませんか。

と、郡内くまなく探してあるく長部日出雄氏の悲痛な姿が目にうかぶようで、読んでいて、まことに痛ましい思いがした。長部氏は郡内のゆくさきざきで、「お雪さんなんぞは、美人ですがネヤ」という話をきかされたという。たしかに幡多郡のひとびとにとってお雪さんは夢のような美人で、私もよくきかされた。しかし残念なことにお雪さんは四百年も前の人で、こんにち只今《ただいま》の写真の用には立たないのである。

「しかし、幡多郡には美人がいるはずですが」

と、私は高知県を弁護するつもりで、S君にいった。

S君は不信の眼差《まなざ》しで私を見つめて、唾《つば》を一つのんでから、幡多郡へいらっしたことがありますか、と反問した。

「あります」

私は、たしか二度行った。

「美人に会いましたか」

「いや」

私もそうなると、実例が思い出せない。あやうく「お雪さんなんぞは、美人ですがネヤ」とのどまで出かけて、のみこんだ。

その夕、高知市内の小さな料理屋である「たまて」で食事をした。旧知のT氏と一緒だった。T氏はきっすいの土佐人で、二十年来、電気工事の請負業をやっている。席上、幡多郡の話が出たとき、T氏は真顔になって、

「そら、おかしいですがネヤ。幡多郡は美人が多いですろう」

と、いった。幡多郡は美人郷だという信仰は、かくのごとく牢固《ろうこ》たるものなのである。幡多郡は高知市からは足摺岬《あしずりみさき》の方向で、全郡が山と谷である。最近、中村市まで鉄道がついたり、道路が舗装されたりしてずいぶん便利になったが、ほんの数年前までは陸の孤島といってよかった。戦前は、県庁から出張する役人は自転車旅行でゆく。行って帰るだけの簡単な出張でも一週間は見ておかねばならない。

それに、昭和になってからでも幡多郡は上古の性風俗を残し、県庁からはるばるやってきたお役人は、すべて「貴種」のあつかいをうけた。貴種のおたねを頂くという風があって、お役人を泊めた家では、娘さんがお伽《とぎ》に出るのである。私の知人で、むかし県庁にいた老人など、厳粛な顔でこの話をしてくれた。この老人だけでなく、おおぜいのかつての県庁役人が体験したことだから、本当にちがいない。

その老人はいった。

「土佐の女はがさつですがの。幡多の婦人ばァ、ちがいますら」

情緒纏綿《てんめん》としていて、まことに優しく、伝説のお雪さんを見るようだ、とその老人の元県庁役人は話してくれた。

きわめて残念なことだが、土佐においては幾多の例外はありつつも、美人はすくない。が、幡多郡だけはちがう。戦国時代に京の公卿の一条氏が流離して幡多郡中村に住みついたということもあって、幡多郡ばかりは美人の里であり、あくまでも武陵桃源の地であるというのが、高知市内に住む土佐の男どものロマンティシズムなのである。

「なるほど、あれはロマンですか」

S君は、「たまて」の楼上で、天丼《てんどん》を食べながらうなずいた。この店は辛口の酒を飲んで魚料理を食うための家なのだが、どういうわけか、注文によって天丼も出る。酒を飲んだあとの天丼の味は一入《ひとしお》だと仲居さんがいうので、S君が取り寄せた。酒徒である編集部のKさんも、美貌《びぼう》には不釣合いながら、丼鉢《どんぶりばち》をかかえている。私もまねをした。大きなエビの天プラが三つもめしの上に載っていて、大した現実であった。酒楼でさんざん酒を飲んだあと天丼を食って、幡多郡美人郷説というまことに空の空なる世界を楽しむというのが、土佐ぶりの一つというものであろう。

これまた幡多郡にまつわるあえかな話だが、私は昨年の秋にその郡の中村まで出かけたとき、公民館の座敷で、土地のうどんを食った。

五百年ほど前までは、日本のどの村でも若者が夜、娘のいる家に忍んでゆくのがふつうだったが、幡多郡では昭和のはじめまで残っていた。そんな話を、その場にいた老人や老女が話してくれた。

「私なんかは」

と、旧知の老女が、そういってあとは上体を反《そ》りかえらせて笑ったが、ずいぶんもてたものだ、という意味を、笑いで表現しているのである。娘があってもそういう若者がやって来ない家の母親は、そのことを本気で苦にしたものだそうだ。それとは逆に若者が殺到する家もあったわけで、反っくりかえって笑った老女などは、多分、娘時分のゆたかな思い出が、老後になって乾いたユーモアになっているにちがいない。

貴種も、ときに流離する。

その中村の公民館で会った教育行政のお役人は私とほぼ同年で、「お町」の出身なのである。高知県の郡部では、高知の旧城下のことをいまでも「お町」という。かれは若いころ幡多郡の先生として赴任して、すぐ高知市に帰るつもりだったが、幡多の娘の情の濃《こま》やかさにひかれて土着してしまった。もう高知市内に帰る気がしません、という。

幡多に美人が多いという高知市内での伝説は、右のようにして出来たのであろう。その伝説が、何かの拍子で東京に伝わり、津軽うまれの長部日出雄氏の耳に入って、はるばる出掛けるはめになったのかと思われる。

土佐の美人は、過去のひとに多い。

幕末、高知の西郊の井口《いぐち》という丘陵のふもとの村に屋敷のあった平井収二郎というのは号を隈山《わいざん》といい、武市半平太《たけちはんぺいた》とならんで土佐勤王党の領袖《りょうしゅう》だった人で、京都で奔走し、やがて藩の勤王派弾圧のために切腹させられた。その妹を、加尾《かお》といった。

加尾は、伝承ではよほどの美人だったらしい。

「平井の加尾さんは雀斑《ヨミアザ》がおありじゃったが、小柄なベッピンじゃったげな」

と、十五、六年前、土佐の故老にきいたことがある。

勝気で才気もあったらしく、兄の収二郎が見込んで藩庁に交渉し、京の公卿の三条家に奉公にあがらせた。三条家では女隠居の信受院が、土佐山内家から嫁《き》ている。このため、信受院付きの女中は土佐藩士の娘から選ばれることになっていた。

三条家における加尾は、諸藩の勤王志士からよく知られていた。土州の勤王家で、江戸から京へのぼったりする者で、途中路銀が尽き、衣服も売りはらって乞食《こじき》同然のかっこうで京にたどりついたりすることもあったらしく、そういう者が加尾を頼って三条家に来ると、加尾は衣服を買ってやったり、当座の生活費をあたえたりしていたという。

坂本竜馬の家は、城下の本丁筋《ほんちようすじ》一丁目にある。かれは文久元年八月に土佐勤王党が結成される前から、年上の武市半平太や平井収二郎と親しく、たえずそのどちらかへ遊びに行っていた。そのころは、加尾はまだ実家にいた。

竜馬が最初に好きになった女性は、この加尾だったように思える。

以前、私は『竜馬がゆく』という長篇を書くについて、できるだけ事実に即したいと思い、この加尾のことも調べてみた。

しかし平井家は収二郎の切腹後、子もないために絶えてしまっているようで、菩提寺《ぼだいじ》さえわからず、まして兄に死なれて孤《ひと》りになった加尾のその後のことがほとんどわからない。明治後、加尾は高知に帰り、西山という家に嫁《か》した。その後のことが、まったくわからず、結局、彼女を架空の人物にした。竜馬の家は、家老福岡家の預り郷士《ごうし》ということになっていて、竜馬は少年のころから福岡家へよく遊びに行った。ぬっと遊びに行って、庭で大声を出して福岡家の娘たちを驚かしたという話もきいていたから、加尾を福岡家の娘にした。名前も田鶴《たず》と変えた。

しかし事歴は、加尾のそれを借用した。『坂本竜馬関係文書』というのが、大正時代の編纂《へんさん》でのこっている。そのなかに、竜馬が平井加尾にあてた恋文が収録されている。異様な内容である。

先づ々々、御無事とぞんじ上げ候《さうらふ》。
一、高マチ袴《ばかま》
一、ブツサキ羽織

一、宗十郎頭巾《づきん》
外《ほか》に細き大小一腰、御用意あり度《たく》存じ上げ候。
九月十三日
坂本竜馬
平井かほどの

この手紙の前後の事情は、よくわからない。

男装せよ、ということであろう。

高マチ袴にブッサキ羽織というのは、当時、奔走家のあいだで流行した行装で、それに宗十郎頭巾を用意せよという。宗十郎頭巾は上方《かみがた》の武士のあいだではやった黒ちりめんの頭巾で、頭巾に長い垂れが四つ垂れている。その垂れで頬《ほお》もあごも包んでしまって目だけを出しているから、他からみれば男女が識別しにくい。それに大小一腰である。細身といっているから、あきらかに加尾のためのものである。

この手紙は『坂本竜馬関係文書』の編者が文久三年のものだとした。しかし高知の歴史家平尾道雄氏の考証で、文久元年のものとされた。

文久元年とすれば、前年の万延《まんえん》元年三月三日、幕府権力の大元締だった井伊直弼《なおすけ》が桜田門外で暗殺され、諸藩の勤王家が息を吹きかえして大いに躍動した年で、当時江戸にいた武市半平太も、土佐勤王党を組織すべく九月二十五日に高知へ帰った。この手紙の日付の九月十三日には、武市はまだ高知に帰っていない。つまり竜馬はまだ組織に属していないのである。竜馬はひとり考え、ひとり昂揚《こうよう》しているという状態で、そのなかにあってひそかに脱藩して京へのぼろうと考えたのであろう。ところが京での知るべは、三条家の平井加尾ぐらいしか思い出せないのである。

（いっそ、加尾と手に手をとって奔走してみようか）

と、竜馬の思案は飛躍したのにちがいない。それには、加尾を男装させるにかぎる。ケッタイな男である。この思案なら恋愛と奔走という二つの目的が二枚貝の貝殻をあわせるように、いっぺんに叶《かな》うことになる。

しかし、当の加尾の心は、竜馬に対してどうだったのだろう。この手紙はブッキラ棒なだけに、以前に加尾と竜馬のあいだに愛情関係があったようにも想像できるが、しかしそうは常識どおりに推量できないかもしれない。竜馬は元来が非常識なところがある。こんな変な手紙をポンと京都へ送っておいて加尾の反応を見ようとしたようにも思えるし、どうもそれが本音かもしれない。

土佐は、武士がしかつめらしく生きていたはずの封建時代でも、他の藩より性的風俗がわりあい明るくて開放されたようなところがあった。

高知県は、漁村などでは昭和のはじめまで嫁担《よめかた》ぎ（略奪結婚）の風《ふう》が一部遺《のこ》っていたらしい。そういう、いかにも南方的な土俗が城下の風にも照り映えて、江戸期でも、郷士階級などでは、ずいぶん概念的な意味での江戸期の色彩とちがっている。娘のある家には、若侍が群れをなして遊びにきたということがあったらしいし、土佐のことを調べている頃、そういうことを知って、目をこすって自分の概念を修正しなければならなかった。

竜馬には、こんな話もある。

かれが、江戸の剣術修行を終えて国に帰り、本丁筋一丁目の家でごろごろしているころだったと思えるが、叔父の家に泊りに行った。どの叔父の家だったか、わからない。ひょっとすると、「下《しも》の才谷屋《さいだに》は娘持ち」と、当時歌でもうたわれた下の才谷屋だったかもしれない。竜馬の坂本家は町郷士ながら、本家は商家の才谷屋であるというふしぎな筋目の家だった。その叔父の家に、三人、従妹《いとこ》がいる。

竜馬が泊りにくるというので、三人の従妹が大いに恐れて互いに相談し合ったという。竜馬にはおそらく、かつての幡多郡の若者式の——つまり娘たちを恐慌《きょうこう》させるほどの——南方的民俗精神もしくは前歴があったのであろう。

ただ、竜馬には、弱点があった。

かれはイエグモがきらいだった。東京には居ないクモで、西日本の暖地に多く、ついでながら筆者もこればかりはかなわない。足をひろげればてのひらほどの大きさがあり、夜になると出てきて、壁などにはりついている。

彼女たちはこれをコヨリで模造し、フスマをあけるとコトンと落ちるようにしておいた。夜が更《ふ》け、彼女たちがふとんをかぶって眠ったふりをしていると、案の定、フスマがそろりと開いた。娘たちが息を殺すうちに、フスマのそとで叫び声があがった。やがて廊下をばたばたと足音が逃げて行った。この話は、坂本家のゆかりの人が、私に話してくれた。

そんなふうだから、京都の加尾へ、にわかな思いつきでこんな手紙を出したのかもしれない。

加尾が、竜馬をさほど深刻な対象として想《おも》っていなかった証拠に、このことを、まだ国許《もと》にいた兄の平井収二郎に報《しら》せてしまっているのである。もっとも、

「どうしたものでしょうか」

というふうの手紙だったのであろう。

加尾の手紙は残っていないが、平井収二郎が京の妹へ出した手紙のほうは残っている。翌年、高知の城外が花見でにぎわっているときに、竜馬は脱藩した。文久二年三月二十四日である。平井収二郎はやや狼狽《ろうばい》の体《てい》で、

「坂本竜馬、昨二十四日の夜亡命、定めて其地（京都）へ参り申すべく」

と、妹に手紙を書いている。

「……たとひ竜馬よりいかなる事を相談いたし候とも決して承知すべからず」

つづいて、収二郎は、

「もとより竜馬は人物なれども、書物を読まぬゆゑ、時として間違ひしことも御座候へば、よくよく御心得あるべく」

と、妹を入念に諭《さと》している。

収二郎がいうように竜馬はあまり書物を読まなかった。収二郎のいう書物とはとくに儒教的な倫理書を指すのであろう。この時代、人間の行動の規範に倫理的な型があり、みなその型に沿って自他を律している。しかし、竜馬がそのほうの学問をあまりやらなかったために何を仕出かすかわからない、だから奴《やつ》のいうことには乗るなよ、と兄があわてて妹に書き送っている。

もっとも、脱藩した竜馬は京にはゆかず、長州の下関へゆき、あと九州に入っている。転々として大坂にあらわれ、京都に入ったが、加尾に会ったのかどうか、よくわからない。京にわずかの期間いて、あとは江戸へくだってしまった。高マチ袴、宗十郎頭巾の恋文のあと始末をどうしたのか、その足跡からみれば、どうやらそれっきりだったみたいである。

さて、「たまて」の楼上に話をもどす。

土佐の酒も何種類かあるが、一般におこなわれている地酒は辛口でさらりとしている。コハク色というあの色も土佐人の好みに適《あ》わないために脱《ぬ》かれていて、ビールのグラスに満たすと、ショウチュウのように透明である。熱く燗《かん》をしても日本酒特有のにおいが鼻に来ず、指を濡《ぬ》らしてもべとつかず、翌日頭に残ることもない。

「仲居さん募集」

などと、飲み屋街を歩くと、店さきにそんな紙がぶらさがっているが、ときに、

「ただし五合以上飲める人」

などという条件がついていたりする。土佐は女でも大したものだと思うが、しかしこの酒なら、私のように素人《しろうと》酒でも五合ぐらいは楽に飲めるようである。

編集部のKさんは、酒の玄人《くろうと》である。飲みながら十数種類の料理を片づけ、途中、天丼の飛び入りを平らげたあと、どろめを箸《はし》でつついている。どろめというのは浦戸湾でとれる白魚を生きたまま酢醤油《すじょうゆ》で浸《つ》けたもので、どろめの季節になると高知県一般の酒の消費量があがるといわれるほどによろこばれる。

土佐人であるTさんは無口で、背をまるめて飲んでいるが、だまっていても全体にユーモアが漂っている人で、天気のあいさつをしてもどこか剽気《ひょうげ》ていて、こちらが吹き出すことがある。この日は、朝から据えつけの仕事をして昼をぬいたせいか、よくまわる

らしい。

Tさんは年来、土佐についての私の指南役のひとりになってくれているが、このひとの主食は酒である。三年ばかり前、糖尿になってとうとうかまちにも足があがらないくらい重症になった。その後、糖尿にはウイスキーがいい(?)という話をきいてそれに切りかえると、ろくに薬も服《の》まないでほぼなおってしまった。うそのような話だが、ちかごろ血色がよい。

この日、T氏の夫人にも同席してもらった。彼女は土佐女性にはめずらしく地味で諸事控えめで、さらに重要なことは、ご当人はそうは思っていないらしいが、美人なのである。

話が、たまたま、こんどの旅行の目的になった。

「べつにないんです」

ひさしぶりに土佐の酒でも飲みたいと思って、と、Tさんの質問にはそう答えたが、ただ平井加尾という女《ひと》の菩提寺がわかれば訪ねてみたい、ともいった。

言ってからT氏の夫人の実家の姓が平井だったことを思いだした。

「たしか、そうでしたね」

「ハイ、平井ですゥ」

土佐の発音はむずかしい。すゥは英語のTHにちかいみたいだし、水というのはミズでなく旧カナ通りミヅで、ＭＩＤＵと発音する。

平井家は、郷士だったそうだ。平井収二郎も郷士で、たしかその上席の白札《しろふだ》という身分をもらっていたはずだが、郷士であることに変りがない。それに、土佐は平井姓がすくないのである。

「屋敷は、どこにありましたか」

ときくと、夫人は、いまは市電通りになっていて、そのあたりの家並みは無くなっています、本丁筋という所です、といった。私はおやおやと思い、何丁目ですか、ときくと、

「一丁目です」

と、いった。つまり坂本竜馬の生家とおなじ町内なのである。そうじゃないでしょうか、ときいてみると、なにぶん曾祖父《そうそふ》の代のことだからよくきいていません、と心許なさそうだった。

「そこが、平井家ですか」

「いいえ、たしか、野崎家といったと思います」

このあたりが、ややこしい。

つまり彼女の曾祖父が本丁筋一丁目の郷士野崎家から出て、平井の姓を継いだというのである。おそらく平井家が絶家になっていたのを、血縁の野崎家の者が継いだという

ことであろうし、当時はそんなことが多かった。

「平井収二郎という人の名前をおききになったことがありますか」

「ところが、いまはじめて――」

といって、彼女は、私の期待外れをおかしそうに笑った。

翌朝、五台山《ごだいさん》に登った。

山上に、四国八十八箇所のひとつ、竹林寺がある。お遍路寺だから、私より前のほうを、お遍路姿の老婆《ろうば》が二人歩いてゆく。登りきれば日が当るのだが、途中、崖《がけ》と木立で日陰になった道があって、道の両側は、土地のひとびとの墓碑がびっしりならんで苔《こけ》むしている。明治以前の墓は、郷士や富商階級のそれが多い。

そのなかに、五台山村の水口なにがしという人の墓があって、亡《な》くなった私の知人の曾祖父の墓であるようだった。この水口家は足軽の家で、ここから浜口雄幸《おさち》が出たときいている。私の知人の水口さんは、酒品のいい人だった。

瘦身《そうしん》で、背をぴんと立て、ひじを高くあげて杯を持つ。飲みだすと、四、五時間はかかった。最後は「点字毎日」の編集長で、ずいぶんめずらしい仕事なのだが、酒間でも仕事の話をめったにせず、黙々と飲み、ひとの話をしずかにきいている。物はいわないが、歯の隙間《すきま》を鳴らす癖があって、よほど機嫌がいいと、しきりに鳴らした。そういう風姿はどうみても土佐浪士という感じで、たとえ横に会社の上役がいても、毛ほどの配慮を払わないあたりは、水際《みずぎわ》立ったものだった。

そういう無口な水口さんから、まとまった話を一つだけ聴いたことがある。彼の亡兄が、船会社だったかに居て、新婚生活を大阪の築港のちかくの小さな社宅で送っていた、というころの話である。話の様子では、昭和七、八年頃のことらしい。

水口さんは中学初年級のころ、兄の社宅へゆき、兄嫁にはじめて会った。

「あんなきれいな人を、いまでも見たことがありません」

と、いうのである。

「どこの人ですか」

「お町のひとです」

さきにもふれたように、五台山村あたりの人は高知の旧城下をお町という。その兄嫁さんは家老の福岡家の出のひとで、和服にたすきをかけて狭い廊下を拭《ふ》き掃除している姿などは少年の目からみて痛々しいほどだったという。

水口少年は、なにかこの兄嫁の力になってやりたかった。社宅のある界わいは、船具屋、鉄工所、船員宿、飲み屋といったものがひしめいているゴミゴミした町で、こういう町に馴《な》れなくてこまっている様子でもあったから、自分に何か出来ることはないか、と言ってみたらしい。

そのとき兄嫁は、

「民世さん」

と、思いあまった人が打ち明けるようにいった。

「どこか、鉄瓶《てつびん》屋さんをご存じありませんか」

これには水口少年はこまったらしい。中学の初年級では鉄瓶屋などどこにあるか知らないし、それに鉄瓶屋というような稼業《かぎよう》が存在するものなのかどうか。

ほどなくこの兄嫁さんは、この大阪の港町で流行したサルモネラ菌の中毒で死んでしまった。このため水口さんにとっては兄嫁は一度見ただけのひとになってしまったし、それに、「どこか鉄瓶屋さんをご存じありませんか」ということばが、彼女の遺言のようになってしまった。

水口さんは私より十ばかり年上で、この話をしてくれたのが五十歳ぐらいのときだった。かれは兄嫁のことを憶《おも》いだすたびに、そうだ、鉄瓶屋をさがしておかねばならない、と古い負債のようにそのことで胸が痛むのだそうである。その水口さんも、新聞社の定年を待たずに死んでしまった。

五台山の墓石の列のあいだを登りながら、そんなことを思いだした。しかしふりかえってみると、この話にもあるように、土佐の美人は、夢のような過去に多く棲《す》んでいるようなのである。長部日出雄氏や写真のS君は、現実に密着しすぎたのではないか。

いっそのこと、こんどの旅は過去を旅することにした。

この日、五台山を降りたあと、本丁筋一丁目に近い高知新聞をたずね、その建物の一隅に部屋をもっておられる辱知《じょくち》の平尾道雄氏を訪ねた。

竜馬の姉の乙女《おとめ》が眠っている墓地にゆきたかったのだが、私は十二、三年前に行ったきりで、場所を忘れてしまった。平尾氏にうかがおうと思ったところ、

「散歩がてらに、ご一緒しましょう」

といってくださった。

かつてプリンストン大学にまねかれて土佐の歴史を講義したことのある氏は、元来なら日本の一地方史にすぎないそのご専門を、普遍的な歴史の場まで持ちこむという作業を半生かかってやって来られた。大変な文献通だが、一面、できるだけ足もつかわれている。しかし、墓地詮索《せんさく》のような趣味的なことまではご関心はない。

途中、平井収二郎の墓地はどこでしょう、ときいてみたが、あれはよくわかりませんですね、と言われた。

乙女たちが眠る坂本家の墓地は、井口にある。

山寄りの一劃《いっかく》で、藩政のころからの小住宅町である。家々の前の溝《みぞ》を流れている水は山水で、いかにも冷たそうで、この一劃のどこかに平井収二郎や加尾が住んでいたであ

ない。

ろう。宅趾はわからない。

ただ平井収二郎はこのあと、城外の久万《くま》に転宅したことになっている。かれの号の隈《わい》山《ざん》は、久万、隈《くま》から来ているはずだから、久万の家のほうが長く住んでいたのかもしれない。

坂本家の墓地は、藪《やぶ》のそばに墓石が散乱していたような記憶があるが、こんど来てみると、きれいに整理されていて、全体にコンクリートが敷かれ、古い墓石群がその上に整頓《せいとん》されていて、見ちがえるようになっていた。平尾氏も藪のあちこちをさがして、やっと探しあてたほどに様子が変っていた。

父八平の墓も、兄権平の墓も、竜馬が可愛《かわい》がっていた兄の娘の春猪《はるい》の子、鶴井《つるい》や兎美の墓もある。乙女の墓もある。

「お栄さんの墓までありますね」

と、おどろいていうと、平尾氏は、ひくい、聞きとれぬほどの小さな声で、たれかが気の毒に思ってあらたに作ったのでしょう、これは最近のものですね、と、あたらしい墓石をながめられた。もっともこれはあとで気づいたことだが、この墓地の整頓はあまり最近でもなく、昭和四十三年、坂本家の縁者の土居晴夫氏らの努力でおこなわれたという記憶がよみがえった。

竜馬には、千鶴、お栄、乙女という姉があった。千鶴は郷士高松氏に嫁いでおだやかな一生を送ったが、次姉も三姉も結婚生活は平穏ではない。

次姉お栄は柴田氏に嫁いだが、竜馬が脱藩した文久二年には、実家の坂本家にもどっていた。竜馬がひそかに脱藩を決意して帯びるべき刀をさがしていたとき、お栄がそれを憐《あわ》れんで、夫からあずかっていた刀を渡したという。

お栄はそのあと、自刃《じじん》した。真の理由は、死者以外にはわからない。世を儚《はかな》んで死んだともおもえるし、夫の家の刀を勝手に竜馬にあたえたことの自責ともとれるし、それよりも前後の事情から考えて、脱藩という藩法による重罪を幇助《ほうじょ》したということで、家に迷惑のかからぬよう自刃した、というほうが、あるいは実際にちかいかもしれない。

竜馬が脱藩した翌日、兄の権平が、坂本家の上司である家老の福岡家に対し、その届けを出している。が、坂本家そのものにはべつだんとがめがなかったように思える。このことは、権平が世馴れた人でもあり、金銭に余裕のある家でもあっただけに、しかるべき手当をしていたからでもあるだろう。しかし、一面、これは想像だが、次姉のお栄が幇助したという噂《うわさ》が立つという困った事態もあったのではないか。もしそうなら、お栄の死はそのことにつながるといえるかもしれない。

坂本家では、お栄を坂本家の墓地に密葬するにあたり、墓碑を建てなかった。そのことは上《かみ》をはばかる理由があったからではないかと思うが、いまとなればよくわからない。

ともかくも、そのお栄の墓碑が、彼女が死んで百年あまり経《た》っていまあらたに建てられているのである。

土佐の女性は、どこか痛烈なところがある。

いまでも高知県は日本でもっとも離婚率の高い県とされているが、日常の土佐弁をきいていてもわかるように、つねに黒白を明快にしようとし、そういう言葉が多く、中間のあいまいさというものを、あまりよろこばないようでもある。

「言うたら、いかんチャ」

というのは「よさこい節」の歌詞だが、

「お前《まん》がいかん」

などとさかんに飲み屋でもやっている。土佐人は一日のうちに平均どれほど、いかんという言葉を使うだろうか。

「お前《まん》はコップで飲まんキニ、いかん」

「お前《まん》は肥《ふと》っちゅうキニ、いかん」

「いかんいかん、お前《まん》はそれがいかん。何べん、いかんちゅうたら、わかるかネヤ」

この黒白明晰《めいせき》な論理のおかげで幕末では革命の士がむらがって出たわけでもあるし、また維新後は自由民権の反政府思想の壮大な淵叢《えんそう》になったわけでもある。しかし同時に夫婦のあいだでもしばしばそうであるときに、どうもまずいらしい。

お栄は、嫁いでほどなく夫に隠し女があることを知って、憤慨して帰ったともいわれる。三姉の乙女もそうだった。岡上新輔という医者に嫁いだのだが、夫と婢女とが、乙女の嫁ぐ前から関係があったらしいことを知って、数年経って実家に帰った。実家に帰ってからの乙女は自分の境涯に鬱屈《うっくつ》することもあったらしく、京で奔走中の弟の竜馬に手紙を出し、

「私も男装し、大小を差して国事に奔走したい」

という意味のことを言い送った。この手紙には竜馬もよほど閉口したらしく、乙女にあて、それは心得ちがいだという意味の長い返事を書き送っている。この竜馬の返事のほうは『坂本竜馬関係文書』に集録されているが、当時としてはとびきり平易な文体でもって姉をからかったり、皮肉ったり、おどしたりして、もし日本書簡文学というものが成立するとすれば、秀吉の淀君《よどぎみ》への手紙と同様、白眉《はくび》とされていいのではないかと思われたりする。竜馬も、同趣向のことを平井加尾にすすめたものの、加尾でなく姉の乙女が男装でやって来られてはたまらぬと思ったにちがいない。

いずれにせよ、土佐女性の名声のために言っておかねばならないが、日本のどの土地にも見られないかもしれないような痛快淋漓《りんり》とした色気があるように思えるのだが、どうであろう。


（「小説新潮」一九七四年五月）

# あとがきに代えて（『歴史の舞台』）

はじめて高知のまちに行ったのは、昭和三十二、三年ごろだったと思うが、そのころ、まだ土佐人のにおいというものが残っていた。

滞在中、帯屋町《おびやまち》か播磨屋橋《はりまやばし》だったかの街角の軽食堂にすわって、三時間ほどもガラス越しの街をながめたことがある。

歩道をゆくひとびとが、どこか戦国の一領具足《いちりょうぐそく》に似ているのを感じて吹きだしたくなった。さらにながめるうちに、幕末に脱藩してゆく〝軽輩〟たちや、自由民権運動の奔走者たちのにおいが、じかにつたわってくる感じがした。

このにおいはコトバに置き代えにくい。しいて言えば、自由で、しかも野のにおいがした。土佐人は他県人にくらべて自我がつよいが、その自我も畑の土がついていて、しかもどこかユーモラスで他愛ない。店内の人々も歩道をゆくひとびとも一様に声が大きく、漁師が浜風のなかで話をしているようだった。

江戸期は、いうまでもなく、身分社会であった。幕末、土佐藩から脱藩する者たちはたいてい黒森峠《くろもりとうげ》にのぼり、そこから伊予境いに入ったが、途中、しばしば関所の吏に追っかけられた。しかし一歩伊予境いに入ってしまうと、息をつく。そこで、例外なく、
「これからは、おら・お前《まん》でいこう」
と、申しあわせた。家中《かちゅう》という身分社会に身を置いているときは、同志といってもたがいに言葉づかいに上下があったが、これからは平等ことばでゆこう、ということであった。この一事でも、幕末の多くの奔走家をつき動かしていた基本的な感情が、平等への希求であったことが想像できる。

歴史は、その風土の現場で感じねばならない。

戦国末期、長曾我部《ちょうそかべ》氏は、急成長した。土佐からおこって四国をほぼ平らげたころ、中央に秀吉の政権が湧出《ゆうしゅつ》した。長曾我部氏は、これに屈服せざるをえず、結局は土佐一国に押しもどされ、豊臣家の一大名になった。長曾我部元親《もとちか》がはじめてその軍勢をひきい、秀吉に拝謁《はいえつ》すべく大坂に上陸したとき、沿道に見物の人垣ができた、という。

豊臣城下のひとびとは、織田・豊臣風の華麗な軍装を見馴《みな》れていただけに、土佐兵の姿をみておどろいた。土佐では、たとえば旗指物《はたさしもの》といったようなものもなく、腰に小旗をさしているだけだったし、具足なども手繕《てづくろ》いで、大小だけが長く、なにやらもぐらを

串刺ししたようなかっこうだった。

土佐では、おじさんのことをオンチャンという。この言葉に重なる人間的なイメージは、ほどのいい泥くささと武骨さである。ガラス窓のむこうをゆききしているひとびとのなかの十人に一人はそういうオンチャンががにまたで歩いていて、風骨愛すべきものがあった。思わず、長曾我部兵のイメージとかさねたりした。

ところが、ここ数年で、中年の世代からそういう骨柄《こつがら》が減って、判でおしたようなサラリーマン風に変ってきた。

(土佐人は、消えつつある)

と、高知にゆくたびに思うようになってきている。今年の正月など、帯屋町の界隈《かいわい》の店でコーヒーをのみながら店内を見まわすと、若い男女の客はテレビの人気歌手の物言いや気どりにどこか感染していて、ただの地方都市の若者にすぎなくなっていた。

二十年ほど前、高知での酒の座で、高知新聞の記者が、昂然《こうぜん》といったことがある。

「自分の社の編集局四百人のうち、三人の山内《やまのうち》侍をのぞくと、ぜんぶ長曾我部侍です」

この言い方は、どの府県にも通用しない。他府県ならば「四百人のうち士族は三人だけです。あとは百姓です」ということになる。土佐人一般の意識では、百姓がすなわち「長曾我部侍」なのである。

関ヶ原で、長曾我部盛親《もりちか》（元親の子）が西軍に属したために土佐二十四万石を没収された。そのあと、遠州《えんしゅう》掛川で五、六万石だった小《こ》大名の山内一豊《かずとよ》が、一躍国主になった。山内一豊は入部《にゅうぶ》するにあたって土佐が難治《なんち》の国であることをおそれすぎた。五、六万石の人数から二十四万石に見合う人数まで家臣団をふやすには、土佐において現地採用すればいい。しかし山内氏は上方《かみがた》において関ヶ原浪人などをかきあつめ、いわば大軍を編成して土佐に入った。その連中を土佐では掛川衆とよんだり、山内侍とよんだりしてきたが、民衆（長曾我部侍）の側からみれば「藩」というより進駐軍にちかかった。

当然、長曾我部の残党が反乱をおこし、流血のすえ、鎮圧された。土佐藩にあってはかれらを懐柔すべくその一部を郷士《ごうし》にとりたてた。郷士は、実質的には農民であった。大小を帯び、士装していたが、路上で山内侍（上士《じょうし》）に遭《あ》えば、道のわきに寄らねばならない。さらには履物をぬぎ、片膝《かたひざ》をついて拝礼した。この屈辱は、維新後も語りつたえられている。

以上のことは、『竜馬がゆく』その他、しばしば触れてきたから、ここでは繰りかえしになる。しかし高知へゆくたびにこのことを思い、歴史は生きものだと思ってしまう。幕末、右の土佐郷士が革命化して結社をつくり、佐幕色のつよい藩の弾圧にあい、生き残った者は脱藩して京や長州、あるいは九州さらには大和《やまと》などに転々するのである。

——編集局四百人のうち三人をのぞいて。

というのは、戯《ざ》れことばではない。

戦国末期に話をもどすが、長曾我部元親が四国征服に乗りだしたとき、どの戦国大名の例にもないことをやった。いわば〝国民皆兵〟だった。ついでながら国民皆兵は世界史的にはフランス革命の果実の一つで、ナポレオンのヨーロッパ征服はこの基盤の上に立っていた。他の王国や公国では貴族とその従者だけが戦闘員で、その動員力はわずかなものであったが、ナポレオンにあっては大軍を容易に編成でき、兵が損耗してもその補充はいわば無限にちかかった。元親の戦力のつよさも、それに似ていた。

その結果、土佐人は、江戸期、農民のはしばしにいたるまで自分たちは長曾我部侍であるという潜在的な意識をもつにいたった。

「薩摩《さつま》郷士は上についたが、土佐郷士は下についた」

と、明治後、いわれた。土佐郷士はつねに百姓の側についた。本来、郷士も百姓も、長曾我部家の家来であったという、家系上の実証の詮索《せんさく》を越えた歴史的な社会意識がこの土地に相続されていたためである。

土佐では、薩摩や他藩のように重厚な敬語法が、すくなくとも郷士や農民のあいだでは発達しなかった。これを阻《はば》む意識の一つが、土佐人は一つだという土俗の感情だった。

——人に上下があるか。

という気分が、山内侍に支配された二百数十年、鬱勃《うつぼつ》としてつづいた。維新後になると、抵抗の相手が「官」になった。あたらしい支配階級である「官」に対し、民権を主張したのは、土佐にあっては観念論ではなく、歴史的実感に根ざしていた。このなかから、代表的な思想家として、中江兆民《ちょうみん》、大江卓、植木枝盛《えもり》、幸徳秋水《こうとくしゅうすい》などが出てくる。

かれらは——とくに兆民は——自分の思想の漠然とした祖を坂本竜馬に置いていた形跡が濃い。兆民は竜馬のなかに、土着の長曾我部気分というものを大きく見出《みいだ》していたのにちがいない。

ただ、昭和初年ごろになると、竜馬という存在は、世間でほとんどわすれられたようになっていた。そのころ、竜馬の銅像を桂浜《かつらはま》につくろうと思い立った大学生がいて、県下を歩きまわった。この人は県下の青年全員から、一人につきタバコ一箱の金（二十銭）をつのった。たちまち巨額の金があつまり、鋳造《ちゅうぞう》と建造の費用が出たというから、昭和初年までは、土佐の山野になお、〝長曾我部平等〟という意識が息づいていたといえる。

この正月、そのときの大学生だった入交《いりまじり》好脩氏に出会った。最初お目にかかったのは二十年ほど前であったかと思うが、温雅でひかえめな風貌《ふうぼう》は、英国の大学街をしずかに散歩している老教授といった印象だった。

この日、入交さんは空港までわざわざ会いにきてくださったが、ご様子に変りがない。空港のベンチにすわって久闊《きゆうかつ》を叙しあったあと、寡黙《かもく》な人だから、べつだんのお話もなかった。

「この正月は、おだやかないい天気にめぐまれそうですな」

といわれた。こういうあいさつも、こういう人柄の人の口から出ると、透きとおった、哲学的なひびきが感ぜられる。

正月は、六日間、高知ですごした。高知は変った、という印象もあったが、入交さんの変ることない風韻をおもうと、風土というものは容易にくずれないものだと思えてきたりもする。

（『歴史の舞台』一九八四年三月）

# 肥前五島

五島群島は、日本の最西端である。この西の小島の嵯峨島《さがのしま》のその西の岸から海に落ちればもはや日本列島はこれで尽き、あとは洋々たる東シナ海の水がもりあがっている。

私はかねてこの五島にあこがれていた。行く機会をひそかにうかがっていたが、たまたまB社の講演旅行が、その日程の最後にこの五島の福江《ふくえ》市がふくまれているというので、よろこんでうけた。長崎県大村から飛行機で三十分ほどだという。

徳川封建制というのはたいしたもので、こういう日本の西端の五島にも藩があった。殿さまは五島氏で、城下は福江、一万二千六百石、しかもちゃんと他の国々の大名と同様、三百年間、欠かすことなく江戸参覲交代《さんきんこうたい》していたというから、日本人のエネルギーというものの異様さは、こういうさりげないあたりにもうかがえるのではあるまいか。

「いったい、五島の殿さまのご先祖はなんだったのでしょうね」

と、旅行中、ひとにきかれたことがある。あるいは、東シナ海へ押しだす海賊の大将だったのではあるまいかという想像が、質問者の表情にあらわれていた。が、よくわからない。日本の大名の家の先祖など、何者だったかが明確にわかっている家など、数家しかないといっていいが、五島氏もそのよくわからない部類のなかに入っている。ひょっとすると、中国沿岸をあらしまわった倭寇《わこう》の親玉であったろうかと想像するのは状況証拠がありげであるだけに、いかにも豪快でたのしい。

五島氏自身の公式の伝説では、平家の残党で家盛というひとが壇ノ浦の敗戦後ここにながれてきて土着した、ということになっている。ところが途中で源氏を称したりしているから、この点、よくわからない。要するに九州本土から押しわたってきた（あるいは漂流してきた）力のつよい男どもの一団が、群島の北端の「宇久島《うくじま》」というところに上陸し、島を占領して島主になったというのが本当であろう。

平素は漁をし、鎌倉時代に入るとすでに海外へ出ていた形跡があり、鎌倉末から室町時代にかけてさかんに朝鮮沿岸をあらし、あるいは正式に入貢した。ややくだって、明《みん》国は入貢貿易が自国に利をもたらさないためこれを制限したが、足利《あしかが》幕府がおとろえてから、倭寇は最盛時代に入って、明国への倭寇がさかんに五島から出発した。

「かれらは貿易ができるばあいは貿易をする。が、当方がそれをこばむと寇になる」

と中国側の資料はいう。

戦国の初頭、天文九年、五島の福江ノ浦に見なれぬ大船が入ってきてひとりの巨漢を上陸させた。巨漢は島主宇久氏（五島氏の旧称）に面会をもとめた。

このときの当主は、盛定という。巨漢は、自分はあの船の船主であるといった。船は驚嘆すべき大船であった。長さは百二十歩、人を二千人収容でき、船上には四つのヤグラをかまえ、甲板のひろさは騎馬で走れるほどであったという。

「自分は王直《おうちょく》という明人である」

と、巨漢はいった。安徽《あんき》省のうまれで、これほどの巨船を何隻《せき》かもち、綿糸、硝石などをつんでシャムから日本までのあいだを行動範囲とし、かつては遠く西洋諸国まで航海したことがある、といった。島主以下、大いに心服した。

王直は、かれみずからも名乗るように大貿易商人であった。しかし海上には海賊が多く、これと戦わなければならない。ときには当方も貿易船変じて海賊船になることもありうる。

「そこで、一緒にやらないか」

というのが王直の申し出であった。当時、東洋の陸海では倭寇の強さというのはほとんど神秘的にまでなっており、倭は一人で千人にあたるとさえいわれていた。王直はこの倭寇を仲間に抱き入れることによって攻防ともに極東第一の海上王になろうとしたのであろう。

事実、王直はなった。当時五島から平戸島あたりまでのあいだに三十六島があり、こ

とごとく倭寇の根拠地であったが、かれはこれを支配下に置き、みずから、

「日徽王」

と称し、その居館を五島の福江と平戸にもち、一時は九州諸島の王のような存在になった。倭寇という部族や島単位に孤立していたエネルギーを一大組織にまとめあげたのはこの男であった。日本史上、日本列島の一部を外国人が支配していためずらしい例といっていい。かれは自分の母国の明にうらみをもち、それをしばしば侵し、

「倭軍よく万人あらば、大明国を得べし」

とすら豪語していたが、晩年、明の政府にだまされて殺され、一時その息子が倭寇一万をひきいて舟山列島を占領したこともあったが、その後衰微した。

福江には、

「明人堂《みんじんどう》」

という中国風の祠《ほこら》がある。王直の居館にあった祠であるといい、このあたりは当時明人が多くすんでいたためいまでも唐人町という町名でわずかにそのなごりをのこしている。


その後、豊臣《とよとみ》氏の天下統一があって五島氏がその傘下《さんか》大名になり、やがて徳川体制のなかに組み入れられ、倭寇時代のロマンティシズムなどはあとかたもなくなった。要するに平凡な大名になりはて、参観交代と家督相続にうき身をやつすだけの五島氏になる

のだが、かれらは徳川氏から密輸の嫌疑をうけることをおそれてか、王直時代の資料のようなものはことごとく湮滅《いんめつ》させてしまった。しのぶよすがは、福江市にある明人堂ぐらいのものなのである。

（「高知新聞」朝刊一九六八年十一月十八日）

# 鹿児島・知覧《ちらん》の武家屋敷

薩摩《さつま》は、武士の国で、その士風も、日本の他の地域で発達したそれとは、すこし異なっている。

そのことは私ども他府県うまれの者からみれば、ときに爽快《そうかい》な感じがし、ときに陰惨さを感じ、同時に好意的な意味での滑稽味《こっけいみ》をもち、あるいはときに、薩摩こそもっとも日本的で、私どもが異国人なのではないかという倒錯した思いももつ。

他のどの地域でもそうだが、戦国までは、兵農は不分離だったといっていい。戦国の島津家も、そうであった。とくにこの家は戦国末期に全九州を征服しようとした。このため領内を大動員し、各地で戦わせ、戦うなかで独特の士風をつくりあげた。卑怯《ひきょう》を最大の悪徳とすること、なによりも死を怖《おそ》れることをもっとも卑《いや》しむこと、無力になった敵に対してはあわれみをもつこと、理屈をいわぬこと、などで、このことは、徳川期にも十分維持された。

秀吉の統一事業の成立によって、九州を席捲《せっけん》中の島津氏は、中央に屈服し、もとの薩摩、大隅《おおすみ》、日向《ひゅうが》の一部（いまの鹿児島県と宮崎県の一部）に押しこめられた。征服事業によって膨張した兵員を減らすわけにゆかず、ほとんどそのままを江戸期一般でいう武士とした。しかし七十七万石という高《たか》では多すぎる士族人口はとても扶持《ふち》できず、かれらを領内のあちこちに散在させ、「ふもと」と称する郷士《ごうし》集落を形成させた。日常は士風を練る。経済的実体として自作農とし、山野を耕作させた。経済の面で農民と異なるのは、租税をとられないということだけにすぎない。

そういう点では農民と差がない。が、それだけに、強烈に文化性において差を作らせた。まず、侍として百姓どもに威張らせることが、侍の精神の発条《ばね》を形成していたといっていい。発条がなければ、人は自己の名誉を守るとか、恥をすすぐとか、おおやけのためによろこんで非条理の死を遂げるとか、いわば欲得という具体的世界から昇華した形而上《けいじじょう》性のために死ぬことができにくい。とくに江戸期から西南戦争までの薩摩武士をささえた強い発条はここにあるが、これをささえた犠牲的な階級は、江戸期の諸藩の百姓のなかでももっとも卑しくあつかわれた薩摩百姓だった。

ついで、家屋の様式を、農民の家とは別趣のものにしなければならない。おそらく戦国の兵農不分離時代の家屋はみな似たような様式だったのだろうが、徳川期に入って郷士屋敷は、構造や付属建造物などの点で百姓屋敷とは一見してちがうものになった。

薩摩の蒲生《かもう》もその好例の一つだが、郷士村は京都風の碁盤の目の街衢《がいく》をもっている。室町期に成立した貿易港の堺《さかい》の町もそうであることを思うと、おなじ対華貿易のさかんな国だった薩摩にあっては、京都の影響よりも中国の町を見てきた者の感覚の投影であるかと思うほうが、自然かもしれない。

文化は、他から影響または刺激されることで成長する。

この知覧の武家屋敷の庭園もそうで、こういう異風な石組を中心とする造園様式は蒲生その他の郷士村には見られない。

京都の禅寺の枯山水の影響ということはよくいわれるが、そういうものよりも、中国の様式にはるかに近縁性がある。南中国の太湖のほとりの無錫《むしやく》にある蠡園《れいえん》、上海《シヤンハイ》の豫園《よえん》といった古い庭園をみると、ひとめでその血縁が想像できる。沖縄県石垣市に残る琉球《りゆうきゆう》王朝の士族屋敷の庭園を見ると知覧との血縁はいよいよ濃い。琉球王朝の古い庭園の場合、中国の影響の上に、薩摩経由で入ってきたヤマトの影響をうけて折衷形式が成立したのに対し、知覧の場合は、琉球でできた様式を再輸入し、独自の何事かを付加したものかと思える。

薩摩では、どの郷士屋敷も、家の外廓《がいかく》を、火山岩の切石の整々とした石垣でかこうが、おそらく織豊《しよくほう》期までは土塁だったにちがいない。石垣の技術は織豊期の築城形式の普及で流行し、士族屋敷にまでそれが用いられるようになった。薩摩では他の地域に多い荒積みでなく、石をヨウカンのように切って隙間《すきま》なく積む。これも、中国において圧倒的に多い積み方である。この土地の火山岩がやわらかくて細工しやすいということも、この様式を盛行させた原因の一つにかぞえられる。

日照雨《そばえ》の雨脚の光る日など、この石垣が濡《ぬ》れて青く見え、まことに優美というほかなく、

樟《くす》の木に夾竹桃《きょうちくとう》の咲きまじり
　石垣あをき鹿児島の街

という与謝野晶子の感動は、知覧においてもそのまま通用する。文明というのは秩序美がその核になければならぬとすれば、古き薩摩の士族文化はむしろ文明とよばるべきものである。その名残りを感じさせてくれるのが知覧の武家屋敷の街衢といってよく、さらにその文明の象徴を求めるとすれば、青さびてはるかに連らなるこの石垣こそそれではないか。

（「産経新聞大阪版」朝刊一九七六年八月二十九日）

# 薩摩《さつま》坊津《ぼうのつ》まで

かつて行ったことがなくて、地図を見るたびに気がかりで仕方がない土地がある。私にとって薩摩半島の南端の坊津がそのひとつだった。

梅雨のころ、ともかく坊津への渇《かわ》きを癒《いや》すだけが目的で出かけることにし、計画をたてた。たまたまそのころ町で編集部のKさんに出会うと、彼女は自分も行くという。

「ゆきさきは坊津ですよ」と念を押してみた。坊津みたいな、いまは無名にちかい僻地《へきち》に行ってもつまらないかもしれませんよ、というと、

「いいえ、どこだっていいんです」

と、ひどくおおらかに笑った。おかげでこの紀行文に似たようなものを書かされるはめになってしまっている。

坊津については、私には濃厚なイメージがあるが、いまの坊津町についてはまったく

知識がなかった。近所にU君という五島うまれのタクシーの運転手が住んでいて、かつて遠洋漁業の船乗りだったから、東シナ海に面した漁港をよく知っている。この人にきいてみると、

「私は山川港のことならよく知っている」

ということだった。坊津は山川よりもっと奥の奥の港だからあまり知らない、しかし風に強い港ですよ、あそこへ船が逃げこんだらどんな台風でも大丈夫です、入江が山の中まで入りこんでいるんですもの、とU君はいった。山の中の入江という表現がおかしくて問いなおすと、

「海から入ってゆくと、そんな感じです。このまま山の中に船が入ってしまうのではないかという感じです」

行ってみると、まことにそうだった。山脚《やまあし》が断崖《だんがい》になって海に落ちこみ、その山々が入江をうねうねと細く抱きこみ、人家というのは、山肌をかき削って平たくしたわずかな敷地に建ち、畑もそのとおりで、耕シテ天ニイタルという表現どおりの景観になっている。

私のイメージでは、坊津ときけば、上代から中世にかけての東シナ海の青い波濤《はとう》がひろがってきて、はるかにマラッカ海峡をゆく帆船までみえるような気分がある。

奈良朝や平安初期の遣唐使船も、うかんでしまう。遣唐使船の構造は、同時期の中国、

アラビア、あるいは新羅《しらぎ》の造船技術よりはるかに劣っていた。船底がタライのように扁《へん》平《ぺい》で、むろん竜骨などは用いられていない。全体が柳の葉形でなく樟《くすのき》の葉形で、つまりまるまっちくて、骨なしで、戸板をはりあわせたような構造だったためにすこしの風浪にでもくだける例が多かった。この一船に百人前後も乗り、四隻《せき》が一組になって、運を天にまかせ、大海を突っきってゆくのである。航路はいくつかあったが、南島路とよばれる航路が、仮にいうとすれば遣唐使時代（六三〇〜八九四）の中期ごろから開発され、坊津が本土における最終出発港になった。

坊津は、U君の表現では山中に海水をたたえている。そこに、船体が青や丹《に》に塗られた四隻の遣唐使船が、山に抱かれるようにして影をひそめ、外洋に出ることを恐れるようにして、海の気息をうかがっている。航海術は素朴なものでしかなかったために、多くの場合、出発の決断は、陰陽師《おんみようじ》のうらないのようなものによっておこなわれた。その心細げな光景が、坊津という地名のひびきのなかにうかびあがってくるのである。

坊津は、この時代「三津《さんしん》」の一つといわれた。

筑前《ちくぜん》博多ノ津と、伊勢の安濃津《あのつ》と、この坊津である。明治後の横浜や神戸にあたり、鎌倉から室町期になると、坊津を基地に航海商人（のち倭寇《わこう》）が押し出し、また中国の航海商がさかんに坊津にやってきて、定住する者もふえ、「坊津千軒甍《せんげんいらか》」とよばれるほどに（いまとなれば当時の賑《にぎ》わいが想像しがたいほどだが）栄えた。坊津という地名は中国沿岸の商人や船乗りのあいだでよく知られていて、中国人はボウノッという発音から、棒里とか抱里などといった文字を当てていたらしい。

室町期の倭寇の活躍というのはわれわれの想像以上のものだったらしいが、かれらは通常は商人としてふるまい、非常の事態になると、海賊になった。海賊という印象のほうがむろんつよかったらしく、ポルトガル人たちは、日本のことを、

「泥棒《ラドラン》の島」

とよんでいた（ジョアン・ロドリーゲス『日本教会史』）。倭寇は一時期薩摩人が多かったといわれ、かれらはみな坊津を基地としていた。かれらは遠くマラッカ海峡までゆくが、このうちの一人が、マラッカの町でフランシスコ・ザビエルと会う薩摩人弥次郎である。かれらが出会ったのは一五四七年の初冬のことで、日本では織田《おだ》信長《のぶなが》の父の信秀《のぶひで》の活動期であったが、しかし日本そのものについてはヨーロッパ人から発見されたばかりの時期だった。つまりザビエルがこの翌年にローマのイエズス会本部に書き送った報告文によると、「自分がマラッカの町に滞在していたとき、ポルトガルのある商人が、一大快報をもたらした。日本という一大島国が発見された」と。この時期の坊津は、日本列島の玄関口であったといっていい。

鹿児島には何度もきたが、新空港ははじめてだった。飛行機が高度をさげはじめたと

き、眼下にひろがってくる大地の凹凸が、いかにも噴火と熔岩《ようがん》の奔流と降灰を盛りあげて作りあげたといった感じで、それらがあふれるほどに緑におおわれているものの、緑があるだけにかえってその隈取《くまど》りが物凄《ものすご》く、まだ出来あがってほどもない大地ではないかと感じさえした。

目をあげると、海面がみえる。空とも海ともつかずガスがかかっている。そのガスを通して、はるかに開聞岳《かいもんだけ》が、藍色《あいいろ》の影のようにうかんでいた。小型の富士のようなこの山のむこうが東シナ海であり、地図でいえば坊津はそのあたりにあるはずである。

空港につくと、思わぬ人に出くわした。

知識《ちしき》照臣という人だった。私は友人からこのひとのことは伺《うかが》っていたが、こういう場所で会えるとはおもわなかった。

「坊津へいらっしゃるのなら、私もその方向ですから」

といってくださった。まず加治木《かじき》の海岸まで出ねばならない。加治木からホバークラフトが出ていて、錦江湾《きんこうわん》を突っきって指宿《いぶすき》へ出るのである。

知識さんはよほどの年配かと思ったが、海軍予備学生の期でいえば阿川弘之氏よりも一期下だといわれるから、まだ五十半ばというところかもしれない。大学が心理学科ということもあって、海軍では飛行機に乗らずに航空心理を研究させられていたという。

「知識さんのお家は、西南戦争には出られましたか」

「私の家は西郷隆盛《たかもり》派でなく、大久保利通《としみち》派だったものですから」

だから出なかった、という。タクシーの中でのことである。私はここ数年来、西南戦争にいたるまでの薩摩での人間関係をしらべているために、知識さんのような人にお会いできるのはありがたかった。

「阿川弘之氏より一期上でいらっしゃいますか」

「一期下です」

「つまり、大久保利通派というのは、やはり政治的な？」

「いいえ、政治的な派閥じゃなくて。祖父の弟の子が、農科大学の第一回の入学生で、当時牧畜に力を入れていた大久保さんに励まされたものですから」

こんな調子で、話題の時代が前後しつつ、ホバークラフトの船内でもつづいた。ホバークラフトは窓ガラスに滝のようにシブキが流れるし、それにエンジンの轟音《ごうおん》が物凄くて、たがいに顔を寄せあって大声を出さねば、言葉が聞きとれなかった。

「それが、島津サンに敗けましてね」

というのは、これは戦国時代の知識家のことである。

知識（知色）というのは、薩摩の出水《いずみ》地方に、地名としてもある。代々知識氏が、知識村の尾崎城に蟠踞《ばんきょ》して島津氏に従わなかった。南北朝時代に知識行覚《ぎょうかく》入道などという名前があらわれたりする。南北朝時代、南朝に属した。北朝方の島津氏と戦って勝ったり負けたりしているうちに、戦国末期、島津氏の三州（薩摩、大隅《おおすみ》、日向《ひゅうが》）統一事業のときに降伏し、その被官になり、名家の礼遇をうけた。知識氏の禄高《ろくだか》は代々千石ほどだったという。島津氏は七十何万石とはいえ、制度上、家臣の禄を低くしてあるから、千石というのは決してすくなくはない。

知識照臣氏のめずらしさは、大正期のうまれにしては、薩摩士族の家庭教育を十分に受けておられたらしいということである。長男の惣領《そうりょう》だったから、その待遇もうけた。つぎの当主になるしつけとして、食事のときは弟妹たちとは別に膳《ぜん》をあたえられ、座敷で一人で食事をとらされた。「変なものでした」と、知識氏はいう。しかし家中から立てられていたために、自然、自律的性格と気品ができあがったらしく、知識氏の風貌《ふうぼう》は決していかめしくないのに、むしろ飄々《ひょうひょう》としていながら、あるいは多少胃弱気味でありながら、あたまに小ぶりのまげをのせて裃《かみしも》を着せればちゃんと殿中《でんちゅう》姿になりそうである。

江戸期の殿さまで、なみはずれて英風があったのは、幕末の一時期の薩摩藩主島津斉《なり》彬《あきら》であろう。斉彬の世界観、世界知識、政治感覚と決断をするときの勇気など総合すれば日本史上まれな人物といえるかもしれない。かれは世界史的動向をふまえて幕藩体制の崩壊を予想しつつ、薩摩藩を西洋の産業国家にきりかえてしまおうと思い、それを実施中、半ばにして急逝《きゅうせい》した。毒殺だったともいわれる。斉彬に徹底的に傾倒していた西郷隆盛などはこの毒殺説を生涯信じていた。

斉彬を毒殺したのは、先代の側室だったお由良《ゆら》だという。お由良は自分の子の久光を立てさせるべくさまざまに陰謀していたから、状況としては毒殺説は当時の家中の一部を信じさせるのに十分だったと思える。斉彬の死後、久光の子の忠義《ただよし》が少年の身ながら藩主になり、久光はその後見者として事実上の薩摩藩の最高指揮者になった。

このために、明治十年の西南戦争までの薩摩人集団のなかに、三つの派閥ができるのである。斉彬の遺志を精神として尊ぶ西郷派と、斉彬の開明性を太政官権力のもとで実利的気分をもって実現しようとする大久保派と、そしてその両派を国粋の破壊者であるとし、むしろ世を封建にもどせという超保守主義の島津久光派の三つである。この相剋《そうこく》が、西南戦争の原因のひとつになったといっていい。

知識氏と話していると、時代感覚が変になってしまう。氏は海軍予備学生という年齢でありながら、

「祖父が」

と話されるとき、そのおじいさんというのは旧幕時代の人で、しかも島津斉彬の身辺に仕《つか》え、小姓《こしょう》をつとめた人なのである。もっとも知識氏はこの祖父君はご存じなく、その夫人であった祖母君をごぞんじで、しかもこの安政うまれのおばあさんは氏の大学生のころまでご健在だった。氏は、おばあさんから逐一《ちくいち》旧幕時代のことをきいておられた。

おばあさんには義務意識がおありだったのであろう。家刀自《いえとじ》の役目として、それらのことを惣領の嫡孫《ちゃくそん》に言いつたえてゆくというのは、かつての「家」の文化でもあった。

この文化意識は、小うるさいほどに、物事に明晰《めいせき》である。

たとえば、おばあさんは島津斉彬を神のように崇敬されていて、その話をするときは居住まいをただされ、名も「斉彬公」とはいわず、

「順聖院《じゅんしょういん》さま」

といわれた。知識さんもそのために、いまでも斉彬をよびすてにできず、順聖院さま、といってしまうと、気持が落ちつくという。あるとき、知識さんが、島津久光のことを、「久光公」というと、おばあさんはそれは間違っている、といい、

「三郎さァ（久光の通称）でよか。これからは三郎さァといいなさい」

といわれた。おばあさんが勝手にそうよんでいるのでなく、当時、斉彬の死を惜しみ、お由良を憎み、久光の登場をよろこばなかったひとびとは久光のことをかげでは「三郎さァ」とよんでいたのであろう。久光は幕末、当初は島津三郎という名前で宮廷に接触したが、それでは威厳がないというので、家臣に運動させ朝廷から大隅守《おおすみのかみ》とか、左近衛《さこんえ》権少将とか中将とかをもらい、明治後は左大臣になったりしたから、中将さまとか左府さまとか官職でよぶのがふつうの礼儀（久光の側近たちは二位《にい》さまとよんでいた）であるはずだが、しかし久光をよろこばない者がおそらく満腔《まんこう》の意識をこめて「三郎さァ」

とよんでいたというのは、当時の薩摩の気分を肌に感ずる上で、じつにおもしろい。

ホバークラフトというのは波頭をかすめてすれすれに飛んでゆくような装置なのだろうか、それでもごりごりと波の衝撃がたえず船底からつきあげてきて、尻《しり》のくたびれる乗物だった。そのしぶきごしに桜島を見ると、原爆雲のような煙があがっていた。さっきのタクシーの運転手さんにきいたところでは、きょうは朝からの降灰で、午前中のある時間など、目をあけて歩いていられなかったという。

「私の祖母は、三郎さァの顔までけちをつけていました。あのひとは、吊《つ》り目でしょう」

島津家の歴代には、吊り目がない。もともと薩摩そのものに吊り目はすくなく、吊り目というのはつまり、非薩摩顔のツリ目ということでもあった。

「祖母は三郎さァはお由良顔だというんですよ」

要するに知識家は斉彬を恋うあまり、久光に対してはそれほどの軽侮《けいぶ》と憎悪《ぞうお》をもち、しかも明治後は大久保が主唱する酪農をやったために大久保派であった。西郷についてはおばあさんはどうでしたか、ときくと、

「そこがおかしいところですね。西郷さァには加担しなかったけれども、大変尊敬していました」

と、知識照臣氏は、薩摩人がユーモアを感じたときの表情で、ほんのちょっぴり唇の両端に笑いを溜《た》めていった。

指宿に上陸した。

ホテルでコーヒーを飲んだあと、坊津へ出発すべく玄関を出た。指宿から坊津までは、せいぜい一時間程度である。

本来なら、このホテルに泊ればよかった。薩摩半島の尖端《せんたん》にありながら、その設備は休養ホテルとしてはずばぬけた設備をもっているようなのだが、こんどの旅はこういう上等なホテルに泊りたくなかった。

坊津に、むろん泊りたい。ただ、坊津には普通の概念にあるような旅館はないのである。鳴海《なるみ》旅館というのを、電話で予約しておいた。しけで避難《いい》してきた船員さんとかがとまる宿だときいたが、そのほうこそ望むところだった。

「ザコ寝で、五右衛門《ごえもん》ぶろだそうですよ」

と、編集部のKさんがいった。雨漏《あまも》りは決してしないと思いますけど、という。

「早くむこうについて、諸焼酎《いもじょうちゅう》を盛大にのみましょう」

と私がいったのは、Kさんをなぐさめるつもりのものだった。私は酒量の点では素人《しろうと》だが、Kさんは典雅な女性ながら酒は磨《みが》きあげたような玄人《くろうと》である。

私は、うっかり忘れていた。
知識さんは悠然とした殿中のふんいきでおられるが、じつはこのホテルで常任調査役をつとめる重役さんなのである。私は、知識さんが経営の一端をうけもつこのホテルに泊らないことを詫《わ》びた。ところが知識さんは平然としていた。それどころか、自分も坊津のその宿で泊っていいか、といわれた。私は驚き、知識さんの肩を抱きたくなるような思いで、ぜひそう願いたい、とたのんだ。知識さんもおもしろがってくれて、摂津さんという同じ会社の若い人を連れてきた。その紹介の口上は、まず焼酎のことだった。薩摩では「酒飲み」ということばはない。焼酎飲み、という。この摂津は相当やります、ということだった。「知識さんはどうですか」ときくと、ちょっとだまって、「医者が」といっただけで淋《さび》しそうに笑った。

薩摩半島は、三味線のバチを垂直にぶらさげたようなかっこうをしている。そのバチのひらいたさきの、右端が指宿で、左端が坊津である。右端から左端までゆかねばならないが、その途中、「鰻《うなぎ》」という村に寄った。鰻には、鰻池という小さな火口湖があって、池畔に村がある。村のあちこちに熱い地下水が自然湧出《ゆうしゅつ》していて、みぞにまで湯気があがっている。池には、鰻が多いというが、それだけでもう鰻という地名をつけてしまう薩摩人の古朴さがなんともいえずいい。薩摩人が古朴であるといったのは江戸時代の旅行家の橘南谿《たちばななんけい》のことばだが、元来、薩摩の士族教育そのものがそうであった。利口者を卑《いや》しみ朴訥《ぼくとつ》を目標とした。むろん、朴訥にはユーモアがなければならず、薩摩人のユーモアというのは、ちょっと独特なものである。

「鰻には、鰻さんという人がいるのでしょう」

と、運転手さんにきくと、この村はたいてい鰻さんです。あの家もそうです、と右手をハンドルから離して指さしてくれたその家の棟《むね》の下の白壁には、「鰻」という文字が大きく書かれていた。このユーモアが、なんともいえずいい。

つづいて、かねて行ってみたいと思っていたカライモ神社をめざした。唐藷《カライモ》とはサツマイモのことだが、コロンブスがアメリカ大陸で発見したといわれるこのイモが日本にきた経路は諸説があってよくわからない。ともかくカライモは稲が不作のときの救い神のようにされたが、薩摩のように水田適地がすくなく、とくに地味の瘦《や》せたシラス台地の多い土地では、カライモが入ってきてからほとんどこれが主食になった。さらには、このイモから焼酎をつくった。このイモの伝来以来、薩摩は凶作のときでもひとびとは生命をつなぐことができたために、伝来した人を祀《まつ》った神社ができた。伝来した人は船乗りで、前田利右衛門といった。

「土地では、カライモ・オンジョ（カライモ・ジジイ）といいます」

と、知識さんはいった。

神社は村のなかにあって、想像したよりも境内《けいだい》が大きく、参道は細く奥まって行って、一ノ鳥居も二ノ鳥居もある。神社の名前は、俗称のカライモ神社でなく、もっともらしく徳光《とっこう》神社とあった。こういう小智恵《こぢえ》は、明治以後の文部省教育から出たものであろう。境内にいくつかの碑がある。「祭神はカライモ・オンジョ」とあるかと思ったら、これも明治式の文部省風で、『古事記』に出てくる神名に似せてつくられていた。

「玉蔓大御食持命《たまかずらおおみけもちのみこと》」

とある。なるほどカライモの茎は蔓《つる》性だから玉蔓であろう。カライモは主食になって貢献したから、大御食持である。知識さんが、この神名をよんで大笑いした。カライモ・オンジョでは、神主さんがノリトをあげるとき調子が出なくてこまるために、こんな神名がつけられたのかもしれない。

「この辺の人は、毎日墓まいりするんです」

と、知識さんがいった。毎日、どの家でも、自分の家の墓地に行っておまいりするというわば醇風《じゅんぷう》美俗があるがために、カライモをもたらしてくれた前田のオンジョの神社を作ろうという気持も、そこから出てきたのであろう。

そのあと、車は枕崎《まくらざき》まで太平洋岸を通るのだが、枕崎から山中に入り、峠をいくつか越えると、東シナ海に面した坊津に出る。リアス式海岸という薩摩ではここだけしかない坊津の風景は、いままで経てきた天地広闊《こうかつ》な薩摩風の景色とは種類を異にしている。

家も入江の船も、東に高い山を背負い、空が半分しかない感じで、ぜんたいに隠れ里とか隠国《こもりく》といった感じの暗さがある。

坊津は、四つの入江がある。久志《くし》、秋目《あきめ》、坊《ぼう》、泊《とまり》がそれで、それぞれ深く海を抱きこんでいる上に、海から崖《がけ》がたかだかとそびえ、浜の砂はかがやくように白い。樹木が島にも岬にも、山にもわずらわしいほどにおおいかぶさっていて、アコウの木のような亜熱帯の照葉樹が多いために、景色にやや異国のにおいを感じさせる。

この津が、中世期いっぱい、日本の玄関でありつづけたという栄光は鬱然《うつぜん》とした自然の中にすでに物寂びはてていて、その残火をさがすのが、あるいはむりかもしれない。ただ江戸期では、この津は日本の玄関であることから薩摩藩の密貿易基地になりはてた。このために藩が幕府隠密《おんみつ》の潜入をおそれ、他国人の入ることを警戒した。その暗さが、たとえばいまも残っている密貿易屋敷などにしみついているといえるかもしれない。

この屋敷は、大きな蔵をもっていて、表通りからみると、壁が落ちてずいぶん傷《いた》んでいる。

門を入ると、赤っぽい石の石畳になっている。玄関からあげてもらうと、暗い座敷に老女が出てきて、

「当家の嫁でございます」

と、鄭重《ていちょう》にあいさつされた。すでに未亡人で、お子さんたちはそれぞれ都会に出てし

まっており、このひろい屋敷に一人で住んでおられるようなのだが、それでも自分を「当家の嫁」というところに、古い薩摩の習慣がのこっていると言えなくはない。嫁にきて三十三年になります、ともいった。

「私は嫁でよく存じませんが、なんでも島津の殿さまが密貿易をさせていなすったと聞いております」

と、彼女はいった。

家の中にそのような装置が、いろいろ施されていた。床の間の板がはずれるようになっており、はずすとなかが秘密の物置だったりする。二階へあがる階段も、取りはずすことができた。二階へあがると、表に面した紙障子を閉ざしたまま入江をながめる工夫がしてあったり、隣室があるのかと思って襖《ふすま》をあけると、ずぼっとそのまま階下の大空間になっており、うっかり足を踏みはずすとそのまま下へ落ちてしまうという仕組みになっていた。私は京都の二条陣屋とか甲賀の忍者屋敷とか、この種の——警戒心の小智恵をモザイクしてできあがったような——建物を見ると胸がわるくなるくせがあり、できるだけ好奇心を顔に出さないようにして、ぼんやり突っ立っていた。しかし坊津へ来ると薩摩藩を富ましめたこの密貿易屋敷を見るのが、歴史的建造物のさほどに遺《のこ》っていないこの町への礼儀のようでもある。

それよりも、「鳴海旅館」のほうがずっとよかった。

最初、その表《おもて》に立ったとき、とまどってしまった。ガラス戸の店屋なのである。店さきに家庭用の電気器具がいろいろ置かれていて、とっさにこれは間違ったかなと思った。細身の殿中差《でんちゅうざし》のよく似合いそうな知識さんもさすがに首をふって、私に、何度もここでいいですか、と念を押した。いいも悪いも、坊津で最高の宿といわれているのが、ここなのである。

三十五、六の奥さんが飛んで出てきて、ともかく入れ、という。顔がまるくて、品のいい人だった。商品の陳列のあいだを通りぬけると、すぐ階段がある。それでもって一段ずつ体を持ちあげてゆくと、二階がつまり宿所である。四室のふすまが、空け放たれていて、むこうの空に入江の一隅がみえ、磯《いそ》のにおいがした。

「台風の日は大変でございますよ」

と、エプロン姿の奥さんが、丸い体で所作をして、

「こう、家じゅうが船みたいに揺れるのでございますよ。家の中にいて何度も船酔いしました」

といったが、おどしすぎるのも悪いと思ったのか、「建ってから四十年になりますが、何ともないんでございますよ」とつけくわえた。

ちょうど、二百石船の楼上にいる感じだった。風呂場《ふろば》へ降りるときは入江の側のせまい急な階段を降りるのだが、和船の胴の間に降りてゆくような感じがする。

風呂は、なるほど五右衛門風呂だった。湯の表面に浮いた踏み板を、下駄でもはくようにして両足で踏みつつ沈めてゆき、くびまで浸ると自然にあくびが出た。いい湯だった。

湯からあがると、酒盛になった。

アルマイトの薬缶《やかん》に沸かした焼酎が入れられて、コップで飲むのである。私のふるい友人のHさんが小倉からやってきたし、さきに知識さんと連絡しておいてくれたN君も、久しぶりの保養だからといって、大阪からやってきた。

なんだか、坊津の電気器具屋さんの二階で、薬缶の中の焼酎を注ぎあっていると、八丈島で流人《るにん》になったような感じがしないでもないが、しかし行ったことはありませんがフィレンツェだって坊津よりいい所じゃありませんよ、とN君などは、薬缶いっぱいの焼酎をのんだあと、しずかに一座を見わたしていった。

宿の奥さんが、何杯めかの薬缶をもってあがってきてくれたとき、坊津の踊りの話をきいた。

坊津というのは民謡の宝庫のようなところで、坊津の女たちは船が遠洋漁業から帰ってきたといっては浜で踊り、十五夜の月が昇ったといえば町中でおどり、なにかにつけて踊るのである。「汐替節《しおかえぶし》」という坊津特有の民謡もあれば、日本の民謡のなかでももっとも陽気なハイヤ節（踊りも入っている）などは、坊津婦人の得意とするところらしい。

「坊津の暮しは、踊りがあるからおもしろいんですよ」

と奥さんはいったが、自分はとてもだめだ、と言い、私のともだちが上手なんです、みなさん、お踊りになりますか、といった。

まさかと思ったが、坊津の婦人というのは、気さくで陽気で、行動的で、じゃ踊ってやろうかという気分になったらしく、奥さんの友達というめがねをかけた婦人が浴衣《ゆかた》を着てやってきた。

「オカシカ」

と、階段を登りきるなり、私どもにむかって笑った。その笑い声にまでリズムがあった。おかしいというのは、はずかしいという意味である。紺地に白を大胆に染めぬいた踊りのための浴衣を着ていて、黄の帯をしめていた。そのひとのお嬢さんも、おなじ衣装でやってきた。

お嬢さんは鹿児島大学の教育学部を出て、このさきの山村の分校で教えているという。クラスの子供が十三人という小さな学校である。彼女は、かつての女優の杉葉子に似ていた。

「さあ、みんなで踊りまッしょ」

と、お母さんのほうがわれわれを叱咤《しった》してくれたが、編集部のKさんだけがかろうじて生徒募集に応じた。

「ハイヤ節から」

といって、たちまち母親はこの賑《にぎ》やかなリズムの中のひとになった。

ハイヤエー
うじい振り振り三十まじゃ踊れ
三十越ゆれば、サーマ、子が踊る
　今来た若者《ニセ》ドン、良かニセドン
　相談《そだん》かけたら、はっちこそなニセドン

腰を水に掻《か》いもぐらせるようにして落し、その瞬間に手を舞わせ、白い足袋《たび》があがるのだが、とても私のような不器用者には踊れそうにない。くっついて踊っているKさんはどうしても腰が落ちきれず、アメリカ人の阿波《あわ》踊りのような感じでもあった。

汐替節も教えてもらった。

これは坊津の浜で漁師が生簀《いけす》の潮をヒシャクで汲《く》み替えるときの労働歌だが、やや物《もの》哀《がな》しい。

汐も替え前、夜も明ける前
家じゃ妻子《おめこ》も起きる前

「十五夜をやってあげましょう」

と、お母さんのほうが、いってくれた。その前に、彼女はこの踊りの解説をした。十五夜の行事は、陽《ひ》の高い時刻からおこなわれるが、圧巻は月が昇りはじめてからで、浜では振袖《ふりそで》を着たおおぜいの娘たちが輪になっておどるのである。

そのあいだ、村じゅうの若者《ニセ》どんたちは「風よけ」といって、手をつないで波うち際《ぎわ》いっぱいにひろがっている。男女双方が、劇的な構成のなかにいるといっていい。娘たちの歌と踊りは、さまざまである。そのなかで、たとえば「おそめ」という歌がある。

お染、お染と、母の声
アイと返事は、しながらに
心はここに沖の船
袂《たもと》は涙で染めさんす

オオ、染めさんす

娘たちの輪が踊りすすんでゆくうちに、「風よけ」でひろがっていた若者衆《ニセ》がどっとむらがって踊りの邪魔をしにくる。そのとき輪がくずれるが、しばらくするとニセ衆が波がひくように去ってゆき、踊りの輪がふたたびもとどおりになる。これが幾度もくりかえされるうちに月が冲天《ちゅうてん》にのぼるのである。

上代の歌垣《うたがき》がそのまま生きているといっていい。この夜、ニセドンは自分が想《おも》うオゴジョ（娘）の袂をひきちぎり、それを翌朝、その娘の家にかえしにゆくことによって、求婚が成立する。もっとも、惜しいことだが、この十五夜踊りが求婚の場になっていたのは戦前までのことで、いまは適齢期の男女が町を出てしまっているため、幼女から小学生までの子供の行事になってしまっている。

「こんど、十五夜には、ぜひ」

この泊《とまり》の浜に来なさい、と、お母さんのほうが、きれいな薩摩言葉でいって（知識さんが翻訳してくれたのだが）階下へ降りてしまった。そのあと、オペラがおわって舞台が暗くなったような感じがした。

知識さんも、「医者が」といいながら、相当飲んでしまったらしい。それでも上体は崩れず、目の前のコップの中の透明の焼酎がすこしずつ減っている。

あとは、ふたたび無粋な酒になった。

私は酔いつぶれてしまったが、知識さんはそのあと静かに横になり、朝早く目をさまして、ふたたび薬缶を横に置き、コップを目の前に置いて飲んだらしい。

坊津の朝を楽しみにしていたのだが、午前九時ごろ、枕《まくら》もとできいたのは、雨の音だった。つづいて、町役場の方角から拡声器の音がきこえてきた。

他のことばがよくわからなかったが、しきりに「何々丸のみなさま、ごくろうさまでした」という言葉が入っているところから、ひょっとして遠洋漁業の船が何隻《せき》か帰ってきたのかもしれないと思った。

朝食のとき、宿の奥さんにきくと、

「そうです。船が帰ってきておりまして」

と、そのとおりのようだった。

船乗りの奥さん方が浜に出て踊るのだろうかと思ったが、けさは雨だからおそらく踊りはなくて、色とりどりの雨傘をさして迎えに出ているにちがいないとも思った。

やがて町役場の拡声器が、天気予報を報じはじめた。それもこの坊津の天気についてではなく、どこか遠洋の、ほうぼうの海上の気象について報じているようだった。どの家の奥さんたちも、自分の亭主の船がいまどこにいるかを知っている。その船のまわりが晴れているか、それともどの程度風浪がはげしいかを、彼女たちが把握できるように報じているらしかった。

遣唐使船のむかしをおもうと、ふしぎなような気がした。この奥まった入江で四隻の青と丹《に》で塗られた船が岬に抱きかかえられつつ、陰陽師《おんみようじ》の占いを待っていた気分というのは、どういうものだったであろう。再び生きて還《かえ》れないというので、宮中の送別の宴のとき、天子から盃《さかずき》をもらい、それを頂いたまま涙があふれて顔をあげることができなかった遣唐大使もいた。

朝食のとき、窓のそとの岬の樹木が雨にけむっていたが、そこに遣唐使船が舫《もや》っていたのはわずかきのうのことではないかという錯覚が、坊津ではあざやかな現実感覚をもってうかんでくるのである。

（「小説新潮」一九七四年十月）

勁《つよ》さをもつ風土圏（『ガイド　街道をゆく　東日本編』）

きわめて粗《あら》くいえば、北陸、信州、奥羽《おうう》から北海道にいたるまでが、西日本と対置した場合、ひとつの濃密な風土圏といっていい。吉田松陰はすぐれた紀行文の書き手でもあったが、北方へのあこがれがつよく、奥州は英雄の崛起《くっき》するところ、というふうな表現で、その剛毅《ごうき》な風土を象徴させている。

私も、北方へのあこがれがつよい。

越前《えちぜん》は古代史のなかでは巨大な勢力であり、その力と富を背景に大和《やまと》政権を継承した（継体《けいたい》天皇）。南下して若狭《わかさ》、近江《おうみ》を勢力下に置き、いまの大阪府北部まできて兵をとどめ、しばらく大和の様子を観望した、というあたりまことに史劇的である。

私が、郡上《ぐじょう》街道や北国街道がすきなのも、それが北にむかう道だからである。北陸には、雪がもたらす豊饒《ほうじょう》があり、はるかに沿海州やシベリアとも対応する古代日本海文化が、ある時代まで色濃くのこっていた。

信州は、木曾《きそ》義仲の京都制圧までほとんど眠っていたが、それがやぶれたとはいえ、いちど天下の広さを見た信州人たちは、それ以後、農民層にまで知識層がひろがる。信州といえば知的なという世間の印象があったことは、江戸時代にすでにうかがえる。

越後は、古代高志《こし》・越《こし》以来の大国で、大和政権の版図《はんと》は「ぬったりの柵《さく》」からむこうは容易におよばなかった。戦国期に大統一をなし、一時期は関東平野までが越後に従属したために、関ヶ原以後、家康があやぶみ、物をこまかく砕くようにして分轄《ぶんかつ》して統治した。

佐渡は、波の上にある。地《じ》の文化はまったくといっていいほどの上方《かみがた》文化であり、支配層は江戸に属し、ほとんど江戸の郊外といえるほどであった。

家康は、甲州をもおそれた。家康以前の関東平野が、ときに甲州に属し、ときに甲州に屈したからである。このため甲州を天領にし、その往還に甲州街道をつかった。

奥羽は、物を考えさせる天地である。首都である仙台やあるいは秋田よりも、最上川《もがみがわ》ぞいの地や、あるいは三陸の八戸《はちのへ》のほうが、奥州・羽州の気分がわかりやすいように思えた。

北海道については、年々、稲が分《ぶん》けつするようにふえている。右のような風土のなかに横浜を入れたのは、日本という国の窓で、風とおしがよかろうと思ったからである。

(『ガイド 街道をゆく 東日本編』一九八三年九月)

# 私にとっての旅（『ガイド 街道をゆく 近畿編』）

私のたのしみというのは、毎日、書斎でうずくまっていることらしい。杜子春《とししゅん》が辻《つじ》で人を待っているように、断簡零墨《だんかんれいぼく》を見、やがてそこから人間がやってくるのに逢《あ》う。むろん、無数の場合、逢いぞこねてもいる。いまだにやって来ぬ人もいる。旅には、そのためにに出かけるようなものだ。

人間は、古代から「暮らし」のなかにいる。森青蛙《もりあおがえる》が樹上に白い泡状の卵塊をつくるように、シベリアのエヴェンキというアルタイ語族の一派が、河畔で白樺《しらかば》の樹《き》の家をつくり、鮭をとり、鮭を食べ、鮭の皮の靴をはくように、私どもはあたえられた自然条件のなかで暮らしの文化をつくり、踏襲し、ときに歴史的条件によって変化させてきた。人間という痛ましくもあり、しばしば滑稽《こっけい》で、まれに荘厳《そうごん》でもある自分自身を見つけるには、書斎での思案だけではどうにもならない。地域によって時代によってさまざまな変容を遂げている自分自身に出遭《であ》うには、そこにかつて居た——あるいは現在もいる——山川草木のなかに分け入って、ともかくも立って見ねばならない。

たとえ廃墟《はいきょ》になっていて一塊の土くれしかなくても、その場所にしかない天があり、風のにおいがあるかぎり、かつて構築されたすばらしい文化を見ることができるし、その文化にくるまって、車馬を走らせていたかぼそげな権力者、粟粥《あわがゆ》の鍋《なべ》の下に薪を入れていた農婦、村の道を歩く年頃のむすめ、そのむすめに妻問《つまど》いする手続きについて考えこんでいる若者、彼女や彼を拘束している村落共有の倫理といった、動きつづける景色を見ることができる。

樹上の森青蛙は白い泡状の卵塊から下の水中に落ちて成体《せいたい》になるのだが、ひとびとの空想も、家居《かきょ》しているときは泡状の巣の中にあり、旅に出るということは、空想が音をたてて水の中に落ちることにちがいない。

私にとって『街道をゆく』とは、そういう心の動きを書いているということが、手前のことながら、近頃になってわかってきた。

（『ガイド　街道をゆく　近畿編』一九八三年七月）

## 旅の動機（『ガイド　街道をゆく　西日本編』）

私の旅は、いつも卒然《そつぜん》としている。

まず、書斎で、古ぼけてぼろぼろになった分県地図をひっくりかえしてみる。ここへゆきたいと思いたつと、その部分のこまかい地図をとりだしてきて、拡大鏡で見つめる。地図も見なれてくると、むこうが、演技をしてくれる。渓流は音をたてて流れ、山の稜《りょう》線《せん》も、その下の野に立って仰ぐ場合のように、ながながと横たわってみせてくれる。

その点、『ガイド　街道をゆく』の地図はじつに苦心されていて、自然と人文が、みごとに立体化されている。

以前、島根県の地図をながめていて、横たわる中国山脈の土質まで舌ざわりとして感じられてきた。この山々で砂鉄を出すということは、たれの知識にもある。

「やまたのおろちの伝説は、山に入りこんでかんな流しをして山麓《さんろく》の田畑を荒らす古代の砂鉄業者のことを諷《ふう》したものなのです」

と、出雲《いずも》の人たちは、よくいう。

古代の製鉄は、古代規模においては信じがたいほどに大きな自然破壊をした。一山を丸裸にして木炭をつくり、その火で砂鉄を熔《と》かす。このため地球の半乾燥地帯で興《おこ》った文明の多くがほろんだ。樹木をうしない、再生ができず、それまでの盛大な冶金《やきん》が衰退してしまう。

その点、日本は多雨な地帯であるため、森林の復原力がつよい。大陸の古代文明からみるとはるかに遅れていた日本列島が、いったん製鉄がつたわると、数世紀後には鉄器が豊富になり、他のアジアとはちがった社会が構成され、歴史の発展形態もべつな形をとった。その底には、その問題があるのではないか。そう思いたつと、出雲へ行ってしまう。そんなのが、私の旅である。

（『ガイド　街道をゆく　西日本編』一九八三年十一月）

## 無題（「残したい〝日本〟」アンケート）

●町並
備中《びっちゅう》・倉敷の旧町域、長門《ながと》・萩《はぎ》の菊屋付近
近江《おうみ》・蒲生《がもう》郡日野町、備前《びぜん》・長船《おさふね》町福岡《ふくおか》付近、近江・五個荘町《ごかしょうちょう》　故外村繁《とのむらしげる》（作家）の生家とその付近

●宿
近江・柳ケ瀬（北国街道）

●市
飛騨《ひだ》高山　朝市

●街道・道
大和《やまと》・竹ノ内（竹内）街道（当麻町《たいまちょう》竹内付近）
土佐・檮原《ゆすはら》町付近の檮原街道

●峠
山城《やましろ》・花背《はなせ》峠とその付近の草ぶきの家々
河内《かわち》・大和の境いの高貴寺《こうきじ》（南河内郡）と平石峠
紀州・根来《ねごろ》街道と風吹《かぜふき》峠および根来寺《ねごろじ》
北海道登別《のぼりべつ》北方のオロフレ峠とその原生林

●祭り
京都・鞍馬《くらま》火祭り

●聖地
京都・雲ヶ畑　志明院《しみょういん》の峰々（修験道《しゅげんどう》の聖地）

●風習
京都・祇園《ぎおん》祭の氏子《うじこ》町内の祭礼習慣
奈良・二月堂　修二会《しゅにえ》（お水取り）の別火《べっか》

●史跡旧蹟《きゅうせき》
美濃《みの》・関ヶ原盆地のたたずまい

●産物
奈良・東大寺結解《けつげ》料理（室町料理の一見本として）

●自然の景観

奈良県当麻町長尾の坂より二上山《にじようさん》《ふたがみやま》、葛城山《かつらぎさん》を望む

近江北部・余呉湖《よごのうみ》

下関市　阿弥陀寺《あみだじ》町岡崎旅館（旧）裏よりながめたる馬関《ばかん》海峡（関門海峡）あるいは

対岸門司《もじ》側の和布刈《めかり》神社より見たる早鞆《はやとも》の瀬戸

（「藝術新潮」一九八七年六月）

# 解説

## 懐しい文章たち

松本健一

懐しい、というのが、司馬遼太郎にとっての最高の誉《ほ》め言葉だった。懐しい人、懐しい土地、懐しい言葉、懐かしい風景……どれにも使える。

本書では、司馬さんの母親の実家があり、かれ自身が乳離れしてから育った奈良県の当麻《たいま》町竹ノ内の風景にふれた文章に、この「懐しい」という言葉がでてくる。その「竹ノ内街道こそ」と題した文章は、まず、次のように書き出されている。

「風景に原型などはない。

が、半世紀以上も地上を往来していて無数の風景を見るにつれ、ごく心理的な意味で――無意識でのことだろうが――自分が感動する風景に基準のようなものがあることに気づく。」（傍点引用者）

その、司馬遼太郎が「感動する」風景の基準というか、原型のようなものが、当麻町竹ノ内の風景にはある、というのである。そうして司馬は、その風景を次のように描きあげ、懐しむのである。

「段丘のかなたに、大きく南北に両翼をひろげたように、山脈が横たわっている。むかって左の翼は葛城山であり、右の翼は二上山《にじようさん》である。その山脈のふもとには幾重にも丘陵がかさなり、赤松山と落葉樹の山が交互にあって、秋などは一方では落葉樹が色づき、一方では赤松山がいよいよ赤く、また右の翼のふもとの赤松山の緑に当麻寺の塔がうずもれ、左の翼のふもとには丘陵のほかに古墳もかさなり、白壁の農家が小さく点在して、こう書いていても涙腺《るいせん》に痛みをおぼえるほどに懐《なつか》しい。」

司馬遼太郎にとって、竹ノ内街道あたりの風景は、文字どおり、心のふるさと、いわば原郷であった。そのことが、右の文章には明かされている。

おもうに、司馬遼太郎が一九七一年から二十五年にわたって書きつづけた「街道をゆく」シリーズは、そのような「懐しい」風景を日本全国にわたって探しつづけた作品ということもできる。それは、一九六〇年代末の高度成長から九〇年代初のバブル期の日本において、〈もう一つの日本〉を探す心の旅でもあった。

本書は、その心の旅の「夜話《やわ》」ともいえるかもしれない。そうして、この「夜話」には、余人はいざしらず、わたしにとっての懐しい文章がいくつも入っているのだ。

たとえば、「ある会津人のこと」という文章である。これは、幕末の会津藩の公用役(外交官)をつとめ、明治になってからはラフカディオ・ハーンに「神様のような人」

とよばれた漢詩人、秋月悌次郎《あきづきていじろう》のことを扱っている。発表されたのは、一九七四年十二月（「オール讀物」）である。

ところが、これとまったく同じころ、わたしは秋月悌次郎についての評伝を書いているのだ。一九七四年九月（「第三文明」）である。わずかの差ではあるが、わたしの文章「明治を耐える生――秋月悌次郎論」のほうが、若干早く発表されているため、当然のことながら、そこでは司馬さんの「ある会津人のこと」についての言及はない。

ただ、その十年あまりのち、わたしは『秋月悌次郎　老日本の面影』（「新潮」一九八五年七月号。のち作品社、一九八七年刊）という一冊の本を著わした。そのなかでは、司馬さんの「ある会津人のこと」に言及している。なぜなら、そこには、秋月についての次のような見逃せない一節があったからだ。

「秋月悌次郎をぜんたいとして言ってしまえば江戸末期の典型的な知識人であり、明治後も、敗れた側として新政府に反撥《はんぱつ》するわけでもなく、その保守的教養や倫理観のわくのなかで謹直に暮らし、やがて老いた。そういう人物だけに、小説に書けるような存在ではない。」（傍点引用者）

司馬さんはここで秋月のことを、「小説に書けるような存在ではない」と言い切っている。だが、歴史家のわたしからすれば、かつて会薩同盟（文久三年のクーデター）の制作者の一人で、そのため敵方の長州の山田顕義《あきよし》から暗殺されそうになった秋月が、のちに熊本五高の同僚となったラフカディオ・ハーンから「神様のような人」とよばれるようになった精神史的ドラマに、尋常ならざる関心をいだかざるをえなかった。それに、司馬さんは秋月の漢詩にふれて、「かれはかくべつに詩がうまかったわけではない」と書いているが、わたしはかれの詩にかれの人生そのものを感じとったのだった。漢詩に関して、こんな経験はそうあるものではない。

その結果、わたしはその後十年をかけて秋月への関心を一層ふかめ、『秋月悌次郎 老日本の面影』を著わしたわけだった。そして、司馬さんはこの本をきっかけにして、それまで二・二六事件の北一輝や三島由紀夫など、とどのつまり「美しいものを見ようとおもったら、目をつぶれ」というロマン主義者にのみ思いを傾けていたわたしに目を向けてくれたのである。司馬さんとわたしの人生が、そこで交叉した。

その人生の交叉にふれて、わたしは司馬さんが亡くなったあとの文章「司馬遼太郎と私」(「夕刊フジ」一九九八年五月十七日号、のち『司馬遼太郎の「場所」』ちくま文庫に収録)に、こう書いている。

「わたしと司馬さんとのつきあいは、晩年のたかだか十年にすぎない。それも、直接会って話をしたのは、二、三度だった。ほとんどが手紙や葉書を通してのやりとりである。だいいち、年齢が二十三もちがう。親子ぐらいの開きがある。

それに、これは年齢以上に大きな問題だが、気質もしくは思想のちがいがある。司馬さんは五・一五事件や二・二六事件をきらいだ、と公言しており、わたしのほうは二・二六事件の思想的指導者といわれ、いぜんは右翼の同義語とみられていた北一輝の研究で、世に出たのである。合うはずがない。」

にもかかわらず、晩年の十年あまり、司馬さんはわたしの書くものをかなり良く読んでくれた。わたしのほうでも司馬さんが亡くなったあとに追悼文を書いたり、いくつかの思い出を書いた。ごく最近でも、司馬さんの「街道をゆく」シリーズには〈天皇の物語〉がないと指摘した『司馬遼太郎が発見した日本』（朝日新聞社、二〇〇六年刊）を著わしている。

それはともかく、「司馬遼太郎と私」には、次のように書かれている。

「司馬さんと私の人生は、どこで交叉しはじめたのか。

それはもしかしたら、わたしが一九八五（昭和六十）年に発表した『秋月悌次郎　老日本の面影』の一節に関わっているのかもしれない。

秋月悌次郎というのは、司馬さんが『小説に書けるような存在ではない』と評した、会津藩の公用役（外交官）で、戊辰《ぼしん》戦争のとき鶴ケ城に『白旗』をかかげた人物だった。すぐれた詩人であるが、政治家とすれば保守的だった。秋月悌次郎にふれて、わたしは書いていた。――保守的政治（思想）家は、ロマン的革命家にむかって、『後は引き受けた、安んじて死ね』と宣言する存在であるべきだ、と。

どうもこの一節あたりが、わたしと司馬さんの人生が交叉しはじめた地点のような気がする。」

そして、そのわたしの推測を裏付けるように、司馬さんはこのあとわたしにたびたび便りをくれるようになったのだった。その意味で、秋月悌次郎についてふれた司馬さんの「ある会津人のこと」は、わたしにとって司馬さんとの人生の交叉を生んだ、懐しい、かぎりなく懐しい文章なのである。

これは、わたしの物書きとしての人生に関わる懐しさであるが、それとは別に故郷の土地や旅の記録をめぐる懐しさもある。

たとえば、「上州徳川郷」という文章である。司馬さんはここで、徳川家康の直臣であった大久保彦左衛門の『三河物語』などを引きながら、家康の祖先が「上州（群馬県――引用者注）の徳川村から出た」放浪家系（遊行僧）であった、と書いている。この付近からは鎌倉期の新田義貞も出た、とも。

「……家康も藤原氏を源氏にあらため、その旨朝廷に請願した。

源氏にあらためるについては証拠がなければならず、その証拠を作るについては遠祖徳阿弥の寝物語が生きてきたのである。

『わが遠祖は、上州利根川ぞいの徳川村に住んでいた新田源氏の族である』

ということになり、姓も徳川とあらため、これ以後、家康は正式に署名するときは

『源《みなもとの》朝臣《あそん》家康』と書くようになる。」

　司馬さんはこのあと、利根川の南岸の深谷市（埼玉県）あたりを通過したときの思い出を、次のように書いている。

「その徳川郷は、いまはそういう地名としては残っておらず、先年、筆者が深谷市のあたりを通過したとき、

『このあたりに徳川という所はありますか』

と、土地の人にきいてみたがたれも知らなかった。」

　だが、「徳川村」という地名はいまも残っている。わたしたちの子どものころは、町のなかを「徳川《とくせん》行き」のバスが走っていた。その土地には、日光の東照宮、水戸の東照宮、久能山の東照宮とならぶ、徳川村の東照宮がいまも残されているのである。

　そういったわたし自身の記憶と同じように、読者諸氏それぞれに故郷の土地や旅の記憶をめぐる懐しさをさまざまに喚起してくれる「夜話」が、本書には収められているにちがいない。そうしてそれは、読者諸氏にとって心のなかに〈もう一つの日本〉を思い出させ、物語らせるよすがとなるだろう。


（まつもと・けんいち　作家）

街道《かいどう》をゆく　夜話《やわ》　朝日文庫

2007年10月30日　第1刷発行
2024年4月30日　第9刷発行

著　者　司馬遼太郎《しばりようたろう》

発行者　宇都宮健太朗
発行所　朝日新聞出版
〒104-8011　東京都中央区築地5-3-2
電話　03-5541-8832（編集）
　　　03-5540-7793（販売）
印刷製本　大日本印刷株式会社

© 2007 Yōkō Uemura
Published in Japan by Asahi Shimbun Publications Inc.
定価はカバーに表示してあります

ISBN978-4-02-264419-0
落丁･乱丁の場合は弊社業務部（電話03-5540-7800）へご連絡ください。
送料弊社負担にてお取り替えいたします。

朝日文庫

## 司馬遼太郎
# 『街道をゆく』シリーズ
［全43冊］

沖縄から北海道にいたるまで各地の街道をたずね、
そして波濤を超えてモンゴル、韓国、中国をはじめ洋の東西へ
自在に展開する「司馬史観」

1 甲州街道、長州路ほか
2 韓《から》のくに紀行
3 陸奥のみち、肥薩のみちほか
4 郡上・白川街道、堺・紀州街道ほか
5 モンゴル紀行
6 沖縄・先島への道
7 甲賀と伊賀のみち、砂鉄のみちほか
8 熊野・古座街道、種子島みちほか
9 信州佐久平みち、潟のみちほか
10 羽州街道、佐渡のみち
11 肥前の諸街道
12 十津川街道
13 壱岐・対馬の道
14 南伊予・西土佐の道
15 北海道の諸道
16 叡山の諸道
17 島原・天草の諸道
18 越前の諸道
19 中国・江南のみち
20 中国・蜀と雲南のみち
21 神戸・横浜散歩、芸備の道
22 南蛮のみちⅠ
23 南蛮のみちⅡ
24 近江散歩、奈良散歩
25 中国・閩のみち
26 嵯峨散歩、仙台・石巻
27 因幡・伯耆のみち、檮原街道
28 耽羅紀行
29 秋田県散歩、飛騨紀行
30 愛蘭土《アイルランド》紀行Ⅰ
31 愛蘭土《アイルランド》紀行Ⅱ
32 阿波紀行、紀ノ川流域
33 白河・会津のみち、赤坂散歩
34 大徳寺散歩、中津・宇佐のみち
35 オランダ紀行
36 本所深川散歩・神田界隈
37 本郷界隈
38 オホーツク街道
39 ニューヨーク散歩
40 台湾紀行
41 北のまほろば
42 三浦半島記
43 濃尾参州記

朝日新聞社 編
司馬遼太郎の遺産「街道をゆく」

週刊朝日編集部 編
司馬遼太郎からの手紙（上・下）